献礼中华人民共和国成立70周年

共 和 国 国 情 报 告

南方冰雪报告

NANFANG

BINGXUE BAOGAO

陈启文 ◎ 著

时代出版传媒股份有限公司
安徽文艺出版社

图书在版编目（CIP）数据

南方冰雪报告/陈启文著.—合肥：安徽文艺出版社，2019.9
（共和国国情报告）
ISBN 978-7-5396-6625-9

Ⅰ.①南… Ⅱ.①陈… Ⅲ.①报告文学－中国－当代 Ⅳ.①I25

中国版本图书馆 CIP 数据核字(2019)第 053664 号

出 版 人：段晓静　　　　　选题策划：岑　杰
丛书统筹：岑　杰　韩　露　校对统筹：段　婧
责任编辑：张妍妍　蒋　晨　装帧设计：丁　明　褚　琦

出版发行：时代出版传媒股份有限公司　www.press-mart.com
　　　　　安徽文艺出版社　www.awpub.com
地　　址：合肥市翡翠路 1118 号　邮政编码：230071
营 销 部：(0551)63533889
印　　制：安徽新华印刷股份有限公司　(0551)65859551

开本：787×1092　1/16　印张：16.75　字数：300 千字
版次：2019 年 9 月第 1 版　2019 年 9 月第 1 次印刷
定价：46.00 元

（如发现印装质量问题，影响阅读，请与出版社联系调换）
版权所有，侵权必究

目　录

总序　为天地立心,为生民立命(李炳银) / 001

序,或序幕 / 001

A 部　地平线消失

第一章　疯狂的拉尼娜 / 003

第二章　地平线消失 / 019

第三章　拿命换一条回家的路 / 038

B 部　生死时速

第四章　生死时速 / 063

第五章　中国式总理 / 102

第六章　一些人,或一些身影 / 117

第七章　天空的主人 / 144

第八章　雪白的丰碑 / 164

第九章　冰灾寒极 / 176

第十章　中国人／198

C部　涅槃与重生

第十一章　阿喀琉斯之踵／219

后记／234

总序

为天地立心,为生民立命

李炳银

真正的文学具有一种宽广的社会关怀。陈启文是个有很好的小说创作经历的作家,用他自己的话说,是一位"职业虚构者"。自2008年以来,陈启文在年过不惑、走向知天命之际,越来越觉得"还有比写小说更重要的事情要做"。他投入大量精力采写了"共和国国情报告"系列报告文学,相继推出了《南方冰雪报告》《共和国粮食报告》《命脉——中国水利调查》《大河上下——黄河的命运》《袁隆平的世界》五部大型报告文学,这些选题也确实反映了中国社会的最基本国情。在我们大力推进现代化的今天,如何认识和解决好这一系列基本问题,仍然是当下以及未来极其重要的课题。在这些方面,"共和国国情报告"为我们提供了难得的启示。陈启文也因此被报告文学界视为从虚构类写作向非虚构类写作转型的代表性作家、当代报告文学界"知识分子写作"的代表性作家。

我一直在思索,什么是知识分子?知识分子只有通过自己的思想和作品,影响到他人,影响到社会,起到很好的导向作用,他的知识才会变得更有价值,否则拥有知识有什么用?鲁迅先生为什么是真正的知识分子?就是因为他通过他的作品,影响了那个时代,影响了我们的民族。报告文学不同于小说、散文、诗歌,它是一个作家、一个知识分子的社会责任和人文情怀的表达,通过这种表达,它能使你的思考变得更有价值、更有力度。陈启文尝谓,这样的写作,于他"别无选择",是"现实的逼迫"让他的文学写作由小说转变为深入真实、真相的报告文学。他的五部报告文学都一以贯之地体现了这样的情形。而正是在这样的写作中,作者通过"真诚的精神参与、深刻的生命体验、把现实的真实揭示到本质的程度,表现出一个知识分子的个性观察、判断、思辨和'为天地立心,为生民立命'的传统士人精神",同时也让自己的作品为文学与作家找回了尊严和价值。这种以文学的调查、思考担当民族、国家未来责任的情怀,是一种信仰忠诚的表现,它使很多身处现世却对民族大义、民生安危置若罔闻,终日流于搞笑弄怪的表演和写作行为失去了分量。

文学家唯有"采铜于山",方可有面真、明道、救世的作为。陈启文对报告文学的理解和创作实践,突出地见证和表现了报告文学的文体价值与个性力量,为报告文学创作树立了很好的榜样。他的报告文学作品,多是激情和沉思的一种文学表达。他在对真实的对象做文学艺术化表达方面,能力突出。在面对严酷的事实真相和很多冷峻局面的时候,他总是会将个人的痛苦面对和民族、国家的未来结合起来思考,在一种包含了家国情怀的目标追求中展开自己激情的倾诉,使得高尚、伟大、辉煌和丑陋、患难、危机等很多丰富的对象内容有了精彩动人的呈现。阔大的视野和仔细求真的追问,以及精到的文学语言描绘,时常感染人,使人放弃世俗的计较而伴随他的思考与忧患行走。

陈启文是一个具有把握大题材的能力并擅长大叙事的人。在如今这个浮躁和有着太多功利的社会环境里,像陈启文这样可以用很多年的时间、精力认真地进行一次次真实的文学考察、表达的作家已经十分少见,这样的写作态度和精神,格外地值得提倡和赞扬。作为一名优秀的作家,其创作实力、创作成就和创作态度,很令人钦佩,这也是决定"共和国国情报告"成功的关键因素。这一系列报告文学,在内容的深厚丰盈和文学真实的艺术表达方面,都是别人不易比肩的扛鼎之作。

一

2008年年初发生于中国南方的严重冰雪灾难,曾经严重地拨动了国人的心弦。可是,谁又能够想到,在冰雪消融,灾难过去之后,当人们还未能对这样的灾难进行很好的总结的时候,"5·12"汶川特大地震又发生了,一场更加巨大的灾难降临到中国人民的头上。因为眼前现实的关注和迫切的救灾行为,再加上紧接着的北京奥运会,人们就在不经意间忽略了南方冰雪灾害的经历,自然也对像陈启文《南方冰雪报告》这样的作品有些忽略,以致它在出版之后很长一段时间里,并没有引起人们的充分关注。但是,是星星自会闪烁,是珍珠自会有人珍藏。

陈启文的长篇报告文学《南方冰雪报告》,无论是从题材对象,还是作家表达的鲜明个性特点等方面看,都是应当给予充分关切的优秀文学著作。在我们现实的文学历史上,表现灾难的文学作品并不少,但是,在我有限的阅读范围内,《南方冰雪报告》无疑是极少数接近成功的作品之一。

在每一次大的自然灾难发生之后,总会有一些面对这些灾难的作品诞生,如当年的大兴安岭森林大火、1998 年的大洪水、2003 年的"非典",以及 2008 年的冰雪和特大地震。但是,不可否认的是,在这些已经发表、出版的大量相关报告文学作品中,真正可以视为成功、优秀的作品极少。这些作品大都是一些对直观现象的新闻描述,很少有独特的发现、感悟和反思,粗略直白。在新闻传媒大量直接画面的报道之后,这些在时间上已经失去了优势的文字内容,就显得非常苍白无力、单薄索然。所以,如何面对和表现灾难的题材对象,一直是文学,特别是报告文学界人们努力研究的问题。

在仔细地阅读了陈启文的这部《南方冰雪报告》之后,我感到了不少的满足。可以说,这部作品,对于人们如何面对和写作灾难题材,做出了非常成功和有益的探索,具有很明显的超越价值。认真地检视这部作品的成功经验,不仅对于很好地认识这部作品本身很有作用,对于同类文体、题材的创作也会有积极的意义。

首先,我认为,陈启文的成功在于他采取了真正使自己"深陷"的采访方式。陈启文是在冰雪灾难过后开始这次创作的,这既使他有失去现场观察感受的遗憾,但又使他可以在自由从容的状态下去寻找接近和理解灾难的机会。我们赞成作家在事发之后及时抵达现场,但单纯地抵达并不能够代替成功,报告文学创作毕竟不同于新闻写作,在和新闻竞争时效的时候,失意的往往是报告文学。在没有了新闻的现场感之后,文学依然是可以超越直观景象而抵达人的精神、情感、生理和理性的灾难现场的。而这也正是报告文学可以发挥自己的优势,在更加独立、个性和深刻等方面填补新闻空白、实现自我的很好机会。

在一个人背着简单的行囊,孤独地沿着曾经的严重灾难发生地京广铁路线、京珠高速公路和偏僻山岭间的高压输电线路行进,"深陷"曾经的灾害真实现场之后,陈启文就可以通过他特地或随意接触到的司机、警察、电工、农民、士兵、干部或是老人、孩子的灾难经历,复原灾难的严重情景,在很多人经历感受的细部,将灾难不带任何功利地表现得具体而真实,给予文学的形象记忆。像司机们长时间被堵在路上的焦急不安,像一位农民全力救助被堵旅客的动人情景,像很多电力工人舍生维修电路的艰难情景,像从总理到基层各级官员在灾难中的岗位责任,像在灾难中很多人道德品行的不同呈现,等等,都在作家真实、细腻的故事描述中得到了形象再现。如果只是走马观花地走一趟,只靠看材料、听介绍来获得信息,作家就很难有这样接近生活本原的认识和感受。所以,这真正"深陷"的采访,为陈启文的成功奠定了最为坚实的基础。因此,在任何的灾难题材面前,作家是否有过这种真正"深陷"的采访,将在很大的程度上决定作品的成败。这对于报告文学创作是具有根本意义和作用的。

但是,报告文学写作虽然要求作家尽可能客观真实地描述事实的本来面貌和它本身包含的社会人生等内容,可是,报告文学绝不是纯粹的事实记录,不是流水账式的原始再现。报告文学是一种作家个人在接近题材对象之后的文学报告,作家在自己的写作中应当拥有充分的独立和自由。不是为了什么宣传,不是为了表功,不是简单地记事,而是要通过真实客观的事实描述,表达作家的真实感受和理性见识。很多的报告文学作家总是在这个关键的地方迷失,在不经意间放弃了自己的文学权利,将自己的写作纳入了非自己和非文学的轨道。陈启文的《南方冰雪报告》,题目非常朴素平直,可是,你在进入他的叙事之后就会发现,这完全是一种在个人的眼光发现、情感感受、理性思考等独立运行下的叙事。他随意地捕捉采访对象,可是毫不浮泛潦草。他的目的既是描述最本真的冰雪灾害情景,也是个性地追踪不同的人、不同的生命在这场灾害中的特殊表现。他既真实地表现了人的无奈,同时也很真实地表现了人的脆弱、坚强和伟大。所以,他在灾害和人之间实现了沟通,也就在这样的沟通中将灾害和人的表现描述得非常充分。在这里,冰雪灾害不再是个概念,而是与很多人的吃、住、行甚至生命、情感和道德精神紧密地联系在一起。灾难事实性地成为人们生活中的一种特殊的现场。

十分明显的特点还在于,作家在整个叙述中,没有像有些人那样简单地诅咒、抱怨灾难,而是理性甚至是哲学地给灾难以科学和深刻的理解,有些文字,几乎是可以当作警句来读的。作家指出灾难之所以发生的正常和特殊性,提醒人们科学的自然灾难观念和应对灾难的平常心态。我很乐意地说,陈启文的《南方冰雪报告》,是在这次灾难的叙述平台上,向人们自然和科学地宣示自然灾难的不可避免和科学的自然观的作品。这些地方很好地表现了陈启文的文化素养和学识深度,也构成了他这部长篇报告文学鲜明的理性色彩。

在他不管是被动还是主动地接受了这次报告文学的写作任务之后,我从他执着、积极的努力中感受到了他的认真态度。但在文学表达的特点方面,最能够体现陈启文个性的还是他的语言风格。这是一部真正跳出了新闻报道、英雄事迹报告的泛常表现的报告文学。作品非常成功地用丰富、形象的灾难生活现场和人物生死命运故事表现了灾难和灾难中的人,许多地方,其真实、生动、形象的描写,完全不让虚构的小说。如描述爬上输电铁塔,经受长时间冻饿及排泄艰难情形的文字,读来就非常令人震惊和感慨。作者的语言平实、准确、简练却富有很强的表现力,时常能够抵达人的深层感受和事物的本质。例如写到烈士罗海文最后牺牲时的情形,这个平时非常注意安全保护的人,最后却在他自己无法把握的时候丢掉了性命。在工友们将他从折断的铁塔上解救下来的时候,他已经接近昏迷,浑身冰冷。工友们一个接一个敞开胸怀,希望用自己的体温温暖、救治他即将冰冷的心。可是,他还是无奈地走了。这种饱含着人的生死命运的生动故事描写,使得作品充满了生命和人性的丰富内容,文字语言也达到了震撼人心的地步。

陈启文长于在看似细小但其实具有丰富意蕴的地方渲染和发挥,结果以小见大,展示出深刻的思想和情感精神高度。这些明显得益于他小说表现的经验,可这又是我们不少多年从事报告文学写作的作家所欠缺的。

报告文学是一种在现实社会生活的地面上运行的文学。优秀的报告文学作品,可以改变人们的社会感受和判断。认真从事报告文学创作的人,也会在报告文学的创作中改变自己的社会生活观念和行为方式。

我很高兴地看到,陈启文的这次报告文学写作经历,使他感到"在灾难中如何建立健全的人格与正义理性……比浪漫主义的英雄故事更有价值"。他坦言:"我想要特别强调的,是每一个公民的行动能力,尤其是那些早已安于坐而论道的知识分子的行动能力。如何恢复人在灾难抗争中的主体地位,如何做一个合格的公民,每个人都有自己不可逃避的现实责任,都必须去承担自己理应承担的角色。而正是通过这样一场大雪灾,无数人重新找回了强烈的参与意识和行动能力,强化了对公共事务的关注程度和热情,包括我自己。"陈启文在已经有自己的小说写作计划的时候,在半犹豫间接受了这次报告文学写作任务,结果,在成功地完成报告文学写作的同时,对自己的社会生活观念也有了明显的修正,这样的现象真令人高兴。相信陈启文的这种修正,会对不少自觉脱离现实社会关注和告别自己应有的社会行动能力的人有所触动。报告文学是比较直接塑造社会和人的社会存在、精神行为的文学,在真正的报告文学写作中,作家获得的往往并不单是文学的成果。我很乐意呼吁,有更多从事文学写作的人,更多有志于塑造现实的社会和自己的精神人格、行动作为的知识分子,积极地参与到报告文学的创作中来!

二

继《南方冰雪报告》之后,陈启文又于2009年采写了长篇报告文学《共和国粮食报告》。当时,中国北方正遭遇罕见的干旱,而一场半个多世纪以来的全球粮食危机,如同无声的海啸,已经波及世界上七十多个国家。在我们这个地球村,还有六分之一的人处于饥饿状态,每天都有数以万计的人在地球的某一个角落倒毙。就在这样的背景、这样的气氛下,陈启文怀着强烈的担当精神和使命意识出发了。他跑了二十多个省区的主要粮食产地,以一个农民后代的姿态去追溯中国六十年的粮食之路,对于他,"这是一次用粮食记录生命的历程,也是用粮食回溯历史的历程",而其目的是以粮食问题为载体,书写一个大国的公共记忆。

粮食安全关乎国家战略和人民生计,人间食粮,是一个世界性、历史性和人类性的永恒主题。从生命的本质意义看,粮为万物之首,民以食为天,粮食承载着生命生生不息的繁衍,是世界上最大的人权。从时空看,粮食几乎承载了人类所有的历史,甚至就是世界的总和。追溯中国历史,五千年漫长的农耕文明绵延深厚的土地,却从未长出让中华民族吃饱肚子的庄稼。中国历代农民起义和王朝更迭,大都与天下饥荒有关。当下,"吃饭"问题仍是全世界的"第一件大事"。在全球每六人还有一人在挨饿的今天,在全世界人口最多的中国,人们能丰衣足食,绝对贫困人口越来越少,可以说,这是新中国成立六十年最引人注目也最令人引为自豪的变化。《共和国粮食报告》适时反映了这一问题,以敏锐的目光、强烈的担当精神与问题意识,反思现实,追问历史,从不同的角度切入历史与现实。尤其是在粮食危机成为世界头号问题的今天,在西方学者提出"谁能养活中国"的当下,作者抓住共和国六十年间那些具有节点意义的历史事件,通过一些重要篇章抵达现场,揭示历史,从废除半封建半殖民地土地所有制的"开国大土改"开始,历经农村合作化、"大跃进"、三年困难时期、农业学大寨、开发北大荒、联产承包责任制、农民进城、杂交水稻奇迹、土地撂荒流转和集约化经营等,梳理编织成一部共和国粮食简史。

作品记录辉煌,也不刻意回避历史的曲折。在每一个关键节点上,作者都是从追问开始追寻真相,坚持独立调查,恪守历史唯物主义和实事求是的原则,客观公正地书写历史。新中国一直把粮食放在农业生产的纲要位置,而粮食与土地直接有关。作品解析地权的变化,从"打土豪,分田地",到农民分得了田地之后,从自耕农到合作社、人民公社,直至实行联产承包责任制,重新让农民有了土地经营权,而今长期不变的联产承包责任制和中央关于农村土地流转的相关政策的出台,又构成了新时期农村土地权属改革的新天地。可以说,纵观中国历史,还没有哪一个朝代像今天一样能迅速适应生产力变化的要求,在短期内对土地权属做出这样与时俱进的调整。再比如说土地上种出的粮食,以稻米为例,先是传统的本地品种,再是引进的良种高秆,之后是高秆换矮秆,矮秆改杂交,杂交改超级稻,而今,超级稻又面临着更大更新的科技革命,这些过程和结果,形成了多少可歌可泣的故事啊!这些,《共和国粮食报告》都有涉及,而且写得细致入微。从大体上看,共和国曾创造了新中国成立初期和国民经济调整时期这两段流金岁月,但由于人所共知的原因,三十年里,也有历史无法遮蔽的那些让我们曾经极其痛苦、极其迷茫的困境。峰回路转,在共和国历史进入又一个三十年后,经历了十年动乱的中国终于回归正常社会,从解冻到复苏,从真挚地迎来温饱到自信而且坚定地迈步走向小康,中国以连年的粮食增产再造着东方文明的光荣,整个世界都看到了一个奇迹——拥有十三亿多人口的中国,用仅占世界百分之九左右的耕地,养活了占世界六分之一左右的人口。居安思危,今天,在金融海啸爆发的同时也爆发了世界性的粮食海啸,中国的粮食现状如何?中国人在21世纪能不能养活自己?如何构筑起中国粮食安全岛?

把粮食置于天、地、人、时交织的立体系统,作者采取在时空中多重穿插的方式,以充满激情又富于理性的叙述,力图从不同的侧面将中国粮食的历史、现状和未来呈现出来,力图为六十年来的中国粮食之路留下一部有血有肉的形象史。作者秉持对历史、时代和未来,对国家、民族和大众负责的态度,将粮食问题置于几千年文明史的大背景下和当今变动不居的国际局势中来思考,将粮食提高到关系国家安全、民族命运、人民福祉的战略高度来思考,为当下报告文学如何更好地干预现实、参与生活提供了有益的借鉴。被誉为"中国第一部全景式展现六十年来的中国粮食之路的长篇报告文学",也是"中国第一部以报告文学体裁诠释中国粮食问题的最完整读本",《共和国粮食报告》当之无愧。

粮食是主题,但历史的主体终归是人——现实的活生生的人。

三

水是人类和神灵的血脉,是生命存在的基本要素。当太阳高升过头顶,陈启文先生以一己之力,循着历史和现实的因子,循着黄河、长江、淮河、海河、大运河等以及白山黑水间的沟沟壑壑,循着北回归线上的中国大地,全方位关注中国七大水系严峻的水危机形态,历经艰难,苦行数年,独立调查,研究水利之利弊,忧焚在胸,用如椽巨笔全景实录中国江河。《命脉——中国水利调查》有着理性的评判精神和富有雄心的高贵的文学品质,是近年来极其卓越的报告文学作品之一。

陈启文历时数年,分别沿着黄河、长江、淮河、海河、辽河、大运河、松花江、珠江等中国的江河上下考察采访,其用时用力用心的情形前所未见,非常令人感动和钦敬。中国的治水历史,或许有流域史、地方史、工程史、灾难史等,但是我相信,未曾有过这样全面地对中国主要江河做实际考察、审视的文学报告史。所以,这部几乎融汇了中国主要江河历史和现实丰富变迁内容的报告文学,是截至目前唯一的"中国水利调查",得来非常不易,具有重要而特殊的价值。

陈启文将自己对中国水利调查的作品命名为"命脉",这是有其个性思考和追求的表达,同时也道出作者自己不辞坎坷辛劳和艰险来进行这样一种调查的用心及目的。在作品的"绪言"里,开篇就写道:"水是人类最早认识的元素之一,看似寻常,又非同寻常。在人类诞生之前水就诞生了,没有水,也就没有人类,没有一切生命。"但是,水有利害,面对水之利害,人们也必须有趋避的活动。而治水,历来就是人们努力趋利避害的结果。中国的文化历史记忆,很多都同人与水的相互关系紧密联系。陈启文正是基于水的这种根本、关键作用,特别是现实中中国人与水的尖锐矛盾关系才走近水,走近中国这么多的江河两岸的。水的汇流成就了江河,而江河里水的数量和质量却时时关乎人的生活和生命。从这样的视角看,陈启文对现今中国江河水利的调查,并不是简单的对中国水利史的调查,其实是对现实中中国人与水相关的生活命运、环境状况的调查，其行也伟，其心也善，其情也诚。

已经有很多书写黄河、长江等河流的壮伟灿烂历史的文章了。陈启文在追溯这些江河源流的时候，自然也免不了对泉流成河而不断地汇流起来的情势感到惊讶并加以赞美，可他似乎更加关注中国的每一条江河从开始到最后千回百转地流入大海的经历、命运，在访水的过程中，对人们在与水的相互作用过程中的得失给予认真科学的辨析，从而真实和客观地呈现出中国水资源和治水的纷繁状况。《命脉——中国水利调查》，涉及中国历史上的治水英雄如大禹和后来的都江堰分流工程，灵渠开凿沟通湘江、漓江，大运河通航南北中国，直到现今的三门峡、小浪底、长江三峡等等人工水利建设工程，涉及历史上各大河流的历史灾难表现及各个相关的人物故事。其史志价值和非常丰富的地理文化知识与人文历史故事内容，如同潮涌般地涌流到阅读者的面前，使人欲罢不能，使人在阅读中不断地眼界开阔、思考深入和忧患沉重起来。

面对中国的各大江河，原本我们应该为这些滋养和长久浇灌着中国人生命繁衍与文化成长的对象，唱一曲深情和感谢的歌谣；可是，当陈启文用他现场的考察告诉我们，黄河水量日渐减少，人力干预效果乏力，水质恶化，断流危机未消，华北平原因缺水沉降面积达 6 万平方公里，天津市区下沉 2 米以上，北京成为严重缺水的城市，上海因为长江、黄浦江的水质恶化，守着长江口，"到处是水，可不能用"，湘江不断瘦弱、被污染，长江航运不畅，海河水系的河流基本上都是干枯的，水源环境几乎崩溃，流经北京的永定河已经成了"死亡的样本"，淮河三分之二的河段失去使用价值，大运河几乎接近一条臭水沟，是中国污染最严重的河流，东北的辽河、松花江、嫩江等水源不足，时有灾难发生并伴有污染等惊心动魄的事实时，人们还能够开启自己的歌喉，献出深情的赞美歌唱吗！当对水利的调查无形地转变为对水资源、水质的调查，而且一个个人们不愿看见的危机事实被呈现出来的时候，人们也许才会明白陈启文将自己的作品命名为"命脉"的缘由。所以，这是在现实的立场上对中国人生命和文化经济发展命脉的关注、考察，是通过对水资源环境的审视,思考现实的中国命运前途的忧患书写。

《命脉——中国水利调查》内容丰富、厚重,已经可以见出作者对于此次写作的投入和用心程度。但是,最让人钦佩和感动的是,陈启文以自己的中国水利调查为对象,对现实中国水资源、水质量和利用过程中所存在的严重危机的面对和忧患。

《命脉——中国水利调查》涉及对象浩繁,但作者将每一次的流域考察作为一种精神文化感受和文学的体验旅行,虽然历尽艰难,但矢志不改。作者在各自不同的表现和感受中将水与人、水与历史和现实的地理文化内容关系结合起来,将自己对水的认识高度同人类社会、国家民族的生死存亡利害关系紧密联系,在一个更加深远宽阔的视角观察中强调和突出了水的作用及价值,显示出水的"命脉"关键性。因之,这样的文学书写,是以真挚的个人情怀对中国前景命运的承当,其价值又非简单的文学写作可以概括、拘囿。

我以真诚赌明天,陈启文的心声能够唤醒那些在水危机面前依然麻木的人们。这是最值得期待的!

四

黄河,这条大约在160万年前逐渐生成的河流,自青藏高原起步,经黄土高原、华北平原、山东平原一路弯转向东,最终汇入大海。黄河流经中国九省区,流域面积约75万平方公里,流域人口约1.7亿。这条中国第二、世界第五的大河,其流域历史,与我们中华文化、中华民族的历史以及发展、沿革有着密不可分的关系。也许正是因为黄河,中华民族的文化、历史才得以孕育和生成。所以,要理解中华文化和历史,不了解黄河不行。黄河像一条纽带,把我们的昨天、今天甚至未来紧紧联系在一起。认识黄河的历史,认识黄河的文化,认识它的自然环境、人文环境,认识黄河曾经造成的危害和不断被治理的过程,了解黄河的故事以及各种与我们的国家、人民的命运纠结发展的成败经验,是了解中国文化、历史和国家命运、性格的重要途径。

正因如此,面对黄河一直是一件非常庄重、严肃的事情,而书写黄河,就更是一种需要责任担当和真诚情感及才学能力的活动。令人颇感高兴的是,如今我们收获了陈启文的长篇报告文学《大河上下——黄河的命运》,因此,我们的书写有了很丰富的非凡意义。不仅中国的读者需要认真地看这部书,外国的读者想了解中国更需要看。这种对黄河带有精彩传记性的书写,为人们提供了一个非常有价值的文本。此前,曾经有过从不同的角度接近黄河的作品,但是,大多因为专业或局部等原因,而难以在整体上全景式地给黄河一个全面的关注。而陈启文的《大河上下——黄河的命运》却是努力在从整体、从历史到现实的深入穿越与必要的横向联系过程中,对黄河的自然发展和人文更新的全面调查与描绘。所以,这部作品,在我看来,是迄今为止最好的一部真实的、有关黄河的故事命运的传记,它有充足的理由走向广大的读者,走向世界。

为了写这部书,陈启文用几年的时间,经历风雨,经历高寒炎热,从黄河的源头沿河而下直到入海口,源头的高寒缺氧和田野调查路上的各种艰险令他记忆深刻。他用一颗赤诚之心去观察、感受、理解黄河的历史与中华文化、中华民族起伏命运的融合、冲突、纠缠,文化、文学地叙述了长期以来治黄的成败得失等。《大河上下——黄河的命运》是对黄河自然呈现状貌和人为塑造的真实记述,既写了黄河上的大工程,也写了黄河沿岸普通人的命运,黄河的命运和我们国家、民族的命运紧密相连,内容相当丰富。像书中描绘长久而艰难地在青藏高原玛多县黄河第一水文站检测水情的谢会贵的人生事业和命运情形,像描绘刘家峡水利枢纽工程复杂怪异的修建过程,以及像孟朝云这样为工程献出了丈夫、儿子的生命,如今却生活十分艰难的人的生活情景等,像叙述三门峡水利工程的失败而小浪底水利枢纽工程的科学成功,像一生心常系黄河的毛泽东、现代史上的水利专家李仪祉和将自己的生命几乎全部投入黄河治理的王化云、林秀山等人的生命内容等,都因为融入了十分丰富的有关自然、政治、科学、管理、人生等丰富人文历史而显得丰厚和灵动。这些以个人行走的方式直接进行现场调查、观察、感受而获得的大量资料信息,在得到国家水利部的大力支持后,使得作家有一种背靠大山看云卷云舒的从容和清晰发现,完全不同于那些单纯以行走为主要目的,向人们提供一些旅途见闻式的零碎感知消息的写作。陈启文的作品,是读万卷书、行万里路的发现、研究、感知和归纳的结晶,在我看来,是目前写黄河、认识黄河、理解黄河最全面深入、最深刻坚实的一部作品,不仅有精彩故事,更有独到的见解。它既是一部历史的书、文化的书,又是一部不可多得的文学的书、好读的书。

作者用写实的形式,以黄河的流径为线索,从源头到入海口,将历史和现实的丰富内容贯串到一起,在河流不断延伸的同时,适当地停留、徘徊,在其沿岸如陕西关中、河套地区、晋陕峡谷、汾河两岸、中原地区、河口地区等看中华历史文化的繁衍变化;调查黄土高原和很多支流如洮河、延河、渭河、汾河等河流对黄河的不断塑造、改变,非常具有自然追踪的系统性和文化考察的独特性。在充分的事实把握和信息搜集的基础上,作者很多的理性思辨表达具有震撼的力量。这是真实、富有激情地解读黄河的呕心沥血之作,明显是用力、用心、用情、用才的行走写作。黄土,黄河,黄种人,是一种自然和种族的命运交集,也是一种大自然与中华民族相遇共进的历史表现。黄河的历史复杂又曲折,反映了中国文化历史和现实精神情感在克服艰难中不断走向新生的过程。正是在这个坚实的基础上,《大河上下——黄河的命运》有种非常宏大厚重、丰富灵动的命运感,具有引人入胜的阅读诱惑力,让人走近它并被它震撼,受益多多。

黄河是一个用再多浩繁的书写都难以穷尽的对象。但是,这并不说明人们在黄河面前就无法系统、个性和成功地表达。陈启文的《大河上下——黄河的命运》,从黄河奔流自然沿革和人类为发展自己而努力对其进行治理的痕迹着眼,事实上就像牵住了黄河的牛鼻子,使很多看似紊乱的历史文化和自然传说故事有了一个相对完整而清晰的框架,具有了分段、分部、分点表达,最后形成合力交响的可能。这部作品结构大气宏伟,严谨有序,叙述又将河、事、人、文等有机地融合交叉进行,语言精练富有节奏,细节捕捉敏锐生动,是一部精神情感非常浓郁的有关黄河的命运诉说和动情表达的文学作品,特别是具有较高的历史全局视点和眼光,对不少重大事件如"大跃进"运动、对不少黄河上的水利工程、对沿黄自然生态的历史现实状态等的认识、评判,具有气魄和见识,颇有启发力量。

五

袁隆平是享誉国内外的著名人物,多少年来,有关他和他亲自主持研究并不断获取成功的杂交水稻的各种消息,"汗牛充栋",有关袁隆平个人的访谈记述也非常多。在这样的时候,再来面对袁隆平和他的人生事业、精神情感世界,是需要勇气和力量的。即使像陈启文这样已经具有丰富的报告文学创作实践经验的作家,也感到"这是一次难度极大的写作"。但是,陈启文最后还是接受邀请承担了这次写作任务,这就使我们更加有了一种认真的期待。

虽然袁隆平和杂交水稻研究团队的各种社会、科学的活动仍然在不断地释放着新的消息,可在不少人的感觉中,这些似乎已经不是新鲜的话题了。这种好像熟悉的陌生对象存在,是一种带有某些疲劳接受成分的表现。可是,此前很多看似丰富多样的传递,既没有真实充分地呈现袁隆平和杂交水稻的内在情形,也未能准确深入地解析围绕袁隆平和杂交水稻而存在的一些误解及偏颇的意见等。因此,对于像中国袁隆平和杂交水稻科学研究这样的国际高端话题对象,非常需要一部真实深入地追溯、还原其原本面貌内容的作品,需要一部不是消息性地传递或停留于传奇模范人物层面上的表达,而是在社会人生和内在科学学理深度上做生动叙述,才足以与这个重大浑厚题材对象相匹配的壮伟的作品。很高兴,如今我们看到了陈启文的《袁隆平的世界》,这样一部深入参透一颗伟大头脑和心灵及神奇稻种的非凡作品,终于使我对这个题材的报告文学写作的殷切期待得到了满足。

《袁隆平的世界》在现实观察采访和仔细地进行历史事实的回溯叙述中,真实和简洁地还原了袁隆平作为一个中国社会人,在截至《袁隆平的世界》创作之时八十七岁的人生岁月中所经历的复杂生活感受和艰辛事业道路。他虽然出身于一个并非底层的普通的家庭,可因遭遇军阀混战和日本侵略中国的战乱而经历颠沛流离的生活。虽然说他最初将学习农学作为"第一志愿",是因为儿时参观一个资本家的园艺场,留下太美好的印象,但坚定他在这条道路上一直坚韧不拔地走下来的内动力却是"吃饭是第一件大事,没有农民种田,就不能生存"这样稚性简单却也深刻的认识和后来多年经历与看到的严重饥饿情景,还由于自小母亲希望并要求他"博爱、诚实"的教育,由于抗日战争在他心里树起的"要想不受别人欺侮,我们中国必须强大起来"及"让中国人把饭碗牢牢地端在自己手里"等信念及目标追求等。袁隆平一生为追求稻谷新品种而在漫长、艰苦卓绝和困难重重的道路上攀登,写下了从湘西雪峰山开始到走向世界的崎岖艰难历程和高伟壮举,也将他的人生信仰、精神情怀世界真实地镌刻在这样的道路上。《袁隆平的世界》在很多地方通过袁隆平的自身经历和人生故事细节,寻找他这些立身之本和精神情感的形成根源,对于我们认识矢志不渝地不惧酷暑如同"刚果布"农民般活动于稻田,难顾家里老小,舍弃自我家庭而奔波于四方,痴迷于杂交水稻研究,不断获得科学新成果,被誉为"杂交水稻之父""米菩萨""现世神农"等的袁隆平提供了非常有力的根据。正是这些真实的社会人生内容,使读者见识了袁隆平独特的人生道路和精神情感世界,感受到他鲜活的形象性格存在和丰富浓厚的内容存在。作品写出了袁隆平"这一个"人的经历、性格、精神情感世界,在真实人物的呈现和文学的表现方面,为历史和现实提供了足以令人感动和记忆的精彩形象,丰富了人们的社会历史信息记忆,也丰富了文学的人物形象塑造。我相信,袁隆平因陈启文的这次真实书写,会同徐迟笔下的陈景润、黄宗英笔下的徐凤翔、理由笔下的林巧稚、赵瑜笔下的马俊仁、何建明笔下的余秋里等不少作家报告文学作品中的真实人物一样,既以自己的人生作为存在于历史,也因作家的文学书写而存在于以后的文学人物队列当中,就如同司马迁的《史记》,记下了很多真实的却又具有非常生动的文学特点的历史人物一样。

袁隆平是因为在杂交水稻的科学研究方面持续推进并不断获得重大成果而存在的一个独特对象。这如今已经是一个世界性的科学现象和科学课题,非常引人关注且影响巨大。可是,在此前的很多消息和文字中,这个对象大多是通过消息发布以劳动模范吃苦耐劳等形象出现于人们面前的。这样的反映和表现,自然也会是一种真实的传达,但是,对于袁隆平这样的带有很强科学性活动成分的对象,显然是不充分深入和未能抵达肌理的表现。这次,陈启文的《袁隆平的世界》,明显是在努力打破这些局限而希望接近完整和通透表达的一种书写。作家没有将文体定位为传记,这就自觉和巧妙地省略了某些虽然真实、重要,与袁隆平的人生事业相比却相对边缘的内容(如他没有过多描述袁隆平多次不被院士评选委员会接纳而引起的个人和社会的纷纭意见等),他将笔墨集中于主人公的精神性格和国家人类情怀、事业方面,始终抓住杂交水稻这个核心主题不放松。在上面论及的真实生动地表现袁隆平社会人生事业曲折情形之外,《袁隆平的世界》最突出和最具个性的是,对袁隆平和他的杂交水稻科学研究的学理起始与复杂艰难的推进超越过程,给予了既符合科学原理的技术性阐述,又简洁生动的文学表达。作品从袁隆平1961年夏天发现特异水稻植株"鹤立鸡群"开始,后经三系法、两系法到超级稻,从超级杂交稻的第一期到第四期目标,从最初的亩产五百多斤,到现在示范田突破平均亩产一千公斤大关,对其间诸多人力的、科学的、自然的、精神情感的等有关学理技术性相互交融缠绕和科学规律逻辑内容,给予了非常现实和认真的追寻解析,可以说是从文学的描述角度,第一次对袁隆平和他的杂交水稻进行了生动的学理表达。有了这些非常富有科学性的内容,袁隆平的人生和事业明显地就有了立体蕴含和丰厚深邃的形象,如同一尊包含凝重的雕像,使人无法同他人混淆而对袁隆平印象深刻。自然,要做到这一点,着实不易。陈启文若不是怀有一定要搞清楚袁隆平的出生年月日,而到北京协和医院问询查档,终于以确凿的证据说明袁隆平于1929年8月13日在北京协和医院由林巧稚大夫接生(这一点连袁隆平自己都一直没有搞清楚)的执着用心和认真写作态度,一个外行是绝难将袁隆平杂交水稻的内在科学性原理阐述清晰的。这不能不使人对陈启文的文学写作态度和执着精神满怀钦佩和敬意!陈启文的笔触,既深入袁隆平的个性、精神、情感世界,也以很大的科学求证态度深入杂交水稻的科学原理层面,从而使自己的作品成功实现了内外兼得、全景透视、全息表达的成功目标。

《袁隆平的世界》还毫不回避地面对了围绕袁隆平和杂交水稻而出现的转基因话题。这种敢于直视现实的勇气和客观的科学面对,就是一种严肃的社会文学写作态度。对于这个问题,各方面的认识、看法、态度很是纷纭,但是,陈启文通过不少当事人的阐释、解读、描绘,使我感觉对此已经不那么盲目和惊恐了。在科学还未能够对转基因这样的对象完全做出解析、回答的时候,不少臆想的危言是需要慎重对待的。

《袁隆平的世界》是一部社会人生信息和科学内容都十分丰富的作品,可是阅读的时候,我感到作家总是言之凿凿,各种内容像流水一般哗哗地涌流。我就想,如此密集的信息内容,陈启文竟能够了然于胸,从容把握表达,还不使读者产生阅读疲累的感觉,那该需要花费多少的采访研读工夫啊!又需要作家花费多少心思架构把握这些烦冗甚至艰涩的内容啊!因此,我对陈启文的严谨写作态度和文学表达才情甚是诚服。我在这里感受到陈启文走向客观真实的独立性格,也在这里清楚地感受到他富有对社会人生以至科学对象进行文学化的生动感知、表达的本领,还在这里感受到文学一旦与伟大崇高和纯洁智慧的人物交融,必然会焕发出超越世俗功利的独有的巨大感染力。这样的作品,无疑会对读者产生很大的降伏力量。

2019 年 7 月,大暑

序,或序幕

没有人预感到某种巨大的灾难正在降临。没有任何预感。

我记得那是 2008 年 1 月 12 日,星期六。晚上 11 点,夜深了。我乘坐 T2 次动身去北京。尽管那晚喝了不少酒,但我记得很清楚,2008 年的第一场瑞雪就是那天晚上降临的。在我故乡的岳阳火车站,感觉车头也像冻僵了似的机械地朝我们移动过来。站台上所有人都感受到了那种冰雪即将降临的寒冷天气,那种无法描述的凛冽与肃杀。那是直接与我们自身有关的感受。每个人都有点向后退缩,想躲到厚实的寒衣里面去。但这并非与灾难有关的预感,也根本没有意识到这种寒冷中隐藏着怎样的危险。

在车上,在北京,我一直不停地接到朋友们从南方的家乡发来的短信,或许是大雪一如既往的美丽使人们脱离了现实,南方的瑞雪成了新年伊始的最美好的祝愿和内心里所祈愿的某种吉祥象征。而我在北京度过的那一周,天气一直是如秋天般晴朗的。南方的瑞雪与北方的阳光让我感受到了这刚刚来临的年度给我带来的双重的祥瑞。

我想这个刚刚来临的年头,一定是一个好年景。

一周后,在我回来的那天,北京大雪。尽管由于雪天路滑差点延误了火车,但北方的雪景还是深深地吸引了我,甚至让我感到了它与南方瑞雪的某种神奇呼应。从北到南,沿京广线,我一路上看见,辽阔的华北平原,黄河,长江,满世界都是纷纷扬扬的瑞雪。车过武昌,开始驶入南方的丘陵和山地,我守在车窗边,捕捉着雪花的隐秘闪光,感觉到雪里江山的绰约与柔美,连列车滑过铁轨的声音也是嘹亮的。是啊,南方已经很多年没下过这样的大雪了,南方一直盼着能够下一场久违的淋漓尽致的瑞雪。雪的魅力无法抗拒，下车后，看见一个我原本十分熟悉的城市呈现出来的一切，白色的街道，白色的屋宇，连许多肮脏的死角也被雪白所掩饰，感觉很陌生，但是很美，很干净，很诗意。情不自禁，我有些情不自禁，只觉得遍体上下飘飘然的。

我已是一个老大不小的男人，生于南方，长于南方，但有生以来还从未经历过这样的瑞雪。在我的经历中，雪是美好的，在人类的记忆里甚至具有永恒之美。这并非我一个人的感觉，而是整个中国南方的感觉。在那些日子，几乎所有的南方人都感受到了瑞雪给他们熟悉的世界带来的新奇和诗情画意。从遥远的四川阿坝，到湘西凤凰、张家界，从伟人故里的韶峰、花明楼，到南岳、回雁峰、湘南、郴州、美丽无比的苏仙岭，一直逶迤到江西井冈山，雪，一直温顺地，密密层层地，从西向东，继续降落。一些原本就如诗如画的风景名胜之地，因为雪而更加浑然天成而魅力四射，而人们也被雪景深深吸引着，诱惑着，仿佛被引入另一个世界，悠闲地踏雪、赏雪。世界已经换了一副面孔，但那时，还没有任何人来扯破这一幅幅虚幻而又真实的美丽图景。

我不知道，那时到底有多少人通过这样一场瑞雪看到了后来的灾难性后果。

这也是我后来在采访中问到的最多的一个问题。

我这样问过湘南桂阳大山沟里一位种烤烟的老农，问过江西井冈山一位卖纪念章的剪着一头短发的年轻女人，问过韶山的一位退伍军人，也问过我那活到了九十三岁脑子还很灵光的老娭毑。每遇到一个人，我都这样有些神经质地追问。我在追问所有的人，追问人类。这里，我要感谢他们的诚实，每一个经历过这场大雪的人都诚实地告诉我——没有想到，没有任何预感，谁也不知道一场雪会下成后来那个样子，会下成五十年甚至一百年才降临一次的巨大灾难。

而我在追问的同时，脑海里一直回荡着卡尔维诺那篇我读了许多年一直没有读懂的小说《帕洛马尔》——美国加州帕洛马尔天文台，有世界上直径最大的天文望远镜，小说主人公帕洛马尔先生即借用此名，喻义对身边日常屑小事物进行"大倍数放大观察",结果进入了一个奇趣的境界:帕洛马尔先生望着一个海浪在远方出现,渐渐壮大,不停地变换形状和颜色,翻滚着向前涌来,最后在岸边粉碎消失、回流。帕洛马尔先生不是想要看清楚整个海浪,他只想要看清楚海浪中的一个浪头,他并无奢望,然而事情并没有那么简单,很难把一个浪头与后面的浪头分开,后浪仿佛推着它前进,有时却要赶上并超过它;同样,也很难把一个浪头与前面的浪头分开,因为前浪似乎拖着它一同涌向岸边,最后却转过身来反扑向它……

我一直在猜测卡尔维诺的意图。我觉得,现在,我在他诗意的背后终于读到了他的残忍,天才的卡尔维诺,在此其实无意于描绘风景,而是为了揭示现代人的处境,帕洛马尔先生够现代化的了,那台望远镜代表了人类目前所掌握的最尖端的科技水平,对事物可以大倍数地放大观察,而且,他也并没有了解整个世界的奢望,只想搞清楚世界的极小的一部分是怎么回事,但他还是没能看清楚。人类在时空中的渺小,人类占有的局限,也因此被揭示得更加触目惊心。他让人类看到人,看到自身,看到人类自身的命运,他为个人的无能为力与世界的变幻莫测找到了最残酷也最触目惊心的对照。

5月,在冰雪过去数月后,我上路了,与其说是开始我的采访,不如说是开始了我的寻找。尽管,动身有些迟了,但我身上,还有在那场暴风雪中摔伤的疼痛感,还不会那么快就过去。那些日子,很多人都摔伤了。在雪地上走着,走着,忽然就直挺挺地摔了下去。没谁想要摔跤,但在摔下去的那一刻,也没人能够控制住自己。我很幸运,没摔断骨头,但数月之后,身上还留下了几道并不明显的伤痕,这或许是因为伤得太深的缘故。我上路时,一场旷日持久的暴风雪早已消失,没有消失的除了伤痕,还有当初那种濒临绝境般的感觉。一个人倒在白得耀眼的雪地上,竟然会是那样一种感觉,瞬间就像陷入一片黑暗——没经历过那场雪灾的人可能不相信。一个经历了那场雪灾的人和没经历过的人是不一样的。而对于疼痛的体验,则可能是一样的,它由最初的尖锐,变得麻木、迟钝,然后转化为一种漫长的隐痛。如果不保持一种警觉,你甚至感觉不到这样的隐痛。

而对一场灾难更真实地观察,也的确需要一个合适的距离来审视。这需要时间,甚至需要从人类长远的命运去观照,才会发生必要的追问与沉思。诚实地说,我的采访一开始是茫然的,犹疑的。在我接受这一命题写作任务时,我的第一反应是拒绝。我是真的不知道,从哪里开始,从何说起?但后来,我还是犹豫地接受了,并且,上路了。很快,我就发现,随便往哪里一走,往中国南方的任何角落里一走,都是灾区。我沿着当初雪灾最重的路线,京广线,京珠高速公路,还有连绵起伏的高压输电线路,在崇山峻岭之间迂回穿插,我走在一条条陌生的路上,甚至深入那些无路可走的地方,去探寻事情的来龙去脉。

又是一个很普通的日子。2008年5月12日,星期一。下午两点左右,我来到了这里,湖南望城县桥驿镇力田村。没有人预感到又一场更加巨大的灾难正在降临。没有任何预感。上山时,我踩得枯树枝沙沙作响。夏天已经来临。这是南方最美好的季节。这一片在几个月前被无数镜头反复重现过的感天动地的雪白山岭,此刻被阳光照得一片透亮。在我的四周,簇拥着季节更迭中重新长出来的树叶,杜鹃花和甜甜的刺莓,还夹杂着一些早已枯死的树木。我从这些活着或者死去的植物间探出脑袋,仰望五十多米的高空,当我向那座铁塔注视时,天地间一瞬间安静无比。而后,我的目光一直长久地停留在那个高度。我怕我一旦缩回了目光就再也没有望第二眼的勇气了。我有恐高症。我听见有隐约的声音传来。是的,几个月前,1月26日13时,这里还是冰天雪地,那一刻正在500千伏华沙线(华电长沙电厂至长沙沙坪变电站)44号铁塔下执行除冰任务的湖南省送变电建设公司送电三公司302队副队长文武忽然发现,吊在铁塔上的绝缘瓷瓶出现了异常,原本处于垂直状态的瓷瓶开始向一边倾斜。这一发现是迅速的,迅速得来不及做出任何反应,三座铁塔便因线路覆冰太厚不堪重负而相继坍塌,在高压线路上执行人工除冰的罗海文、罗长明、周景华三个人,三个生命,从五十多米的高空坠落⋯⋯

我在此仰望。我的心里一片空旷,想象中的坠落异常安静,静得让人窒息,只有岁月之风依稀传来的空荡荡的回声。时间把那个短暂的过程变得遥远而缓慢,缓慢形成一种飞翔的姿势。然后,我就感觉到了一种很真实的震撼。感觉有什么东西,把某些相处遥远的东西秘密联结在一起。

开始,我以为那仅仅只是一种幻觉。然而,那不是幻觉,就在我再次仰望的那一刻,据国家地震台网核定,北京时间 5 月 12 日 14 时 28 分,在四川汶川县(北纬 31 度,东经 103.4 度)发生的地震震级为 7.8 级。最终又被确定为 8.0 级。而这一幻觉被真实验证已是几个小时之后,我从当晚的《新闻联播》里得知这是我在追踪一场灾难途中发生的一场更大的灾难,又是一场完全没有预感的灾难。这一灾难的波及之广,远隔数千里的湖南可以作证,湖南不但有很明显的震感,也有人在这次地震的冲击波中丧生。就在我感觉到震撼的时刻,很多湖南人都有与我类似的感觉,但谁都不敢相信,那一刻在中国这片灾难深重的大地上又发生了什么。而就在这两场巨大的灾难之间,还有冰雹、雷暴、暴风雨在同一灾区反复出现。中华民族在 2008 年将被深刻铭记的,除了百年期盼的奥运,还有这样一场场灾难,而且都是对于任何一个国家一个民族难以承受的巨大灾难。

难以忍受的沉重,一路伴随着我。无论是在乡村的沙砾小路上,还是京珠高速公路上,我都走得很慢。这里——湘潭,在京珠高速公路马家河路段,我沉默地伫立的地方,几个月前还是一片白色的冰雪,除了冰雪,当时感觉已经没有天空和地面。就在这里,我现在反复打量的同一个地方,一个老人的视线穿越了一树树透亮的冰凌,最终停在了一座座被冰雪压塌的高压电线铁塔上,这里的 500 千伏高压线,四座铁塔全部断裂了。他随手抓起一根折断了的树枝,支撑着身子朝冰雪深处走,他在睁大眼睛察看,这么大的雪灾,真叫人不敢相信,哪怕你亲眼看见了,还是真的不敢相信。老人缩回了目光,此时他的目光沉重地落在了身边电力工人粗糙的被冰雪冻得皲裂的手上,他握住了那一双双大手,而他说过的那一番话你现在肯定相信了——我们完全可以避免大面积的停电,我们有信心做到这一点,我们也有能力做到这一点,我们必须做到这一点!

在你不敢相信的巨大灾难面前,最需要的不是别的,是信心,一个国家的信心,一个民族的信心!而此时,我依然能听到他的脚步声,每走一步都会深陷在雪地里的挣扎前行的脚步声。这位对人和蔼可亲的总理,他的眼神是忧伤的，眼眶里饱含着泪水，讲起话来声音嘶哑。从年初的冰灾开始，他就一直在奔波，现在他又在第一时间出现在四川汶川地震的废墟和瓦砾间，这是一个因身负重压而又奔波过度的大国总理，你为他揪心，但他决不会倒下——要昂起不屈的头颅，挺起不屈的脊梁，燃起那颗炽热的心，为了明天，充满希望地向前迈进！

这是他发出的声音——在北川中学的临时安置点，他对那些孩子发出的嘶哑而坚定的声音，然后，他抓起粉笔，在黑板上写下四个大字：多难兴邦！它源出《左传·昭公四年》："邻国之难，不可虞也。或多难以固其国，启其疆土；或无难以丧其国，失其守宇。"一个民族在它的发展过程中，总会遭遇一些灾难与浩劫，总要承受难以承受的生命之重，而最重要的是，在巨大的灾难降临之际，先要制止和化解一场精神危机，不让心灵结冰，不让精神被震垮。而在我逐渐深入每一个山坳里采访的过程中，我更加真切地感觉到了这个民族在一场场灾难面前以本能的方式抱成一团的强大凝聚力，古老的中华民族正用五千年的睿智、坚韧和信心来拯救和重建自身，这正是中华民族历经五千年的无数次劫难而不倒，而能够永远存在下去，而能够一次次复兴的秘密所在，这也是我们依然热爱这个伟大民族的理由。

我是一个不善于说大话的谦卑的自由写作者，但我深信在2008年暴风雪之后，在一场场接踵而至的巨大灾变之后，这样一个民族将越发以敞开了的心扉屹立于神奇的东半球，也将越来越尊重和珍惜每一个短暂而渺小、高贵而充满尊严的个体生命。人类每一次面临灾难，说到底，还是面对我们自己。这其实就是我反复追问与求索的答案。

请相信我。我将以我全部的人格和诚实，来完成我的抒写与记录。

天佑中华，多难兴邦！

A部　地平线消失

第一章　疯狂的拉尼娜

谁见过拉尼娜？

……从何说起？那是怎样的一场灾难？该怎样给这场灾难命名？

雪灾？冰灾？严寒？凝冻？

哪怕在抗灾的过程中，各个地方也有各种不同的说法，抗雪、抗冰、抗凝冻、抗严寒……我们到底在同什么对抗，到现在，也没个一致性的说法，各个地方的灾难也有各个地方的不同。而在一场巨大的灾难过去数月之后，一直到现在，还没有人为这样一场灾难找到正式的具有科学确认性的命名。

这是一场难以言说又难以理喻的灾难，它的极端性、多样性、广泛性与诡谲性，都是人类尚未遇到过，或很少遇到过的，要不我们也不会反复强调五十年一遇，八十年一遇，百年一遇……

灾难过去了，但灾难中发生的一切，还有待于我们在更长远的宏观时空架构中去认识。

对于气象我是门外汉，那些风云图、气象图对于我如天书一般。我无法在这方面推究得太深。但在采访的过程中，许多我敬仰的气象学家，都尽量让我懂得一些最简明的东西。他们几乎都提到了一个新名词，拉尼娜，西班牙语"La Nia"的译音。这是气象和海洋界使用的一个新名词。一个小女孩，或一个圣女。

人类对灾难的命名耐人寻味，在他们眼里，灾难不是魔鬼，而是这样一个美丽的充满了圣洁感的小女孩，一个圣女。她被一些西方的画家描绘成了一个皮肤白皙、眼睛冰蓝、睫毛很长的女孩。这也许就是人类对灾难的一种祈愿,希望这些灾难性的东西真的能变成这样的一个可爱的小女孩,一个圣女。而我们对太平洋上另一种自然现象的命名也是这样的,厄尔尼诺,在西班牙语中正好寓意圣婴。

一个气象专家转动地球仪。看着一只地球仪在他手中颤颤悠悠地转动,我竟有片刻的恍惚,感觉那就是一个真实的地球,在颤颤悠悠地转动。

一只手指在赤道上,然后慢慢移向广袤无边的东太平洋。

我的目光停留在那里。此地与我们相距遥远,然而就是在这里,这一个圣婴和一个圣女,他们一热一冷,都是交替影响东太平洋气候和海温冷暖变化的异常表现。具体到拉尼娜,指赤道太平洋东部和中部海面温度持续异常偏低的现象,她与厄尔尼诺现象正好相反,也称为"反厄尔尼诺"或"冷事件"。而这种海温的冷暖变化过程构成一种无限循环,在厄尔尼诺之后接着发生拉尼娜并非稀罕之事。同样,在拉尼娜后也会接着发生厄尔尼诺。厄尔尼诺与拉尼娜现象通常交替出现,两种自然现象一热一冷,彼此构成反相。他们对气候的影响也大致相反,通过海洋与大气之间的能量交换,改变大气环流而影响气候的变化。一般拉尼娜现象会随着厄尔尼诺现象而来,在出现厄尔尼诺现象的第二年,就会出现拉尼娜现象。最近的一次厄尔尼诺现象出现在1998年,一直持续到2000年春季趋于结束。这一次厄尔尼诺使中国的气候也十分异常,它表现为江南、华南地区夏天暴雨成灾,致使长江流域、两湖盆地均出现严重洪涝,一些江河的水位长时间超过警戒水位,两广及云南部分地区雨量偏多五成以上,华北和东北局部地区也出现涝情。有人形象地说,厄尔尼诺现象是激情所致,他体格魁伟,力大无穷,他的每一次出现都充满了非理性的狂热与冲动,甚至表现为一种突发性的狂暴症,如台风、暴雨……

那么拉尼娜呢?谁见过拉尼娜?

是的,她来了,她如此冷静,冷静得你甚至都没感觉到她来了。其实她早已一次次光临过中国大地,其实很多中国人都见过,你和我或许都见过。但你不知道到底是哪一个,她有着万千变化和无数个化身,北方频繁出现强寒潮大风,大范围的扬沙和沙尘暴天气,土壤墒情快速下降,干旱,高温少雨,严重的春旱,都是她在频频施展魔法……

然而,老实说,在中国,像我这样的平民,或许很多人都知道厄尔尼诺,但很少有人知道拉尼娜。直到今年,2008年,一个我们充满了期盼与祝愿的年份,谁也没想到就在我们刚刚跨入这道门槛时,就遭遇了拉尼娜。她在各地频繁现身,整个中国南方,大半个中国,都处在她的控制下。她冷静地施展着她的魔法,一会儿下着纯雪,一会儿是雨夹雪,一会儿是暴风雪,一会儿是冻雨,而这种罕见而恶劣的冰冻和严寒,在南方,也是我们从未体验过的。

很多事我都是通过这只缓慢旋转的地球仪知道的。就在拉尼娜在中国大地尽情施展手段时,赤道东太平洋地区的海温要比常年偏低半度以下,这造成了东半球经向环流异常。要命的是,这样一个环流形势特别有利于我国北方冷空气的南下,不断形成强大的冷气团,一路南下直逼中国南方。而由于南方今年的暖气团也分外活跃,大量来自太平洋、印度洋的暖湿气流频频光顾南方地区,当来自外蒙古和西伯利亚的强大冷气团迅速南下并与暖湿气团相遇后,这一冷一热两个正好结合在一起。——我们遭遇的这种五十年、八十年甚或百年一遇的灾难性冰雪天气,就是受这两个气流共同影响产生的,而且长时间维持着低温状态。换句话说,我们也不能把所有的责任一股脑儿推到拉尼娜身上,如果只有拉尼娜,只有冷气团,而没有暖湿气团提供的大量水汽,南方只会出现大风降温天气;如果只有暖湿气团提供的大量水汽,而没有冷气团光临,则根本没有什么灾害性天气。两者皆备的时候,这种极端性灾害就降临了。而这样的机会,对于拉尼娜,其实也很少,这也就是我们所说的,五十年、八十年、一百年才能碰到一次,问题是,在2008年冬春之交,这一次终于叫她给逮上了。

他的分析简直无可挑剔,然而他说,这只是他的一点儿猜测。

这不是谦虚,这是一个科学家在大自然面前所表现出来的自觉的谦卑。

人类科学,永远无法超越自然法则。在自然法则所构成的时空里,人类和人类科学都只是沧海一粟,甚至连沧海一粟也谈不上。

我的目光跟着我们的地球在缓慢旋转。这位令我敬仰的气象学专家,他以分析的方式破解那些不可思议的天书,而我则全凭直觉。如此枯燥的话题,他讲得颇为风趣,伴随着逼真的手势,他很懂得怎么让一个不懂科学的人去懂得一点科学的道理。科学不是什么人都懂,也许人类永远都不能进入那神秘境界中去,而在眼下,所谓科学仅仅只是人类所掌握的很少的一些大自然的规律。在深邃的充满了无限可能性的时空之中,作为个体生命的人类只是短暂地偶然地存在,而灾难将是永恒的主角。人类成熟的一个重要标志不是掌握了现代科学技术,而恰恰是通过科学技术发现了自身的渺小。而最科学的态度,是从一开始就承认科学的局限。

巢纪平,江苏无锡人,中国科学院院士,当代最权威的气象学家之一。

这位在我国数值天气预报、长期预值天气预报、中小尺度大气动力学、积云动力学和热带大气动力学热带海气相互作用以及海洋环境数值预报等领域取得了开创性研究成果的气象学家,很早就提出了热带大气和海洋运动的半地转适应和发展理论,并主持创建了我国第一个海洋环境数字预报业务系统。而针对这次南方的冰雪天气,他说,现在的形势是,厄尔尼诺的影响并未完全消失,而拉尼娜的影响又开始了,这使中国的气候状态变得异常复杂。一般来说,由厄尔尼诺造成的大范围暖湿空气移动到北半球较高纬度后,遭遇北方冷空气,冷暖交换,形成降雨量增多。到6月后,夏季到来,雨带北移,长江流域汛期应该结束。但这时拉尼娜出现了,而拉尼娜则是一种厄尔尼诺年之后的矫正过度现象,致使南方空气变冷下沉,已经北移的暖湿流就退回填补真空……然而,当副热带高压已到北纬30度,又突然南退到北纬18度,这种现象历史上还从未见过。

从未见过!他停住了。而后,是长时间的沉默。透过那闪光的黑边眼镜,你感觉一个老人沉默得那样深,像科学本身一样深不可测。

从未见过,不仅是在中国南方,就在中国遭受雪灾的严重打击时,几乎在同时,美国中部也出现温差20摄氏度的剧烈降温,暴风雪不但席卷了东半球的中国,而且也正在席卷西半球的美国。而入冬以来,俄罗斯北部边缘地区温度也连创新低,一度达到零下50摄氏度的极端严寒天气,而在此前的中亚,已经一百年没见过雪的巴格达,竟然突降大雪。

在飞舞的大雪中发愣的巴格达人,醒悟过来的第一个反应是大呼真主降临……

美国人在呼喊,上帝啊!

我们,中国人,又在呼唤什么?

下意识地,我僵硬地扭过头,茫茫然地瞅着天空。

雪白的,冰蓝的

湖南省气象台发出第一个暴雪蓝色预警的时间是2008年1月12日。

它的准确性在未来十二个小时内就被时间验证了。

证据不是别的,是雪。湖南全境,从湘西张家界到湘北的常德、益阳、岳阳,一夜之间普降瑞雪。第一场雪下下来,空气忽然好像透明了许多。也不冷,不觉得冷,感觉甚至比没下雪的前几天还暖和。而对于雪,湖南人已经很长时间没有体验过了。在这场大雪降临之前,很多人都以为南方又将度过一个无雪的暖冬。而在立冬之后,人们也并未感到明显的季节变化,气候仿佛一直还是去年秋天的延续。这也让人们的心情完全放松了,除了对长时间没下过雪的失望和对瑞雪的期盼,没人感觉到有什么不寻常,更没人把这一场瑞雪同接踵而至的灾难联系在一起。

拉尼娜一开始是以最美丽的姿态出现的。

瑞雪兆丰年。国之将兴,必有祯祥。2008年,这是亿万中国人充满期待的一年。

千里冰封,万里雪飘。一位伟人笔下辽阔旷远的北方雪景,在南方,在他故里的韶峰、虎歇坪,成了最真实的写照。连绵起伏的山峦,雪白的,冰蓝的,那种动人心弦的风花雪月的绚丽景色,叫人眼珠子发亮。

——你不知道这里的雪景有多美啊!

几个月后,我来到了这里,韶峰。一位二十出头的姑娘还这样情不自禁地冲我说。

她叫毛莉莉,还是毛丽丽?这是个逢人便露出雪白牙齿笑口常开的快乐女孩，这可能是她的天性，也可能与她的职业有关。她是个导游小姐，她希望她带游客去看的每一个地方，都很美，都能把人深深吸引住。而作为导游，湖南省气象台发出第一个暴雪蓝色预警时，她不可能不知道，但她还是没预料到后来事情的严重性，雪会那样下。别的地方她不太注意，但韶峰每年都是会下雪的，下雪的韶峰比不下雪的韶峰更美。她还记得，那天早晨，她像往常一样醒过来，当她睁开眼，一切都变得恍若隔世，真美啊！很快，这样的雪景就把无数人吸引来了，但当大量的游客拥入景区时，她作为导游的第一个反应是生意太好了，紧接着，就是忙不过来了。上韶峰的路，上虎歇坪的路，一路上就像捡钱啊。无数人徜徉、流连于这美好时光的韵律之中，或带着孩子，或陪伴着情侣，堆雪人，滚雪球，打雪仗，以雪为背景，留下一张张倩影，到处是闪烁的快门，令人浮想联翩。而这样的照片，这样的幻觉，很多人一生都会小心翼翼珍藏。

　　绝美的风景岂止是韶峰，从中国大西南的腹地，向东，一直向东，圣女拉尼娜的无形之手，在尽情地，也是任性地按照自己的方式于无形中重塑天地间的一切。到处在下雪，雪又是不一样的，在湘北，是纯雪，白色的，大朵大朵的，浪漫地飞舞；而到了湘中的韶峰，南岳衡山，回雁峰，是雨夹雪，而且很沉着，这样的雪更容易冰冻，落下来是雪，一落地就变成了冰。而南岳的风景，尤其在瑞雪初降时形成的奇异的雾凇景观，堪称南岳一绝。还有江西井冈山、安徽黄山、福建武夷山，它们从久远的过去绵延而来，它们都被重新塑造，成为更加引人入胜的风景，每个人对这样的雪景都表达了近乎贪婪的赞美。

　　当南岳衡山顶上的冰冻达到湖南省史无前例的最高值，厚达二十厘米时，她的美丽也达到了无与伦比的境界。而这里比韶山的游人更多，很多广州、香港、澳门的旅游团队都被这里奇异的雾凇景观吸引过来了。无数人蜂拥而来，好像不赶紧来，他们就看不到这样的风景了。而在人们的印象中，冰雪原本就是昙花一现的短暂风景，很快就会融化。事实也是这样，如果像往年那样，这里的雾凇景观最多也就能保持个三五天。然而这一次，人类的确是失算了，就在游客纷纷上山欣赏瑞雪中的无限风光时，南岳镇与衡山店门镇交接处的唯一桥梁——王家坝大桥,开始在冰雪中出现险情,部分桥体正在美丽的冰蓝色中倾斜,直至无声地坍塌。当一条交通要道被撕裂了,人们才醒悟过来,才开始呼号与告急,灾难发生了!

没想到,真是没想到……

在我后来的采访中,很多人都这样感叹。

冰雪不是地震。它没有地震那样——刹那的摧毁力,但更具有隐蔽性。

还是让我们回到韶峰。雪和冰,就像一个悄然间进行的诡计,悄然间,上山,下山,进山,出山的路全都被堵死了,而上下山的缆车,缆索上已经覆盖了一层冰雪,无法运行。一个已经很有现代气息的韶山市,仿佛突然又倒退到了20世纪初,回到了毛泽东少年时代那个荒凉闭塞的韶山冲。那些徜徉、流连的游客,连同他们的导游,开始饱尝颠沛流离之苦,想要从这山冲里走出去,唯一的方式就是苦不堪言的步行。而那些被困在山顶的人,开始发出绝望的大声呼号,整个一副世界末日降临的样子。

不是没有车,只是没有路。那原本宽敞的道路,这时已完全被封锁在冰雪里。山地里的道路,可能是结冰最快的路,冰冻得就像一道道突出地面的壕坎。偶尔有一辆车从这样的路上蠕动着左右打滑地开过来,而你要坐上这样一辆危险的车,去湘潭,去宁乡,去长沙,价钱则是以往的数倍。我后来认识了在这条危险的道路上跑过的一位司机,老彭。他是一个在川藏公路上跑过十年车的退伍士官。老彭其实还不老,才三十出头。他不大爱说话,但一开口就很冲。像他这样一个士官,原本是可以安排工作的,但他没什么背景,退了就退了,只能自谋生路。他就用他的退伍金,又东挪西借,买了这样一辆车,在韶山开出租,又用开出租挣来的钱和人合伙开了一家小旅馆。我在韶山采访时,就是租他的车,住在他开的那间小旅馆里。老彭开出租,开旅馆,还欠了不少债,他盘算着,还有两三年就可以把债还上,这车这旅馆就完完全全是他的了。到那时,他也用不着这样拼命跑车了,可以打打牌,喝点小酒。这就是老彭的理想,他向往一种悠闲自在而又不愁吃不愁穿的愉快生活。他觉得那才是人过的日子。

不过,现在他还得拼命跑。在那场大雪灾中,他的车轱辘一直没停过。

别人不敢跑,他敢。一个在川藏公路上跑过车的人,还有什么样的路不敢跑呢?老彭这样跟我说。熟络了,我发现这个人,既有军人的耿直,又有农民的憨厚,只要一谈起自己,总是把心里话兜底倒出的。他说,他没死在川藏公路的悬崖底下,他就不信自己会死在自家门口。这场大雪灾可给他带来了大把大把挣钱的机会,开始几天,他数钱都数得指头发麻了。而这样挣钱,他不觉得有什么不对头,他是在赌命哩,是在用性命挣钱哩。他也不觉得他欠谁的,要说谁欠谁,也只有老天欠他的。他在这样大把大把挣钱的时候,甚至找到了心理上一直未找到的平衡,感到了一种从未有过的痛快。

有些事——有些改变一个人一生的事,也许只是一个细节。

那是他从湘潭城里回来,白色的道路一路上寂静得可怕,你看不见雪是怎么落下来的,你看见雪就像在不停地上涨,从这一边的天际涨到另一边的天际。他的车是红色的,可现在,就像飘浮在大雪中的一个白色积木。一个人突然站在了路当中,他看见了,他看见那个人举起手臂朝他拼命摇晃。开始他还以为是个想搭车的人,他以为狠狠挣一把的机会又来了,可等他把车开近时,才发现那人背后的道路已经裂开了一大块,正在冰雪的重压下蠕动着、瓦解着下沉。他把车死死地刹在了随时都会塌陷的路牙子上。你不能不说,这个老彭,他开车的技术还真是棒。下车后,老彭才发现自己猛地出了一身冷汗。

他肯定比谁都清楚,他这条命,还有这辆车,是被眼前这个人救回来的。

他不会说感激的话,他问那个老乡去哪,他想送送他,不要钱。

那个人摇摇头,把身子转过一边,又看着远方的路。

老彭明白了,这个人哪儿也不去。这个人就住在这路边上,他发现了这个危险的裂缝,他要守在这里,喊叫着让来往的车辆绕开它。老彭开始也说不上有多么感动,他没说什么,就开着车绕开那个可能会塌陷的地方,重新上路了。然而,在绕开那个裂缝之后,他的车不知怎么就开得连连打滑,他突然感到四肢又麻木,又酸痛,而且浑身发冷,非常冷。在自己开的小旅馆里,他蒙着被子睡了一夜。第二天,他又照常出车,但换上了那套好久没穿过的没有帽徽领章的军服,车上多了一块牌子,写着免费运送急难旅客。说到这块牌子,他尴尬地冲我笑。他文化不高,字写得很丑。然而,这是韶山开出的第一辆免费运送急难旅客的车辆,他也许是韶山在这次雪灾中的第一个心甘情愿这样做的志愿者。

生活不是文学。老彭发生这样的在文学上可以称为人生变化的变化,几乎找不到更有力量让他发生这样变化的理由。后来,我一直想找寻到老彭说过的那个人,但没找到。雪灾过后,从湘潭前往韶山的那条路早已重修,并被拓展得更宽了,更平展了。而路边的一些人家,由于雪灾所引发的次生灾害,譬如泥石流、塌方,搬走了不少。我也没有必要苦心孤诣地去寻找这样一个人,也许这原本就是很平常的一件事。也许他原本就是一个山里憨厚淳朴的农人,一脸憨厚淳朴的表情,他并没有我们强加于他的什么高尚的想法,只是靠着自己固有的本性去这样做。而在我实在说不上有多么深入的采访中发现,这样的一个人或这样的一件事,在湘潭至韶山的山沟里发生得实在太多了。然而,就是这样的一个人、一个细节,却让我们的这位退伍兵,这位正在抓住机会大把大把挣钱的的哥,心里突然又不平衡了。他必须为自己倾斜的心灵找到另一种平衡。他找到了。但也很少有人知道他在这样一场大雪灾里开始干了些什么,后来又干了些什么。

我后来也问过山峰上那位导游小姐,把我知道的这些事,这些不确定的人讲给她听,问她知不知道这些个事,晓不晓得这些个人。

她莞尔一笑,点头,又摇头。

眼下已是韶山的初夏季节,大雪无痕,那一场几乎给这里带来灭顶之灾的暴风雪,早已不知去向。而我所面对的这位导游小姐,她身上似乎附着的一种雪白的、冰蓝色的气息,很有几分动人。我注意到,她说话时,微笑的神情已有点不同寻常。这兴许是因为她经历过美丽的雪景变成一场灾难的过程。其实,同湖南的其他地方相比,同中国南方的其他地方相比,韶山的雪灾都不算最重的。她就是这韶峰脚下的人,从小到大,她还是第一次看到如此绝美的雪景,也是第一次目睹雪灾造成的一幕幕惨剧。

在我见到她之前,我已听说,这姑娘真了不起啊,又是一个文花枝,自己的脚扭伤了,还把一个老人从山顶上背下来了。

谁都知道,湖南出了个文花枝,这是有名的中国女孩,中国新一代女性的精神象征和道德形象。而这一个,她还没有名,她也根本就没想过要出名。她顽皮地又几乎是严厉地警告我,别瞎写,别把她的名字捅出去。我看着她。她站在韶峰灿烂的阳光下笑眯眯地、若无其事地跟我讲着。她的嘴唇那么红润,牙齿白得像阳光一样纯洁灿烂。很难想象一个这样年轻的才二十出头的姑娘,甚至还有几分孩子气的姑娘,突然要对一个几十人的旅游团队的生命负责。

……当大雪变成灾难时,一切开始陷入恐慌和混乱,千余名游客被困在山上,下了山还是继续被困。韶山冲原本就是个深山沟,当所有进出的道路一下子被堵死了,那种灾难降临的恐慌所带来的乱糟糟的场面,是不用多说的,想想,就知道。后来,渐渐地,大伙都冷静下来了,她也冷静下来了。什么叫冷静下来了?就是突然知道你是干什么的,你是导游,这是你的角色,也是你的位置,你得先把游客的情绪稳定下来,有条不紊地,甚至指挥若定地,疏导他们下山。而她要做的事,也是她必须要做的事,缆车已经不能坐了,而下山的路,你比游客熟悉,你比他们清楚怎样走。

我想看看她当时带着游客撤下山的那条路。

那是条相对平缓的山间小道,夹杂在灌木丛中,如果不是她带着,我还真不知道有这样一条路。在这季节,春天刚刚走到尽头的季节,已无处寻觅冰雪的痕迹,而山道两边鲜红的野果熟透了,让这姑娘变得贪婪了,一路上她都摘着各种野果往嘴里送,嘴唇也越发地红润起来。而在几个月前,在搀扶一个老人下山时,一块山岩突然滚落下来,为了护住那位老人,她受伤了,幸运的是,那块石头没砸在要命的地方,砸在脚踝上。但现在,已经完全看不出她受过伤,也不知道她流过的鲜血,到底留在了哪一个地方。看得出,她是走惯了这条路的,跟着她绕来绕去的,我都快被她绕迷糊了。

我气喘吁吁时,她顽皮地问我,你觉得还有多远?

那天,她也这样顽皮地问那些游客。

记得,她受伤后,一个小伙子上来搀扶她时,她回给他一个笑。她说,那个老人其实不是她背下来的,就算不受伤,她也背不下来。游客中还有那么多男人,又怎么会要她来背呢?如果真是那样,她首先会对这世界上所有的男人绝望,然后,对这个世界感到绝望。她不是人们传说中的文花枝,但她是一个和文花枝一样爱笑的姑娘,那么痛,她还在笑,还在顽皮地问,你觉得还有多远?她这样问的时候,给人一种错觉,一种信心,很近了,快到了。这也是我的错觉。你会在这样的错觉中忘记真实的距离,忘记疼痛。这条路其实很远,哪怕现在这样晴朗的天气,我也跟着她走了三个多小时。

有件事很有趣,这姑娘后来收到了一封情书,是那个搀扶她的江西小伙子写来的——我愿意搀扶你走一生,因为,你是值得我搀扶一生的人……

这无疑是灾难中发生的最浪漫的一件事,有着丰富的潜台词。但这姑娘告诉我,她今年五一节刚结婚了,对象是个当兵的。

从山上下来,很意外地,看见了中共中央政治局委员、全国人大常委会副委员长王兆国。他就站在离我们十来步的地方,出神地瞅着山上空荡荡的一大块凹陷下去的地方。那里可能是雪灾过后的一片泥石流造成的塌方。我猜测,他可能是来这里视察灾后重建的,他的目光有很长时间都没有收回来。说是大雪无痕,但毕竟还是留下了那么多灾难深重的痕迹。

当我下意识地瞅着那个方向时,我的目光也深沉起来。

天塌下来了

从永州到郴州,我绕开了高速和国道,选择了一条很难走的乡村公路。

祁阳,祁东,常宁,白石故里,欧阳海的故乡……

一直到桂阳、郴州,和我预料的一样,满眼的,一望伤目的,全是暴风雪过后千疮百孔的遗留痕迹。我知道真实的事曾在这里发生。在这车窗之外,就是一场巨大的灾难发生的地方。我坐的那辆又老又破的长途客车,一路上熄了好几次火,每隔个把小时,就要停在路边,给跑热了的车子加水,还要往发热的车轮上浇水。而这条路,在京珠高速和国道被堵的时候,就是一条分流车辆的重要路线。这也让我理解了,为什么当时有那么多车辆不愿分流,这样一条七弯八拐的路,仿佛正在穿越另一个遥远星球上荒凉的陨石坑。它在天气晴朗时尚如此难走,何况在那样的冰雪天。从永州到郴州,如果走高速,也就两个来小时,我却在这样一条道上走到黑,那是真正的一条道走到黑,上午10点多出发,到郴州天已经完全黑了。而它把我拖进的那个车站,也是郴州城最偏僻的一个车站。

我希望看到并且记录一下更真实的东西。譬如说,那些高速公路两旁你现在基本上看不到灾害的痕迹了,一切都得以迅速修复,而在这条一直没修复的乡村公路上,你还到处都能看见倒塌的房子,雪崩后被泥石流冲毁的渠道、田园,还有许多你看不见的灾害,也就是老百姓常说的有灾不见灾。或许,只有深入了这样荒僻而贫瘠的地方,你才会更加清醒,灾难的真实,和灾难之后重建与修复的漫长过程也同样真实。

听当地的烟农说,没个三五年怕是恢复不过来。

在半路上,车子出了故障,停了很长时间。我去附近村寨里上茅房时,碰到一个拾粪的跛腿老汉,老人个子高高的有些佝偻,耳朵上支棱着一根纸烟,两只耳朵上稀疏的毛发白得像兔子。我们很自然就唠起嗑来。路上的牲口粪很多,他用钉耙拾掇着,唉,他抖动着跛腿叹息,这地以后留给谁种啊?——不用说,这里和别的地方一样,留在村庄里的多数是上了岁数的老年人和体弱多病的妇女,就像老人的叹息,这村子里三十岁往下的人,谁还会干农活啊?谁还知道二十四节气啊?

我发现,这里的山地可能特别适合种烟叶,我看见在老汉背后是大片的黄烟地。但在地里干活的全都是些老汉,有些老汉大约是太老了,跪在垄沟里慢慢地往前拖曳着,不停地扯掉一些多余的苗子和野草。不用说,村里四十岁往下的农民全都去了城里和南方的工厂,做了农民工。你说他们是农民工,他们其实早就不是农民了啊。

走进任何一个乡镇,几乎都有农民跟我唠叨。

他们怎么就这样苦啊?!而一场暴风雪,无疑让这些原本贫穷的乡下人更加雪上加霜。从欧阳海的故乡一直向东南方向走,都属于冰灾寒极的范围,是冰雪灾害最严重的山区。这里是湘南的高海拔地区,整整被冰封了二十九天。老汉说,开始都以为是下雨呢,没看见雪,好像下起了大雨,又不是雨,落在身上邦邦硬,像冰雹,又不是冰雹。反正这家伙他这一辈子是没见过,你看着像雨,打在身上像冰雹,一落到地上就冻硬了,变成了冰疙瘩,又好像,还在落着时就变成了冰疙瘩。

有一件事显得非常古怪,甚至可以说是神奇。老汉说,好多鸟雀都冻死了,你看见一个什么鸟雀,它还在天上飞呢,忽地一下,从天上掉下来一个冰疙瘩,走近一看,里面包着一只鸟雀,那只刚才还在飞的鸟雀,已被冻在了冰层里面,小嘴还张着,要叫唤的样子——老汉一边深深地喘着气,一双蜡黄的眼珠子鼓突出来盯着我,唉,你说这个屎事,我这辈子都没见过呢,八成是老天爷要下来收人了哩!

这里,我发现,听一个乡下老汉的描述,的确比那些气象专家的分析要传神。不过,专家的分析也许更精确,他们说,道理其实很简单,南方的大部分灾区,尤其是灾情最严重的地区,冰雪都不是罪魁祸首,而是这种你无法命名的自然现象,就像这只麻雀,那种看上去像是雨水的东西,浇在它身上,又迅速凝结成冰,它就成了一个冰雕的样子了。冰灾寒极的郴州,同这只麻雀一样,就被冻在冰层中间,你看见到处都是冰,房檐上,电杆上,铁塔上,电线上,冰雪不是降落在上面,准确地说,这一切都在冰层里面,被冰雪包裹了。而灾难的旷日持久,灾难的强度,无数电线的断裂和铁塔的倒塌,以及破冰除雪的难度,无不是这种罕见的灾难造成的,真的,太罕见了,别的地方是五十年一遇,郴州不是,最少也是百年一遇!

车还停在那里。那个迟迟没有排除的故障,仿佛是要特意给我留下更多的时间。我想去看看老汉在冰雪中垮塌了的房子。

拐过一个山丘,又拐个弯,沿着一条印满了牛蹄子窝儿的乡村土路走进寨子里,一看就是一个贫困乡村。路上看见了个流鼻涕的小孩,老汉上去给他揩了。而我只有本能的厌恶。我问,这是你孙子?老汉摇头,说是个没爹的孩子。他爹呢?死了。塌在房子里的乱石里了。

透过杂乱的树叶看去,有一种长满了苔藓的岩石。千百年来,这里的山民还是从山上采石筑屋,他们用大小不一的石头和粗坯的泥砖垒房。也许更早,在后穴居时代就开始了。这里的石头都是花岗岩的,筑起的房子应该是很牢固的。但村里的许多房屋还是被冰雪压垮了。

这房子怎么就倒了？这石头的碉堡一样的房子怎么就倒了？

请原谅我，总要问一些这样愚蠢的问题。脑子里乱得很。

难道这一切都是拉尼娜造成的？老汉不知道拉尼娜，天知道。

老汉板着粗糙的脸孔，以一种苦笑而悲愤的表情无奈地看着我。怎么倒的？天知道怎么倒的？天知道……

他们把这样的天气叫鬼怪天气。这鬼怪天气一度让他们非常惊恐，连村里最老的老头老嫄驰都没见过，很多村民纷纷杀鸡，用鸡血喷烟叶来祭神祷告。

老汉说，屋子倒塌时，天刚刚黑，他还在后屋里喂猪，眼前突然一黑，就像天整个地塌在了身上，天塌下来了！——我紧张地看着他。他浑身僵直地靠在墙上，他说，好在，当时几个儿子姑娘都没在家，都在外地打工，被冰雪阻隔着，回不了家。家里只有他和老太婆。他的神志还算清醒，陷在一大堆乱石之间，还大声喊叫着在柴房做饭的老太婆。他喊得声嘶力竭，也没听到回答。一片黑暗，一片死寂。连狗叫声都听不见。后来，他就咬牙切齿地搬着身上的石头了。费老大劲搬开一块，又挤压上来一块。这个事实上被石头埋葬了一生的老汉，吃惊地发现他一辈子也搬不开压在他身上的石头。在他被这石头埋了一夜之后，才有村里的老乡过来，帮他搬开了石头。老汉居然没死，十个手指头全磨秃了，渗着血。一条腿被压断了，直到现在还是一跛一跛的。他也没有上医院去治，这么大岁数了，跛就跛吧。老太婆也没死。一头猪被压死了，不过正好宰了过年。除了这石头房子和一些扔掉也没人要的破旧家什，老汉几乎没什么太大的损失。村长家那损失才叫大哩，一座崭新的洋砖瓦房稀里哗啦地全倒了，听说要值七八万。

我看见了，进寨子的一条土路，两旁还有许多折断的大树，竹子成片地倒伏在地，却依然在顽强地生长，生长出翠绿，还有竹笋。老汉说，最不容易死心的就是竹子，过不久它们就会自己长起来，不用人扶。而我有些惊喜地看到，老汉的石头屋又建起来了，盖着崭新的红瓦。我刚刚开始采访时，就从湖南省有关部门获悉，湖南省各级民政部门已全面开展倒损房屋的统计、核定和因灾倒房恢复重建工作,他们承诺,要确保倒房灾民在今年5月底前搬进新房。听他们说,自冰冻灾害发生以来,湖南省对那些倒损房户和自救能力弱的重灾民,按照每人每天三元左右的标准,安排好一个月的生活费,这钱已分发到户到人。对无经济来源的特殊困难对象,给每个人安排了两个月到三个月的生活费,也是每天三元的标准,三个月,九十元。此外,对灾民建房的各项行政性收费进行减免,对全倒户每户补助五千元。这老汉就属于全倒户,看了他的新房子,就知道政府的承诺提前兑现了。

每天三元的补助,每户五千元的补助,虽是杯水车薪,但对于一个发展中国家的政府,一个中西部地区的省份,应该说已经尽力了。老汉告诉我,五千元,刚够买屋顶上这些红瓦,而石头是不要钱的,只要有力气,房屋上的旧檩条、旧椽子,从冰雪里抠出来后,大都还顶用,那些倒下来的树,劈了,剥了皮,也能派上用场,这不,屋子说盖就盖起来了。我看见屋梁上挂着的腊鱼、腊鸡,还有很大一块腊肉,熏得油烟乌黑的,乡下人靠这些东西可以有滋有味地过完他们一年的日子,甚至过完他们的一生。

而就在老汉这散发出泥水气息的屋子后边,我看见还有不少人正在盖房子。干活的都是些老汉,打着赤膊,抬着从山上挖来的石头,吃力地向前弯着腰,嗨哟嗨哟嗨哟地喊着号子走过来了。我一动也不动地站在那里,以一种习惯性的袖手旁观的姿态,注视着他们,脑海里又开始翻腾那个西西弗斯神话。不管人类所干的这一切有多么徒劳,你都会想到一个与灾难紧密相连的词——自救。他们在自救。他们甚至就像这一根根竹子,一段时间过去,不要人扶,自己就会重新长起来。我的目光一直追着那些超负荷的脊梁,那铜亮的脊梁、黑汗闪烁的农人的脊梁。他们总让我想到自己的农民父亲。

不管生活多苦,他们都不会停止劳作。对于他们,活着的意义,就是日复一日地重复劳作,并等着冥冥中的下一场灾难降临。而在一场新的灾难降临之前,他们平和的心境依然和平常的日子一样从容。他们不但重新盖起了倒塌的房子,还把受损的黄烟苗子都一棵一棵补上了。路两边,一望无际的黄烟,一片片涌入眼帘的鲜艳的葱绿。5月,一年中最好的季节,天很蓝,阳光很好,山林里原野上到处都传来阳雀子、布谷鸟、野鸡和斑鸠的深情而不知疲倦的叫唤声,有各种果实发育成熟的味道在四周慢慢萦绕,弥漫。然而,就在我这样浮想联翩时,不知不觉地,已经有乌云缓慢地飘移过来。

重新上路后,突然下起了大雨。

身为南方人,我知道这不是一般的降雨。晚上,我刚在郴州住下,就从《新闻联播》里得知,这是今年首次大范围强降雨,才刚刚开始进入雨季,南方部分省份就有很多村寨的房屋被淹。随后几天,我一直密切关注国家防汛抗旱总指挥部的最新统计数字,到5月底,强降雨已造成贵州、湖南、广西、江西等省区四十八人死亡、二十多人失踪。其中,在近年冰雪灾害最惨重的地区,还出现了特大暴雨,河流水位迅速上涨,大雨同时引发山洪、泥石流等地质灾害。又是房倒屋塌,又是交通、通信、电力设施损毁,又是死亡失踪。据预测,这次强降雨过程将持续到七月份,降雨范围将覆盖江南、华南的大部分地区,主要集中在湖南、江西、贵州等地……

老天,这个暴雨成灾的范围不就是今年冰雪覆盖的范围吗?上天为什么要选择同样一个地方,让他们如此频频受到伤害呢?

在我记录着这些文字时,我一直在为那些老乡提心吊胆。

我真不愿意听到他们又一次发出悲惨的叹息——天塌下来了!

第二章　地平线消失

超低速行驶

这个人,老张,山东威海人,满口浓重的胶东腔,一个往返于威海与贵州遵义之间的大货车司机。而我选择这样一个人,一辆车,也别无深意,只是想通过这样一辆车的运行,把一场灾难在时间中的演绎过程,通过慢镜头看得更清楚一些。而他也将以数倍于平常日子的缓慢速度,穿越从暴雪蓝色预警到最高的道路结冰红色预警的全过程。而遥远又漫长的已不是距离,而是时间。

按照我们早已习惯的那种设想,每一次灾难降临之前,天空都会呈现出凄惨的、阴霾密布的、冰冷的光亮。一位希腊诗人,把它称为天空的罪恶的颜色。在没有天气预报的时代,出门早看天,也是人类掌握自然力的原始方式之一。

山东汉子老张,是一个跑了二十多年车的司机。他把一车货从威海运到了遵义,很顺利。第二天,老张从遵义踏上返回威海的路,似乎,也没什么不顺的。和往常一样,他在山城休息一晚,还去洗脚城泡了脚,很享受哦。一大早,他便开始返程。他很从容,发动车子时,他遵义的朋友满面笑容地拍了拍他的肩膀,说,老张,别跑得太急了,离过年还早呢。

2008年1月16日,此时离2月6日大年三十也确实还早着呢。

老张也不太把日子往心里记。数着日子,心里着急,没法开车。一般比较有经验的司机都这样。那个具体的日子老张是后来想起来的。

老张上路了。刚上路时,老张并没有什么异样的感觉。雪是一直在下。但这样的雪,对于老张这样的北方司机来说,算不上什么事。这个季节下雪,无论在山城遵义,还是在他的家乡山东威海,都是很正常的。他听见了车轮碾着雪子儿的声音,很惬意的声音。而他也像往常一样,眼睛看得很远,视线格外清晰与明亮。看起来舒服极了。

老张的车一直开得不疾不徐。而这条路老张是跑得烂熟了的,从高速、国道到普通的省道,乃至一些县乡公路,他把每条路都摸透了。他一年有一半时间在这条路上跑,从遵义、长沙,到威海,或从威海、长沙,到遵义,来来往往,运货、卸货、再运货、卸货,生活就这样子,既像轮回,又像重复。路,蜿蜒、盘旋于崇山峻岭之间,但路况还不错,他即使开得再慢,也慢不过两天。到了长沙,再往北,往东,就是一马平川,完全是跃马扬鞭的感觉了。

老张显然没有预料到,他驾驶的这辆很普通的大货车,正在逐渐驶入一场灾难。

是什么东西让他的眼睛渐渐发花?

这一切发生得并不突然,这是一个逐渐进入幻觉的过程。开始他以为自己是患上了雪盲症,他把车停在路边,抓了两把雪,使劲地揉搓眼睛。擦过之后,他发现近处的东西都能看清楚,清清楚楚,可远处、稍远处,就一团模糊了,除了雪,什么都没有了,路没有了,山没有了,好像整个世界都在寂静无声的雪线下消失了一样。

老张开始有了种即将被大雪淹没的感觉。而这个时候,很多车辆都在条件反射般加速,仿佛要跟正在降临的灾难赛跑。这是恐慌的开始。然而,冰凌以比车轮更快的速度迅速地冻结、延伸。你是跑不过她的,你是人,怎么能跑得过疯狂的拉尼娜?她在此时已经完全暴露出了她疯狂的面孔,狂风在天地间猛地席卷,卷起漫天飞舞的大雪,你已无法分辨这雪是从天上降落,还是从地上卷起来的。老张听见到处都是被摧折的声音,断裂声,不知是山上的树,是电线杆,还是房子,整个世界仿佛都在断裂。又一阵,老张什么也看不清,在暴风雪中,一切都被风吹得奇形怪状,世界竟如此狰狞可怖……

但像老张这样一个跑了二十多年车的老司机,还不至于那样容易头脑发昏。而你也不能不再次向这个山东汉子表示足够的敬意。他没有陷入失去理智的恐慌之中,没有像别的司机那样去跟灾难赛跑,他很冷静地减速、减速,他已经是在慢慢溜,一直保持着自己能够控制的速度,这样才能尽量和灾难保持着必要的距离。

他这一辈子,感觉都没有这样缓慢过。

又是从哪一次拐弯开始的?老张发现车轮像被什么胶住了。

后来他才知道,这不是冰雪作怪,而是凝冻。暴风雪还不是最可怕的,可怕的是冰,而同冰相比,最可怕的还是凝冻。凝冻是看不见的,看不见的东西往往比看得见的东西更可怕。应该说,像老张这样的北方司机,在冰雪中行驶的经验的确要比南方的司机丰富。但凝冻,他好像还是第一次遭遇。车轮像是被什么胶住了,但又不能用力挣,一挣就可能偏离方向,滑出老远。关键还是要冷静,霸不得蛮。如果每个司机都能像他这样冷静、缓慢、低速、匀速地行驶,不抢路,不超车,慢是慢点,但肯定不会发生那么多追尾事故。

这样的路上你跟人抢道,那还不是找死?

轰——一声闷响,噼里啪啦,引发一长串撞击声。追尾……

老张的缓慢,让他本人,和他兄弟般的大卡,都幸运地躲过了这样一场几乎就在眼皮底下发生的灾难,一些来不及减速,或许根本就没想到要减速的车辆,在如闷雷般的撞击声中,发生了追尾事故。每一个经历过那场事故的人都知道,它并非像我们想象的那样是火星撞地球般的,而是一种十分沉闷的挤压,扭曲,变形,车与人,油污从被挤压变形的车子里流出来,鲜血从被挤压变形的身体里流出来。

有多少车撞在一起了,老张没数过,老张还没我想象的这样残酷。

但这样一场追尾事故还不足以把路彻底堵死。老张想过,高速跑不通,走国道,国道跑不通,就改走省道,甚至县乡公路,不管哪条路出现了情况,总还有条路给他跑。没有过不去的坎,没有绕不过去的弯。

天无绝人之路,这是老张挂在嘴边上的一句话。

老张有着北方汉子的豪爽,热心肠,爱管闲事。他都不记得这一路上有多少次,他把车停在路边上,跳下车,扮演起临时指挥员的角色,用他那浓重的山东腔和大嗓门,吆喝司机兄弟开慢点,咱们开慢点成不成,啊,咱们开慢点成不成?!但没人听他吆喝,也没哪个司机像他一样愿意下高速绕道。交警呢?交警当然有,他们没有在这场暴雪和千里冰封的道路上缺席,可交警再多,也不可能把一整条路全都站满。他们也不是没有采取应急措施,他们早已开始限速,限距,不断将恶劣天气警示卡递给司机,一路上,这样的警示牌也不断出现。在各个要道,事故多发地段的要害处,也有身着黑白相间的反光背心的交警不断打着交通手势,而路政人员也不断地用高音喇叭提醒过往司机减速,慢行。但事故还是接连不断地发生,路还是一截截被堵死。这里,我既不是要为谁辩护,也不是把所有的责任一股脑儿推给我们的司机朋友,灾难中暴露出来的许多问题都有待于我们进一步追问,反思。

　　在老张从遵义出发的两天后,1月28日,这是以往老张抵达长沙的时间,而此时老张被堵在湘黔交接处的崇山峻岭之间。在这之前贵州省气象台已发布道路结冰红色预警信号,黔南州中北部和黔东南州大部雪凝天气更加严重,成了重级凝冻线路,而未来两天,凝冻和雾还将影响贵州省十五条主要干道的通行。

　　很多人都在骂天气,骂交警,骂路政……

　　骂是一种发泄方式,是一种情绪,他们的心情已远比天气恶劣。

　　老张还是很冷静。天气越来越冷,老张也越来越冷静。

　　他冷静地缓慢等待。

　　而在老张等待的同一时刻,连日的大雪已覆盖了南方所有的道路和原野。据后来的不完全统计,也不可能有完全精确的统计,仅仅一条京珠高速公路上,就有二十多万辆车陷入了这样的漫长等待,确切地说,陷入了半瘫痪或彻底瘫痪之中。西南方向,因受大范围凝冻天气的影响,贯穿东西的大动脉之一崇遵高速公路全线交通封闭,造成数千被困车辆在贵州省桐梓县境内排成长龙。再往西,西藏阿里,新藏公路被大雪阻断八十多个小时;西北,连日来,受降雪影响,连霍高速豫陕交界东至洛阳西约二百公里路段滞留大批车辆。华南,一场后来被确定为八十年一遇的罕见特大冰灾无声无息地降临,京珠高速公路广东段陷入瘫痪,在粤北山区的冰天雪地里滞留着成千上万的全国各地的车辆。这个路段的中间点,海拔最高的云岩镇是京珠高速华南段制高点,从南北两侧向云岩行进,仅短短的二十多公里,公路的海拔高度从不足四百米上升到八百多米,形成坡陡弯急的特殊地段,成为京珠大动脉的瓶颈和咽喉。京珠北因这二十多公里路段严重结冰被迫封路,被困车辆连同道路首尾逶迤相接几乎整体冰封在一起,成为人间旷古未见的一个漫长而古怪的冰疙瘩。

老张最终是怎样从这样一场灾难中突围的?还是靠他的冷静和缓慢。

幸运的老张一直没出事。幸运的老张一直在各种不同的道路上不停地绕行。堵是时常会堵上的,慢是难以忍受的缓慢。但他的车辖辘也一直在转。从第一次暴雪蓝色预警,到道路结冰的黄色预警、橙色预警、红色预警,他都经历了。

他的不幸是灾难造成的,他的幸运是自己造成的。

在这场暴风雪中,他是一个奇迹。

我见到老张已是5月,刚过五一节。这是个比较沉毅又略显瘦削的山东汉子。他剃着跑长途的司机们常剃的那种板寸头,胡子刮得挺光。我现在对司机的样子多少有些了解了,一看就知道这是个老司机。不是年纪老,而是见过大世面。这人道行不浅。而在此之前我并不知道有这样一个人的存在。我是在京珠高速公路上采访时,很随意地抓了一个司机。而我的采访,也将一直保持着这样的随意性、随机性。我觉得这样更能让事件保持一种原生态的真实。内心里,我希望我写下的每一个字都是诚实的。

我被这个人捎上车,在从长沙去遵义的路上,我陪同他走了很短的一程。这是一个阳光明媚的日子,车跑起来发出动听的沙沙声。是辆好车,开了多少年了,每个零件还闪闪发光。他不疾不徐地开着车,把着方向盘的两只手,稳稳的。和我的第一感觉一样,这样的一个人其实并不健谈。而我在反光镜里打量他时,我感觉到了他的警觉,还露出了些狡黠的神情。他可能怀疑我还有什么别的意图。后来我跟他唠嗑,不是采访,而是唠家常。而在那场罕见的灾难中发生的一切,也因而有了某种家常的意义。

他伸手去拿矿泉水瓶,可又放下了。

仿佛数月前的那样一场灾难,依然让他口渴难忍。

这让我捕捉到了一个细节,在刚被堵在路上时,他伸手去拿矿泉水瓶,可又放下了。他抓了两把雪,放在口里嚼了几下。——我觉得这是一个很重要的细节,你发现这个人真是练出来了,他把原本很廉价的矿泉水保存下来了,保存到最需要的时候才用,这让他从遵义到长沙的漫长旅程中,一直没有断绝水源。冰雪当然也可以解渴,但太多的冰雪可能会烧坏自己的胃,是这样的,老张后来跟我说,你别看冰雪那么寒冷,你试试看,往肚子里塞多了,真的就像一团团火啊!

我听到他的牙齿咬得嘎吱嘎吱响。

我问他从遵义到长沙跑了多久。

得得得,我都快晕了。平时最多两天的路程,这次我花了九天!

这句话,让我突然发现他也是有脾气的,还挺火爆。一个人,用九天的时间,才走完原本两天的路程,这么说,还有七天是多余的,而这样的七天,对于一个反复被困的司机,也许比七个月、七年还要漫长。老张说,你不知道,有的人都快要发疯了,就那么耗着,憋着,唉,别说了……

我又一次感觉到了这个山东汉子的憨直。

末了,他反复跟我说,要我把他躲过无数次灾难的法宝告诉我们的司机朋友,那就是,冷静、缓慢、低速、匀速、不抢路、不超车……

与其说这是一个人的经验,不如说是一个人的局限。他和别的司机最大的不同,是他一开始就承认了这种局限。

老张,道行不浅啊!

堵在哪里了

又是随便抓到的一个人。他的车好像出了点故障,正在路边上鼓捣着。

我走过去时,他已经弄好了,满头大汗,一边捡起一块棉纱擦着粗糙的大手,一边打量我。这个人长了一副司机的脸孔,他的手和脸都黑而粗糙,一脸浓密的胡子也很黑。在南方,在任何一条高速公路上,国道、省道上,你随便逮住一个司机,一个路人,都有被堵的经历。

应该说,司机们对灾难的预测比我们这些不开车的人要敏感得多。就种种细节而论,灾难最初的降临实在扑朔迷离错综复杂。你是否会有某种预感,这需要阅历,需要独到的感受。哈尔滨的何师傅和山东汉子老张一样,他预感到了什么,他的车开得也是不疾不徐的。还在湖北境内时,雪就一直在下。但看起来并不大,绝对不是人们想象的那种以狂暴的方式席卷一切的样子。它一直很安静地下着,而何师傅也一直很安静地开着车,安静地减速,八十迈,六十迈,五十迈……雪天油耗大,他想到,该提前加点油。他想到了,很多司机也都想到了,他等了有半个多小时才加上油,而后面的车队越排越长。有些排在尾巴上的司机急了,冲到前面来跟正在加油的师傅商量,都是一条道上跑的人呢,给后面的人省点吧,留些油给大家用。何师傅很理解,只加了一百公升。但后来,他很后悔,他后悔当时犹豫了一下,没多加点油,他没想到后来会堵那样久……

堵在哪儿了?我问他。

这儿!他朝心窝里狠狠一指。

我没想到他会这样开口。我被呛了一下。他心里有气,声调中还含着怒意。

我原本是想像跟山东汉子老张交谈一样,从拉家常开始的,但这个哈尔滨人,却逼着你往心里去琢磨。

这里——京珠高速公路由湖北进入湖南境内的第一站,羊楼司。

数月前,这里是堵车最严重的地段之一。羊楼司古往今来就是兵家必争之地,北伐战争时,叶挺将军就是在此地指挥号称铁军的独立团一举突破北洋军阀吴佩孚的围堵而长驱直入一路北上的。它的地理位置的重要性,可以说是湘鄂两省甚至是中国南北的咽喉之地。而就在这里,一道门把何师傅的大挂车堵住了。

当时,湖南省气象台已发出道路结冰的黄色预警。事实上,在何师傅的大挂车进入湖北境内后,渐渐地,天地间,除了冰雪,仿佛没有别的什么了,他的视野比往常狭窄了许多。车轮越来越重,低沉而疲倦,仿佛拖着比往常沉重许多的东西在前行。1月13日凌晨,老何的车已接近湖南境内,雪越来越大,而当时路面结冰已经很厚了,稍不留神,就连连打滑。这车是老何和他的儿子两个人轮流在开,这时候,老何开车已经近八个小时了,他还以为自己是累了,才出现了这样的感觉,便把车交给了二十岁的儿子。这小子的技术还行,如果是平时,老何可以打个盹了,可这会儿他坐在旁边,一刻也不敢放松。他开始抽烟,而两眼还是紧盯着路面。他发现儿子开车,比他打滑得还厉害。这不能不引起他的高度警觉,他很疲劳,但一点睡意也没有。

我后来查了一下相关记录,京珠高速临长段(临湘—长沙)的封闭时间就是在1月13日凌晨。而此时湖南省气象台已首次发布道路结冰的黄色预警。除了临长线,湖南境内的五条主要高速公路随后都被迫关闭了,这意味着湖南境内东西、南北方向的主要大动脉均被暂时关闭。应该说,这样的关闭完全是预警之后的应急反应。

这里,我不想隐瞒什么。当冰雪成为灾难后,最大的争论也在这里。京珠高速临长段,由湖北进入湖南的第一道关卡——羊楼司,到底是该关闭,还是继续敞开放行,到现在,还是没有结论的争执焦点。

我是临湘人。对羊楼司这地方可以说是再熟悉不过了。这里的路政管理人员和交警,很多都是我的熟人。

不关不行啊!他们一边无可奈何地叹息着,一边随手翻开《中华人民共和国道路交通安全法》,指着用红笔画了记号的第四十条规定给我看:遇有自然灾害、恶劣气象条件或重大交通事故等严重影响交通安全的情形,采取其他措施难以保证交通安全时,公安机关交通管理部门可以实行交通管制。

这无疑是很充分的法律依据,而湖南省气象台发布的道路结冰的黄色预警,无疑就是最充分的科学依据。

但我还是固执地问,可以不关吗?非关不可吗?

他们反问我,如果你在这个位置上,由你来决定,你会怎么做?

又是一种逼迫。逼着我思考,换位思考。我在瞬间陷入两难的境地。关,只有一个目的,为了人民的生命财产安全,这不是大话、套话,而是事情的本质,关闭道路的本质就是保障。而在你有充足的法理和科学依据可以关闭时,你别无选择。而且,作为最基层的路政管理部门和地方交警,他们也是严格按国家交警部门实行交通管制的程序走的,先由所处路段的交警大队或中队根据实际情况上报当地交警总队所属的高支队,再由高支队值班领导签字生效,并根据现行实施方案通报路政管理部门。我是一个爱挑剔的人,但我也不能不承认,他们这样做实在没有任何纰漏。这里不妨假设一下,如果你选择不关,像这样的路段在极端恶劣的天气下潜在的危险,是谁都知道的,谁能保证在这条危险的道路上不出事?高速无小事,一出事就是生命攸关的大事。如果不关闭,不实施严格的管制,上面问责起来,谁担担子?谁来承担这个责任?你敢吗?就算你吃了豹子胆,你又能承担得了这样沉重的责任吗?

老实说,我不敢。我也相信他们说的是真话,而他们不愿透露姓名,我也理解。

但何师傅却不以为然。当然不只是何师傅,很多南来北往的司乘人员都这样问,一条路,南北大动脉,怎么说关就关了呢?

关一条路,就少一条路,让车怎么走,插了翅膀从天上飞?

我非常理解这些师傅的心情。跑路的和管路的,他们原本就是一对矛盾体,看事物的角度永远不一样。而在我这样一个旁观者听来,我承认,对于各种完全不同的说法,我已经失去了基本的判断力。无论我们的决策者、管理者,还是这些师傅,他们说得都有道理,你听着也很有道理,而且,他们都经历过那场灾难,跑过高速,也跑过国道和普通公路,他们比我更有发言权。你无法做出单一的是与否的判断,你也更加深刻地体会到了这一场冰雪所引发的灾难的复杂性,它无疑凝聚了一个时代的诸多信息与症候,而我觉得最重要的也不是急于找到答案,而是这一切都必须正视,也唯有这样,我们才能通过一场灾难对存在与命运等具有人类普适性的东西有着理性的综合思考。

作为一个写作者,我能够做的,试图做的,只是忠实地呈现出一种直逼物象本真的情景与氛围。而在感情上,我总是不自觉地偏向这些师傅一边。

但后来,我把京珠高速湖南段从头到尾走了一遍,从湘北一直走到粤北,我不得不承认,哪怕当时羊楼司冒着极大的风险放行了车辆,随后也会被堵住。当时的道路结冰已经非常严重,而京珠高速湖南境内有许多路段,哪怕不结冰也要保持高度警觉。以京珠高速公路耒宜段(耒阳—宜章)为例,由于地处山区峡地,沿线坡陡弯多,桥多,涵洞多,这都是不安全的隐患。再往南,京珠高速湖南至粤北段,尤其在坪石至云岩这一区间,最大纵坡达百分之四,上坡十四公里,下坡十二公里。这意味着什么?一般人肯定不知道,而我也是采访后才知道的,这样长的纵坡,已是迄今高速公路设计的极限值。而这里又是高寒山区,海拔高,悬崖多,一条路由五座大桥连接。我坐在车窗边上,这是五月,很晴朗的一个日子,但我都不敢朝外面看,兴许是我有恐高症,往下一看,车轮就像擦着无底的深渊一样。想想,在这样危险的道路和极端恶劣的气候下,放行车辆,那才真是拿人民的生命财产当儿戏。

扪心自问,我真的不是为谁辩护,而是为科学和人类的正义辩护。

事实上,堵得最厉害的还不是湘北的羊楼司。在潭耒(湘潭—耒阳)高速马家河路段,这里排队等候的车辆逐渐绵延达三十多公里。而凡是这些堵车最厉害的地段,交警都采取了分流措施,但司机都不愿意下高速绕行。就像我在前面的描述一样,他们的脚大都踏在油门上,谁都以为只是暂时的堵车。他们都见过大世面,但他们的确还没遭遇过这样一场灾难,否则也不用我反复强调多少年多少年一遇了。他们眼睁睁地看着,一辆车停下了,又一辆车停下了。从高速公路到国道,到乡村沙砾路,都在变成看不见头也看不见尾的停车场。每一辆车刚停下时都还是心急火燎的,没熄火,仿佛随时都准备开动。等待,在引擎声中,在喷吐着浓重热气的大货车里,不时探出一张张脸孔,每个人都瞪大了眼,眼神里满布着焦虑、无奈,还有愤怒。然后,陆续有人走下车,前后左右看,骂骂咧咧。上车后,就把火灭了。脚踏在油门上,等着第二次发动。

谁能想到,这一次发动将要等多久?

谁会想到这一次熄火,一熄就是十天半个月?

堵。岿然不动的堵。在呼啸的寒风和漫天飞舞的大雪中,很多人都只注意到了自己,他们没看见,也根本看不见,别的地方现在什么样子。这些师傅哪里又知道,京珠高速,这条纵贯南北的大动脉,将会连续半个月陷于瘫痪、半瘫痪状态。一幕幕世界末日般的景象。截至1月28日18时,京珠高速湖南段仍滞留车辆一万余台,滞留司乘人员四万多人。又岂止是京珠高速,整个中国南方都被冰封,大半个中国坠入了冰窟。瘫痪的道路,瘫痪的车辆,沉默,死寂,但每一辆被堵的车,每一个被堵的人,那时还不知道整个中国南方的情况。他们就像被围困在各个相距遥远的孤岛上,孤立无援,又设身处地地考虑着自身的出路。围困人类的原因很多,这种极端性的天气无疑是最重要的原因,而司机的盲目超车,往往是最直接的原因。

何师傅在羊楼司被堵二十多个小时,这不光是他没想到的,连交警和路政部门也没想到。这是京珠高速开通以来羊楼司站最漫长的一次关闭。就那样在漫长的没有尽头的等待中,在静止中,不断地耗着自己,耗着生命,耗着残存的热量和能量。而这样耗着的,困着的,又岂止一个老何。他那一只踏在油门上的脚,早已麻木了。最初,车内还保持着一定的温度,一个小时之后,几个小时之后,半天之后,时间,只剩下一种模糊的概念,而这时车内的温度已跟车外差不多,车外是多少度?摄氏零下五度、零下六度,而后来在以冰灾之重名闻全国的郴州,则达到了零下七度。而这样的寒冷绝对是一般的南方人无法体验和想象的。但何师傅在马家河路段真正体验到了南方的寒冷,比黑龙江零下四十度的气温还冷。北方的干冷,寒意空疏,而南方的湿冷,是钻心的,撕裂般的,一丝一缕地渗进骨缝的深处。

而我们的司机朋友宁肯在高速路上这样苦苦地熬着,也不愿下高速绕行。每个人都盼着天气好转,奇迹出现。人类对大自然总是充满侥幸心理的。雪越下越大,车越堵越多。在南方的各条高速通道上,被堵几天几夜已是常事。饥饿、寒冷、伤病,也一步步向被堵的千千万万司乘人员袭来。

老何的大挂车装了一车羊,那是运到拱北口岸,给澳门人过年用的。而在等待中,这大挂车已变成了天然冷库,有二十多只羊已经冻死了,没死的,也都在冰天雪地中冻僵了,他早已听不见羊们可怜的叫声了。四周一片死寂,整个世界一片死寂的白色。而哪怕仅仅出于活着的本能,他也不敢发动车子,不敢打开暖气。这其实是一种觉醒,他似乎已经预感到这次等待的漫长。他必须把最后一滴汽油留到最后关头。

在等待中,时间变成了最多余的东西。如何挨过这漫长的时间?对每一个早已习惯于飞速行驶的司机和旅人来说,哪怕几分钟的等待也是漫长的。

最堵的还是心里。心里那个堵啊!

老何也想像别的司机那样,想骂骂娘,想发泄发泄,他下车看了看,看见几个交警,身体裹在冰雪覆盖的大衣里,在凌晨在冰雪里两头奔走,在积雪最深的地方,靴子陷下去半尺多深。他突然发现这样太残忍,他心里不由得还向他们道了声,哎,都挺不容易啊。

要命的是,这些被堵车辆里除了何师傅那样的大挂车,还有很多南来北往的大客车。

让我们的把目光投向一辆从湖南西部某县开往深圳的客车。

这一车的老少,大多是去深圳、东莞探望在外打拼的亲人的。这车上有个王娭毑,也可能是姓杨或姓方。这次她带着两个小外孙到深圳去与女儿团聚,小的五岁,大的也才八岁。王娭毑心细,尽管是去一个没有冬天的城市,出门时还是带足了御寒的衣服,还带了不少吃的、喝的,钱也不算少,带了五百块,从家乡的县城到深圳一天也就到了,足够。她原本还可以带更多的东西,就怕提不动。可后来,她后悔了,怎么就没多带点吃的喝的呢,哪怕多带点钱呢?这车开得有多慢?从殷家坳到马家河,平时不足半小时车程,这车断断续续走了三个多小时。慢倒罢了,接下来就堵在了这儿,整整四天三夜,这还是王娭毑后来听人家说的,她都不知道堵了多久了,她以为她这辈子就堵在这里了。那点钱,五百块,太少了,很快花完了,给两个小外孙买水喝,矿泉水卖到十多块钱一瓶,方便面卖到三十块钱一盒,没人嫌贵,还得抢。

不断有人问我,你敢不敢写?这可是实话,路边上卖东西的都是附近的农民、小商小贩,听说还有附近小学校里当老师的。

我犹豫过,但我还是写下来了。我记录的都是原话,也是最初几天的真相。它所表现出来的大难临头时的混乱、人性的贪婪,应该说是每一个诚实的中国人都无法回避的。灾难的确是一面镜子,可以清楚地照出人类在某一特定时刻的灵魂。而灵魂的复苏,觉醒,也是一个嬗变的过程。是在堵车的第几天?王娭毑不记得了,她全身裹得严严实实,她把所有的衣服都裹在身上了,她下了车,但她把口袋翻过来也找不到买一瓶水的钱了。她缩着脖子,在寒风中,向那些小商小贩乞求,不,乞讨,为了让两个小外孙喝口水,她像一个真正的乞丐那样乞讨着,哆嗦着,天气太冷了,她说话不太利索,口齿不清。那个奸猾的小商贩一开始可能没听清楚,但他隔着车窗看清楚了。王娭毑的那两个又冷又饿的小外孙,张着小嘴巴,睁着两只干渴的大眼,正瞅着他,和他的篮子。车上的小孩还不止他们,还有很多娃儿在哭。

王娭毑哆嗦着说,别说孩子们冷得哭,就是我们这些大人也受不了啊,这鬼天气!

她抱怨道。这甚至成了那场灾难中的一句经典台词。

没有一句话是夸张的文学语言,有些弱小的孩子真快要冻死了。

那个奸猾的小商贩,他犹豫着,犹豫了好一阵儿,忽然冲上这辆断水断粮的车,把一篮子矿泉水、方便面分给了车上的每一个人,在每一个人都愣着,还没反应过来时,他又提着篮子,那种农民常用的花眼竹篮,匆匆下了车,逃也似的走了。有人看见他直拍自己的额头,在骂谁。他在骂谁?也许,他一转身就在骂自己,该死的傻瓜、蠢猪啊!

他这样逃也似的跑掉了,兴许是怕自己突然后悔刚才干下的傻事。

这是我在采访中听说过的一件事,很普通。但我感到极不普通,这是一种逆转,它不是来自我们所熟悉的某种召唤,而是灵魂中、人性中的某种下意识的甚至是集体无意识的召唤。这也让我又一次坚信了道德不是炮制出来的,道德是人类最由衷的情感之一。这种人类天性中的善良,也是我对人类与生命如此热爱的理由。

比王娭毑更惨的,还有从湖北京山出发的张老汉。这位年近八旬的老人,去广州看他的儿子,约好了跟儿子在广州汽车站见面,不料在京珠高速断断续续地走了两天后,一觉醒来,发现车子停下走不了了。他在车上长时间呆坐着,腿脚痛得要命。而和他同车的周老奶奶,整个下半截身子都肿了,连上厕所都要人抬着下车、架着走路了。是谁像儿女一样照料他们?是车友、旅伴。同船共渡,五百年所修,这句中国的老话,在灾难发生之前也不过是挂在嘴边说说而已。

事实上,同一车人,朝着同一个方向坐着时,哪怕屁股挨着屁股坐着,彼此感觉也十分遥远,或保持着沉默,互不搭理,或偶尔交谈几句,也尽量不露根底,提防着,保持着警觉。这样的冷淡、隔膜,缺少信任感,是我们这个时代的病症之一。然而就在这被堵的四天三夜里,很多事情都在发生微妙的又好像是自然而然的变化。你看见一个老人,一个和自己的父亲或爷爷差不多岁数的老人颤颤巍巍地站起来,你的手不知不觉就伸过去了,去扶他一把,就像搀扶自己的父亲或爷爷。

你看见一个人受伤了,伤口在流血,你下意识的,就想把那伤口捂住,让伤口不再流血。爱在此时,已是无法压抑的冲动和天性。灾难和伤口,成了人性与爱的一个入口。而这一切,说到底,就是人之常情。如果我们觉得这是什么了不得的事情,那是因为我们在灾难发生之前的日子早已疏远了这样的人之常情。我们甚至应该庆幸有这样一场灾难,这种灾难中的嬗变与觉醒,让我们重新感受到了这久违的、复苏的人之常情。

车堵了,路堵了,心灵与肺腑却敞开了。

扳不动的道岔

我承认,我喜欢捕捉一些有象征性的东西。

多少天过去了,京广线路口段,这个叫叶青山的扳道工还停留在那一刹那的愕然中。他突然发现道岔扳不动了。

他的反应是迅速的,打电话,告急!

而就在同一时刻,京广线南段,千里钢铁运输线,生命线,大动脉,有无数像他这样普通的扳道工,在暴风雪中飞速拨动电话,告急!告急……

北京站告急,郑州站告急,上海站告急,武昌站告急,长沙站告急……

现代化和高科技的钢铁运输线,的确具有极其脆弱的一面。这是经历了那场灾难之后的许多人共同的感受。就像一台高速运转的庞大机器,一个小故障没有排除,整个系统都会陷入瘫痪。而这其中的很多事情都是无法叙述出来的。

这是一个残酷的事实,1月26日,农历腊月十九,天刚亮,中铁电气化局接到紧急通知,京广铁路长沙供电段管内十六个区间138公里的信号自闭线和电力京广沿线各地供电系统相继受损。倒塌的高压线、铁塔阻碍铁路供电,导致株洲至坪石区间三十多个中间站电网中断,五百多处接触网受损,贯通线因冰雪灾害断电,损毁严重,造成铁路信号中断。而具体损毁情况还不详。而此时正是春运的高峰期,京珠高速公路的被堵车辆仅湖南境内就已达四万多辆,这条钢铁运输线在此时陷入瘫痪,无疑是天塌地陷般的事。

小女孩拉尼娜像风一样出没,一直在以她无坚不摧而又充满了迷惑性的魔法尽情地捉弄着这些可怜而又曾经那么自视甚高的人类,凡是人类建起来的一切,越是现代的,越是现代化程度高的设施,越成了她恶作剧般折腾的目标。你不得不承认她充满了不可抗拒的能力。她的幽灵无处不在,她的魔法无处不在。这个妖魔,对人类创造的一切都紧追不放,我们习惯于称为文化的东西、文明的东西,她都在以报复性的、复仇性的方式予以摧毁,在她的控制之下,已持续下了二十多天的暴风雪,冻雨和冰凌已使湖南电网基本瓦解。衡阳境内以保证京广电气化铁路用电的耒阳电厂也因为煤炭供应问题和冰灾无法供电。原本双回路供电设计的电气化铁路牵引线路因为冰灾同时崩溃。这条中国现代化程度最高的钢铁运输线之一,仿佛正在通向原始洪荒时代,没有列车奔驰而过,没有汽笛和车轮滚滚的声音,到了夜晚,沿线的车站更是一片死寂、一片漆黑,铁路上连信号灯都没有。

在这不可思议的瘫痪之中,扳道工叶青山感觉自己成了世界上最孤独的一个老人。要说,他还不算老,还不到五十,十七岁顶父亲的职在这个小站当扳道工,从最初的手工扳道,到现在的电动扳道和计算机化调度,从笨重的喷着滚滚浓烟的内燃机车,到现在高速运转而又干净美观的电力机车,他见证了这条铁路的现代化进程。而现在,为了力保一部分运力,那些生锈的内燃机车又像古董一样被拖上了铁道,他感觉历史一下子倒回去三十年,又回到了人工扳道的岁月。

然而你就是想回到那早已退出的历史舞台,也不一定回得去。那毕竟是个缓慢低速运行的时代,人工扳道还能对付,而现在,时隔三十多年,铁路上的一切设计都是为不断提速和列车密度大增而设计的,铁路系统没有自己的应急电源系统,全部电源依赖外部电网供给。列车已很难靠人工引导运行。而据我的了解,股道失电无法切换是造成京广线湘粤段停运的主要原因,信号灯和道岔无法正常工作,哪怕换了内燃机车也无法运行。

一个扳道工,他能干什么?除了忠实地勤勤恳恳地履行自己的职责,他还能干什么?

他在想,他不可能不想,我们的钢铁运输线到底出什么问题了?

我们当然不能把所有的责任都推到小女孩拉尼娜身上。或许,还有许多问题都值得我们反思,但眼下还不是反思的时候。

谁也无法在一片告急声中、在一片瘫痪中进行反思。

他只是呆呆地,眺望着不可知的地方……

地平线消失

雪云低低地悬浮在空中。二十多天里,这个世界不断地被冰雪抹杀,被狂风扭曲。每一个深陷其中的人,感觉恍如隔世,如同跌进了时空的黑洞。但雪,一直都不是你想象的那样,它还是那样洁白、单纯、清新,给人一种特别美好的感觉。

它是怎样成倍地大起来的呢?

去黄花机场的路上,我的目光,一直在捕捉那场早已融化了的冰雪。我现在走的这条路和那些天所有的高速公路、国道、铁路一样,陷入瘫痪半瘫痪的状态。这是地上的事情,而在天空,一架返航的飞机突然找不到着陆点了。那个无数次降落过的机场呢?你突然看不见了,连大地都看不见了,如果上帝在此时俯瞰世界,他一定在微笑。人类一思考,上帝就发笑。满世界一片雪白,天地间,除了雪,还是雪。地平线消失了。

黄花机场多次被迫关闭,航班大面积延误、取消,上万名旅客滞留机场。

又岂止一个长沙黄花机场。从1月17日到27日,太原、呼和浩特、南京、武汉、长沙、贵阳、郑州、兰州……中国的二十多个机场都陆续被关闭,造成大量航班返航、迫降和取消。这雪什么时候才能停一停呢?哪怕给人类留一丝喘息的缝隙。然而,它就是不停,而且越来越严重,暴风雪波及的范围越来越大,从二十多个机场迅速波及了广州机场、深圳机场、合肥机场、贵阳机场,还有华东地区部分机场。南方的暴风雪,它影响的又岂止是单纯的南方。

有一个时刻注定是要被我们铭记的。2008年1月28日20时30分,一架飞机从北京飞往南方。你可能早已知道,这是温家宝总理的专机。而它非同寻常的历史性意义在于,这是一次没有确定航线的飞行,连共和国总理都不知道,他会降落在哪里。他的目的地很明确:湖南长沙。但黄花机场还处于关闭状态,而在预定方案中的两个降落点,一个是湖北武汉,另一个是江西南昌,也同样是暴风雪的重灾区。最终,这架飞机是在武汉降落的。

长沙机场当时的情况是什么样子,我问过一位不愿透露姓名的机场管理人员。这也是我在采访中经常遇到的情况,他们对记者抱有一种多疑的警觉,他们说,有时候你跟记者说的话,等报道出来后,一看,连自己都傻眼了,老天,这话是我说的吗?我很想告诉他们我不是记者,但如果我说出自己的真实身份,一个天不管地不收的自由撰稿人,他们都不知道会吓成什么样子。这种尴尬的局面我已经不止一次地碰到过,尤其是在那些非常注意采访程序和接待规格的官方机构,我是不够格的,而我的自由职业者身份,在许多人眼里,就等于无业游民。我最喜欢的方式,还是很随便地逮着一个人,管他呢,逮着谁就是谁啦。譬如说,这个把我送往黄花机场的出租车司机,他是跑黄花机场的,他该知道一些当时的情况吧。我是真心想听到一些真话,哪怕是不完整的真话,也比完整的早已一五一十地准备好了的套话更接近事实真相。

第二章 地平线消失 | 035

这位其貌不扬的的哥还真能侃。那些天他的生意可真火,他说,那些旅客就像没头苍蝇似的,先呢,在城里拦着他,把手一挥,去机场。到了机场,兜一圈,又打他的的士,回城里。神经病!他嘴里嚼着槟榔,很开心地骂,仿佛还沉浸在数月前那种拼命挣钱的快乐中。我问,你不知道当时机场的情况?他呸一声把一口槟榔渣子吐出窗外,想说什么,却不吭声了。他可能又想到了那些旅客当时被困在黄花机场的惨景。开始,那些旅客都以为只是临时关闭,至于会关多长时间,心里也都是以小时来计算的,谁想过,这一关,就是几天几夜。而到底要关多久,机场也不知道。而每个人,总是怀着侥幸心理,总以为天气会好起来,雪已经下了这么长时间了,也该歇歇了吧。

人算不如天算,人有百算,而天只有一算。雪一个劲地下个不停,还越下越大,随着机场关闭时间无限期地延长,在候机楼内滞留的旅客越来越多。于是,便出现了一种与婚姻无关的围城情结,在外面的人想进来,在里面的人想出去。想进来的,进来一看呢,还是飞不了,还是不知什么时候会飞,又打的,回城。而那些候机楼内滞留的旅客,这样无限期地等下去也不是办法,在这里憋得难受,也想出去,这天寒地冻的,又能去哪里,无非是进城。有的人刚打的进城,又让司机往回开,好像飞机马上就要起飞了。神经病不是?一场暴风雪,把多少人折腾成了这样子,真是跟神经病差不多了。

这当然是开玩笑,又是一个很真实的玩笑,当时大半个中国的公路、铁路和机场,几乎完全陷入了瘫痪的状态。而那些情绪越来越失控的旅客,沉溺在来回奔波的纷乱和机场无限期关闭的绝望之中,无论机场里采取多么周到体贴的服务和安抚,都难以平息了。

造孽啊!我听见一声叹息,竟然发自我身边的这位的哥。

他的表情不再是怪怪的。他的同情很真实。而在以前,他对这些坐着巨大的喷气式飞机在天上飞来飞去的人是没多少好感的。他觉得他们都是这个时代最有钱的人,上等人,换了平时,他们根本不用打的,他们是打飞机在天上四处乱飞呢。只要有机会宰他们,他是毫不手软的。可后来,他发现他越来越下不了手了。价,当然还是比平时收得高,但你也要理解啊,这样的暴风雪,咱开车的也不容易,雪天,费油,路不通了,油运不进来,价比平时也高了……

　　我在想,你何必要去追寻什么虚幻的意义,从一个的哥的嘴里,你捕捉到了多少关于那场灾难的信息……

第三章　拿命换一条回家的路

随便选择一个人

我选择一个地方,广州。广州站。

这座全中国最大的火车站,其实一直都没有下雪,它处在暴风雪的背面,却是春运的最前线。每年,这里都是中国春运的重点。自有了"春运"这个词以来,它就成了世界上独一无二的中国特色。哪怕在2008年岁初没有暴风雪,没有发生任何灾难,这个车站,这个看上去已经有些陈旧落伍的车站,也是中国运输压力最大的火车站。高峰时,这里的旅客日发送量达十八万人。而每年一到春运期间,广州站领导班子就会集体把家搬到车站,连续七天八天不回家,一个星期没时间洗澡,这对于他们,算不了什么。有一个叫张红英的客运员,年年春运期间都是在奔跑中度过,查票、疏导、送人、广播……每天从候车大厅到站台要跑一百多趟,有人折算了一下,里程竟超过四十多公里。春运一个月不到,她就跑坏了一双鞋子。还有姚迈,这个始终坚守一线的广州铁路公安局副局长,最终晕倒在岗位上,倒下时手中还紧紧握着喇叭,保持着喊叫和劝说的姿态……

——这还是在正常的年份。

我也曾是这座城市的漂泊者之一,在这个车站里,有过无数次排队、购票、检票、进站的经历。多少年过去了,现在每次往这里一走,我就会感到强烈的不安,隐隐感觉这里弥漫着一种说不清楚的特殊的气氛。

而此时,1月26日,也就是京广铁路湖南段电力中断之后,广州警方被迫封闭火车站广场由东往西的公交车道,随后又封闭火车站广场环市西路由东往西路段机动车道。下午两点,春运应急预案启动。对于那些急于回家的人,他们根本还没意识到这意味着什么,他们还在从各个不同的方向匆匆朝这里赶。

我们不妨从这些人中随便选择一个人,就他吧,我的本家,家在浙江人在广州的一个很普通的做布匹生意的商人,老陈。他来广州打拼已经有六个年头了,但他执意要照原计划回金华老家。每年回家过年都坐火车,对于目前的大多数中国人来说,这是最方便也最经济的方式。他带着一家三口,从中山大学坐地铁来到广州火车站。他到达火车站底下的地铁站时,在他头顶上,已经堆了二十多万人。二十万人是多少,这是一个枯燥的数字,打个比方,这就等于一座中小城市,一座地级市的全部城区人口,都堆积在这里。而这还不算多,还会成倍地增加,翻番,四十万、六十万、八十万……

一阵又一阵寒瑟瑟的风吹过。在这里,你已经看不到具体的人了,只有黑压压的,灰蒙蒙的,臭烘烘的,一个涌动的巨大的数字,八十万。人一多,所有的色彩都变成了一个色彩,灰蒙蒙的。如果从一个高度往下看,你会感觉到有些怪诞,你看见的不是人,而是无数爬虫和甲虫在蠕动,恕我直言,人类在这时,这里,残酷而逼真地呈现出卡夫卡笔下最荒诞的变形。整个车站广场,完全是一副地狱般的黑暗景象。不,是炼狱。在灾难过后,它被许多人称为炼狱,而凡是经历过这炼狱的人都有这样的感受,都有死过一次的感觉……

让我们还是回到那个具体的人身上。这时候,老陈已经从地铁口钻出来,感觉就像从一条时空隧道里走出来一样。但别说进站,他连广场都进不了了,他一家三口,瞬间就被广场边缘的巨大人流席卷了。

每个人的姿势都是向前的,肩膀向前耸,头向前倾,看上去就像顶架的公牛,咄咄逼人。每个人一开始都是这样,表现出一种顽固而可笑的自负。然而,突然一阵摇晃,一广场的人都涌动起来,波澜壮阔,你再也无法保持那种姿势了,你不知道你是什么姿势了。老陈一家三口,被人流裹挟着,席卷着,脚不知踩在哪里,手像在洪水中乱划。这样垂死般地挣扎了一阵,他们最终又被挤了出来。这就像我熟悉的旋涡,它会把一些人卷进去,也会把一些人吐出来。老陈一家三口,手拉着手,他们幸运地没有被这旋涡的强大力量冲散。但他们再也无法挤进去了。那就在广州过年吧。美丽的花城,只要离开了这个混乱的炼狱般的车站,一切都那么繁华,色彩纷呈,优雅和舒服,全国其实没几个地方,在冬天还如此值得人们在这里流连忘返的。老陈一家三口退回来了。他的神情都是浑浊的了。接下来几天,他好像打消了回家的念头,但他还是密切关注着火车站的新闻。他在电视里看见,温家宝总理来到广州火车站,在无数攒动的人头中,很多人看到了他忧郁而充满抚慰的目光,听到了他的安慰和承诺。

总理说,请大家放心,我们一定能让大家在春节前回到家……

他的探望既充满了人情味,无疑也体现了一种国家情感。而这是一位让人倍感信赖的大国总理,他亲自过问并承诺的事,是会兑现的,一定会兑现。

这让老陈一下子又来劲了,来神了。当晚,他们一家三口又一次来到广州火车站,但人流不见减少,反而越来越多。老陈关注的消息,很多人都在关注,老陈知道了,很多人也都知道了。就在温家宝总理视察广州站后的1月31日,京广南段铁路运输能力基本恢复,总理的承诺正在落实,铁道部门表示要力争在今后五日内完成广东地区所有持票旅客的输送,确保在春节前夕,这些旅客全部踏上旅途。这让所有人都像打了一针强心剂一样。那些原本对回家已经绝望的人和老陈一家三口一样,又开始匆匆朝车站里赶。每个人都盼着车站里的人流能越来越少,而每个人又都看到了,车站里的人越来越多……

广州站又一次进入春运以来的非常时期。应该说,春运指挥部根据客流情况,不断采取了各种有效措施来保障旅客安全。车站中、西广场由铁路部门临时接管,大量滞留旅客被安排在东广场和广场外围候车。然而旅客运行的自发性、盲目性、非理性,你却是无法控制的。五天内运送的旅客,可能在一个小时之内全部拥上原本已很脆弱的车站。

后来,在追踪那场暴风雪中所发生的一切时,我一直在思考,人类在多大范围内,有多大的能力,能够把秩序掌握在可以控制的限度。

这让我想到了关于爱因斯坦的一个传说。有人问他,是什么力量在控制宇宙？爱因斯坦先不慌不忙地把杯盘碗盏一一摆好，按照他的心意，摆成美观的图案。他说，这是人能够做到的，这里面有规律，譬如美、对称、和谐，你尽可以按照你的审美观念去摆设。谁都可以，只要你觉得美，看着舒服，用着方便。你再看宇宙、太阳系，每一颗行星围绕太阳旋转，每一颗卫星围绕行星旋转，整个太阳系又在银河系中运行，它们各有各的运行轨迹，丝毫不乱，又如此对称、美观，看一眼舒服极了，这是谁摆的？

My God！伟大的爱因斯坦说，啊，上帝，我的上帝！

这只是我听到的一个传说。我没考证过。但我深信，越是伟大的科学家，越能认识到人的局限性。这里我想通过这样一个传说，为那场暴风雪中发生的许多事情，提供一种理性的方式或仅仅是一种参考。广州春运指挥部在随后而来的日子，具体到 2 月 1 日这天，它还有多大的能力把秩序控制在可以掌控的范围？

广州火车站，这时已是这个星球上人口密度最高的一小块土地。

没有雪，只有风。狂风自凌晨开始刮得更猛了。但这并不能阻挡那一双双急切归家的脚步，老陈一家三口赶来了。他们还是先乘地铁，紧张气氛已经蔓延到地铁里。为了将人流压力分散到火车站广场外围，地铁通向火车站内候车室和广场内侧的 B、C、D1 等出口全被公安和武警封锁，上行电梯已停止运行，转而密密实实地坐着两排换岗休息的武警。出地铁 D4 口，就是目前这个星球上大概人口密度最高的一块地方——广州火车站广场。流花车站立交桥下，陈家三口人被挤在人群中间。那天，从四面八方汹涌而来的人流，加上原本滞留的旅客，已猛增到五十多万人。

老陈一家三口人就挤在这个数字中间。这是一个数字时代。他们也是这个数字时代其中的一个数字。

这里无人引导，人太多了，哪怕把广州所有的武警都调来了也不够用，混乱的人流，不知道该往哪里运行。车站天桥两边都有进口，但你不知道哪边开哪边不开。忽然听谁说，啊，那边开口了，呼啦一声，人们便潮水般地向着那边的方向跑；忽然又听说，这边开了！又是一阵浊浪滔天，刚涌过去的惊涛转瞬间又退回来了，变成了涌向另一个方向的骇浪。在这样的潮起潮落中,每个人都在推波助澜,以为到处都是机会,到处都是出路,却不知道自己的脑袋在哪里,腿脚在哪里。最不能弄丢的命根子是车票,有人用牙齿死死地咬着,一声,好像什么突然爆了,是衣服,衣服扯破了?还是胀破了,那该鼓多大的劲。在人群中间,他们不是自己在走,而是被裹挟着往前。老陈的老婆把挎包挂在脖子上,想腾出手来拉行李。她拼命用一只手,抵住前面人的后背,身体往后仰,这样可以争取一点点仰起脑袋拼命喘气的空间。女儿就跟在身边,他们手拉着手,一家三口都死死拉着,怕被人流冲散,拉紧了,又被冲开,又伸长手,像旋涡中三个濒临溺死的人,努力够着,够着,终于,又拉在一起了,瞬间,又被冲开了。不过,倒是没听见谁吼叫,也没人哭,这很是出乎意料,其实又一点也不出乎意料,那个挤,哪还有气力吼叫和哭。

  这里每一个人,可遭罪了。而受的这一切罪,就是为了——回家。

  回家,这是一种很玄的东西。老陈其实可以不回家的,他们一家三口都在一起了,可他们心里的家在浙江,那才是他们真正的家、永远的家。回家,过年,怎么就有那么大诱惑?这是中华民族最充满诱惑性的词语之一。而你似乎也不能完全用亲情、团聚来解释,每一个远离故乡的人,一想到回家,过年,就能迅速进入一个强烈的念头中,甚至是种绝对的幻觉中。从来没有人理性地分析过,回家,除了这种强烈的致幻作用,到底还有什么别的实在的价值。当然,对于老陈,他还有一个具体的理由,他女儿今年要在广州参加中考,按广州新规,必须回户籍所在地给女儿办身份证。然而,此时离中考还早着呢,他完全可以在广州过完年,在节后,避开人流高峰,回家去办。但不管怎样,这还是个理由,而我后来采访的那些渴望回家的人,他们根本就找不到理由,他们的理由就是回家,过年,在家里蹲个三五天,便又要上路,回到他们出发的地方。难道非要回家蹲个三五天不可吗?大多的回答是,没想过。可一到那时,就条件反射般的,特别想回去。那是怎样的一种难以压抑难以抗拒的念头啊!

  这是不是一种强大的集体无意识?不知是否有心理学专家琢磨过。

  越是恐慌的时候越想回家;

  越是回不了家的时候越想回家;

越是看着那么多人在不顾一切地拼命要回家,你也就不顾一切地拼命要回家;

买到了票想回家,买不到票也想回家……

后来,还有人说,买不到票想哭,买到了票也想哭!

广州没下雪,但这天,从午后就开始下雨。我们早已习惯于把灾难同恶劣的气候联系在一起,天人感应有时候也的确是真的。老陈站在雨中,无数人站在雨中,广场上撑起了很多的雨伞,雨水从伞与伞的缝隙滴到身上,老陈浑身渐渐湿透了,鞋子都进了雨,寒战,一个接一个,一个打着寒战的身体和另一个打着寒战的身体,成了一种依赖,他们尽可能挨得紧一些。而在此时,一直处于无序状态的广场居然显得很有秩序,在老陈排队的这个区域,最前面用铁栏杆隔开,与火车站广场有一段距离,由武警把守着。这还不是正式候车,必须进入火车站广场,才算进入正式候车的行列。从这里到那里,再从那里一直到进站台,放行的节奏和人数,由广州春运指挥部统一调度。终于,老陈前边的一批人被放进去了,老陈一家挪到了队伍的前头。这时一个年轻人飞速爬上栏杆,想翻过去,赶上刚放进去的那一批,但他立刻就为他的冒失付出了代价,一个武警中校把手一挥,就有两个武警战士冲上去,把那个小伙子从火车站广场押出去,让他站在了队伍的最后,回到零点。这是他必须付出的代价。无论他怎样辩解、挣扎,都无法打动那些武警,他们一个个面孔铁青,他们在以铁的方式捍卫这里的秩序。

或许,只有在这样的秩序中,才会流露出一丝人情味。就在老陈的老婆和女儿冻得不停地哆嗦时,有两个武警走过来了,挨着排队的人说,这女人和小女孩快要冻死了,好可怜,你们就行行好,先把她们放进去吧。武警同意了,但他们没打开铁栏杆,而是帮着让老陈的妻子、女儿和另外三个女人从栏杆爬过去了。这是在铁的秩序下很有人情味的一幕,那两个武警,还有那些一起排队的陌生人,其实都是好心人。但此时老陈的精神已经濒临崩溃了。开始,有妻子女儿在一起,他心里还算有种安慰,妻女走后,他再也忍受不了了,他跟着很多人一起喊起来,放人!你们要有点同情心!

开始还是在喊,这样的失声呼号在风雨中渐渐变成了失声痛哭……

在那样一个灾难性氛围中,很多人都这样失态过,甚至,崩溃过。尤其是你最亲的人,哪怕短暂的分离,你也觉得是生离死别。你很想大哭一场。这样的失常、失态,其实是一种非常好的释放方式。否则你根本无法忍受那样的缓慢。老陈排了五个多小时,从最外围进入第一道防线,然后,由这里进入第二道防线,他们同样花了五个多小时。到晚上11点半,老陈从几万人的最末梢终于挪到了入口前,六个小时挪了两百米。而这期间,在武警守护着的铁的秩序下,铁栅栏高高耸立,排列在队伍左右两侧,但还是不断发生冲撞、拥挤。老陈有一次被推倒了,好在他还绊在一只行李箱上,这只行李箱救了他的命,他没全身倒地,又用手把自己拼命撑持起来。这真是大难不死,在这样的拥挤中,最可怕的就是倒下来,只要你一倒下,就会有无数的脚践踏过来。关于这样的灾难,你会在我后面的记录中看到。

这里我要祝福大难不死的老陈,他和他的一家,用了二十四个小时,整整一天一夜,终于登上了广州开往温州的K326次列车。他和他的妻子还有十五岁的女儿终于在6号硬座车厢会师。那感觉,真的就像经历了千辛万苦九死一生的万里长征后的胜利会师。他们吃惊地互相打量着,好像都不认得了。老陈的眼镜歪在一边,一身黑色夹棉外套、黑色毛衣、保暖内衣、蓝黑色外裤、里裤和袜子都拧得出水来,你感觉这就是个快要溺死的人,终于爬到了岸上,他还在喘气,大口大口地喘气。还是他妻子,发现他手受伤了,腿上,裤管上,还有被踩踏的脚印,黏糊糊的泥巴。他妻子的狼狈相,比他也好不到哪里去,浑身也都湿透了,脸上的汗痕东一道西一道。

两人这样对视着,忽然,嘴一动,都哈哈地笑出了声,挺滑稽,又感觉好像刚经历了一个恶作剧。

他们的女儿,手掌托着下颌坐在他们对面,头发被汗水浸得透湿,憔悴,瑟缩,衣着破烂,好长时间,她就木然地坐在那里,好像还没有从刚经历过的这一天一夜的奔波中反应过来,非常茫然的样子。对于这样一个稚嫩而敏感的心灵,这可能是在她一辈子的记忆中都要反复重现的噩梦。

不过,他们在这五十万人中,已经是非常幸运的了。现在,他们终于可以回家了。而这一路上,还不知道又将要发生什么。

一个稍纵即逝的身影

老陈一家用了一天一夜走过的那条路,对于许多人来说都是遥不可及的。有的人用了一生的时间,也没走到终点。

风的呼啸和人的呼啸依然如此猛烈。人群中闪现出一个稍纵即逝的身影。

李红霞,湖北打工妹,一个十七岁的乡下妹子。这是我们后来知道的。

十七岁,这是很多城里的独生苗正在父母亲怀里撒娇的年龄,我们常说的花季。但她不是。她没有花季,十六岁初中辍学,十七岁到南方打工。而这样的年龄,一个未成年人就成为打工妹,这本身就是值得我们深思的,但我们已经见得太多了,多到心不在焉。在她变得像死一样简单之前,我们的心灵从未为她颤动过。我们早已习惯于以见惯不怪的冷漠来面对他们。贫穷,依旧是我们正在思考的或根本就不想思考的许多问题的根源。

能够进城里打工,对于李红霞这样一个乡下妹子来说是幸运的。像她这样的一个打工妹能够出来挣钱,无论对她本人还是对她家里,都是求之不得的大好事。

如果往大里看,从宏观经济学上看,无论对她家乡湖北省和她打工的广东省,都是双赢、多赢。每年,他们向这个国家的中西北部各省汇寄着数以千亿计的打工收入,支撑着那些中西部省份相对单一的农村经济。仅湖北省每年由劳务输出转移创造的收入就高达一百三十多亿,这对于一个中西部省份来说无疑是个天文数字。而这还仅仅是通过银行汇款渠道统计出的数字,实际上还远远不止这个数。还有许多是无法统计的,很多人都是把钱绑在腰带上,藏在最贴身的地方,随身带回去的。这样心里更踏实。李红霞每月的收入,自己只留一百块,其余都攒着。攒到年底,带着一沓钞票回家,过年,这是无数打工仔打工妹最幸福最满足的时刻。他们活在这世上有什么意思呢?他们一年到头汗流满面忙忙碌碌有什么意思呢?就是为了这一刻,每个月攒七百、八百,吃了、喝了,还有八九千甚至上万块钱带回家,这让他们一下子找到了自己的价值。

而另一方面,在这片紧邻港澳、与世界经济接轨的最前沿,中国经济高度发达的海湾地区,中国绚丽多彩的珠三角地区,也全靠这些价廉物美的劳动力生产出大量价廉物美的产品,保持着她蓬勃的生机。这里是中国,甚至是世界上最有活力的一片土地。李红霞和她这样的来自内地中西部地区的千千万万的打工仔打工妹,在这里组成了地球上最大的工业流水线,中国制造,价廉物美,也是我们同西方发达国家竞争的优势。诚如我们的一些经济学家所说,他们不但撑起了中国持续多年高速增长的GDP数字,供养着世界上最多的人口,甚至左右着大洋彼岸世界上最发达国家的总统选举。无论是希拉里还是奥巴马,一句有关MADE IN CHINA的选举语言,就可能让自己丢掉无数选票,美利坚合众国的公民,一方面把失业率的上升归咎于中国价廉物美的劳动力生产出的价廉物美的产品,一方面尽情享受着这些价廉物美的产品。中国制造,中国特色,让整个世界都变了。你又不知说什么才好。奥巴马刚说他要抵制中国产品,一看他的选民神色不对头,又急忙改口,说不是那个意思。那到底是什么意思呢?他说不清楚,谁又能说得清楚呢?面对中国,整个世界都感觉复杂。九百六十万平方公里陆地面积,十三亿人,五千年历史,能不复杂吗?

套用萨特的一句话,犹太人并非生来就是犹太人。犹太人是因为其他人才变成犹太人的。

还是像李红霞这样的打工仔打工妹好。他们从来就不去琢磨这些不着边际也没有影儿的事。她的想法,此时,更简单,回家。她的家离我居住的这座城市岳阳很近,而岳阳也是她回家的必经之路。她买的火车票,就是从广州到岳阳的。到岳阳后,她还得到城陵矶码头,再坐船到监利县观音洲。然后,就没车了,没船了,只能沿着这条七弯八拐的江堤走。这条路她永远不可能再走了,但那些活下去的人,包括她还在南方打工的哥哥,还会继续走下去。

我后来是一路打听,才找到那个小村子的,湖北监利县白螺镇薛桥村。我找到了这样一个似曾相识的地方。在中西部地区,这样的乡村很相似,很容易弄混。说不定,哪里拐岔了一个弯,你就从李红霞家走到了刘红霞家。但我还是慢慢找过来了,我突然发现,这其实是我想要找到又很害怕找到的一个地方。村子就在这大堤的一个拐弯处。这是一片充满危机感的土地,洪水是这里的世代隐患。万里长江险在荆江,指的就是这一段了。直到1998年,在特大洪灾之后,国家下大力在这里筑起了我现在看到的巍峨江堤。老天保佑,这几年一直平安无事。进村后,才发现它没我想象的那样贫穷,在浓密的水杨树丛中,掩映着很多两层三层的楼房。这都是村里的打工仔打工妹用血汗挣来的。这些年,村里的年轻人都走了,村里剩下的都是些老人。

我看见了李少华,李红霞她爹李少华。一个半老汉,驼着背,穿着一件跟黄土差不多颜色的破背心,站在一幢三间半屋子的红砖瓦房前。可一问,吓我一跳,他年岁跟我差不多,在村里,他还算中壮年,家里还种着七八亩水稻和棉花。想到去年,我还参加了全国青年作家创作会议,在人们眼里,或按国际标准,还算个大龄青年哩,而他呢,在村里早已被人看作是个老汉了,半老头儿了。这三间半屋子,是他家,也是李红霞那么渴望回来的家。而数年之前,一家七口还挤在一间茅草屋里。因为李家兄妹都在外打工,日子比以前还是好过多了。说起来,这还真是个多灾多难的家庭,十多年前,在村里开手扶拖拉机的李少华出了车祸,胸椎粉碎性骨折,做了次大手术,从此再也干不了重活,还欠下了大笔债务,家中生计全落在了老婆瘦弱的肩上。

穷的另一个原因是娃儿多。尽管农村也早已实施了严格的计划生育政策,这位和我差不多大岁数的农民还是咬着牙生下了三儿一女。老大李应龙一生下来就被发现是唇腭裂,兔唇,他们又生了第二胎,很幸运,还是个乡下人盼着的小子,但又很不幸,老二后来患上病毒性脑膜炎,由于乡下医生误诊为肺炎,结果整成了个智障患者。这样便有了第三胎李红霞这个丫头,因为是个丫头,他们又生了第四胎,谢天谢地,这次不但是个小子,而且是个又壮实又聪明的小子,上学后,年年考第一,全家都对他寄予了厚望,盼着他能考上大学。说到李红霞,也是捡回来的一条命,她小时候也患上了病毒性脑膜炎,但这次李少华没让乡下医生治,而是带她过江去岳阳城里医院看,很快就被确诊是脑膜炎,一针就好,要不然丫头也活不到现在。说到念书,李少华总是有意无意地强调,他也是要送丫头念书的,是丫头自己不愿念下去了,有一天红霞回到家中对他说,她不想上这个学了,老师当着全班的面讲,有些人花着父母的钱书也念不好,浪费,不如趁早出去打工赚钱。她听了,心里很不舒服,初二还没念完就辍学了。我相信这个做父亲的说的是实话,尤其在女儿离开人世之后。对于许多乡下孩子来说,就算上了大学又能怎样,以前上大学能当干部,吃商品粮,一夜之间就能变成城里人,而现在上了大学也还得自己去找工做,找活路,只有工资高低的差别,没有本质的差别。乡下人现在把上大学看得没早先那样重了,能上呢就上,更多人,不管男女,还是选择外出打工。

要说,李红霞在南方打工并不孤单,同在广州打工的,除了大哥李应龙,还有姑父赵四川,尽管远在广东,但这里打工的有三分之一的都是监利老乡。然而,哪怕亲人就在身边,哪怕老乡再多,一年熬到头了,还是想回家。特别想。听她大哥李应龙说,他妹子出来打工的第一年,能挣来这么多钱,还算很不错的,她走的前一天晚上还在不停跟哥念叨,说回到家要先给奶奶一百元,外婆一百元……

听这话,你感觉这丫头心眼好,挺孝顺;另一方面,这也体现了一个乡下打工妹的成就感。她这一年活得挺有价值,照这样下去,她的人生也挺有价值。李应龙也很想回家,但觉得自己这一年没赚到什么钱,不好意思回家。这都是很重要的细节,这些打工仔打工妹的微妙心态,很值得我们琢磨。妹子走的前一天,李应龙还在加班,很晚才回来,早晨还在补觉,妹子心细,怕惊动了他,蹑手蹑脚走掉了。他迷迷糊糊的,但知道她走了。她没想到妹子就这样蹑手蹑脚地走掉了,永远走掉了。后来发生的一切,他都感觉是在做梦,这可能是要纠缠他漫长一生的梦。想起小时候,他欺负妹妹时,娘就说,龙崽啊,你只有这个妹妹啊,妹子以后是要嫁人的啊,那时候,你到妹子家里去做客,妹子就要杀鸡给你呷啊……

他这样说着时,低下头,眼泪像水一样流了出来。

现在,她来了。现在是2月1日。晚上七点,李红霞拨通了家里的电话,她妈妈听见了,那是一个疲惫不堪的声音,娘哎,好挤啊!等我挤上火车再给你们电话……

这是她留给这个世界的遗言。娘哎,好挤啊!

数十万人挤在这里,湖南、湖北、河南、四川,仿佛,整个中国的中西部都挤在这里。李红霞是晚上8点的票,她一清早就来到车站,她艰难地一步一步向前挪动。广州没有下雪,但所有的人都裹紧了棉衣。这么多人挤在一起,还是冷,又不知是冷,还是热,她挤得脖子都通红了。晚上八点,正点开车的时间,但她仍然挤在火车站广场外围的人海中,她用牙齿死死咬着的车票早已变成了一张废纸。很多人都像她一样,用牙齿死死地咬着车票。这其实是一种动物性的本能,动物的第一个反应不是使用四肢,而是嘴,用牙齿。人类变成这个样子,也就彻底现出了原形,开始发出像野兽般凄厉的、绝望的、愤怒的嘶吼声。我后来想,李红霞很可能是被一种在绝望中爆发出来的野兽般的力量掀倒的,但没彻底倒下,她是被旁人的一只行李包的带子最后绊倒的,跟她站在一起的表哥赶紧弯腰去拉她,但他没有力量把她拽回人间,他自己也旋即被人踩倒了。他后来能成为这场灾难的一个大难不死的见证者,目击者,是他腹部压着一个箱子,这只箱子救了他的命,给了他生命最后一个支点。而李红霞,一个十七岁的打工妹身上,已有无数双脚踩踏而过。难以承受的生命之轻,你却只能沉重地接受。

对她来说,这样倒好些……她爹说。他的漠然使我吃惊。

在这里,湖北监利县白螺镇薛桥村,一切都未改变,所有的事物仍然停留在原地。事情已过去很久了,不像几个月,好像过去了数十年,它早已没了我想象的那种怀念,而对于李家人,也并没有多少能勾起他们怀念的凭证,只有一张李红霞的身份证,再就是她很少的几张只存在她姑父赵四川手机里的照片。照片是今年元旦刚照的,他用新买回带摄像功能的手机,很随意的,给正在看书的红霞抓拍了一张照片。这也就是后来在各种媒体网络上广泛流传的那张照片,一个十七岁的打工妹,一个微笑的侧脸,存在于一个离我们十分遥远的地方,像一个梦,一个幻影。

遗忘对于人类是必要的,而对一件过于悲惨的事情,知道的人越少越好。直至如今,这附近很多人甚至还都没听说过这件事情。一切好似往常一般,一切都停留在原地。但我还是看见了不远处的那座新坟。黄昏的残阳照亮了坟头上的新土。阳光使坟墓美丽。去坟地的那条泥路上,我看到了一个脚印。一个坡跟鞋扎出了一个深坑,很像她走到生命尽头时穿的那双。坟冢上已长出了些嫩绿的草,开着些花骨朵,很小,但鲜红。春暮了,有花瓣坠落在地上,那奇特的梦一般在风中飘过的宁静的坠落,如最轻的叹息。我听见了自己的叹息。或许,只有在一个生命变得像死一样简单之后,才会引起我们一声落花坠红般的叹息吧。

不觉间,我所站的那个地方已变得漆黑一团。

忽然,我仿佛再次听到了她呢喃般的呼唤,娘哎,好挤啊!……

致命的飞翔

广州,雨一直不停地下着,天黑得快要塌下来了。

又是一个你实在不想接受的事实。又是2月1日。又是一个与我的家乡岳阳发生了某种关联的故事。凌晨的广州站,在一如既往的拥挤和武警捍卫着的铁的秩序之外,还游荡着的一些可疑的身影。他们鬼鬼祟祟,看上去就像贼。

他们不是贼,他们也是一些想要回家的人,他们很冷静,比广场那些排队的人,比那些处于半疯狂状态下的不时发出呼号声、哭喊声或怒吼声的人要冷静得多。这种冷静其实是比某些狂乱更可怕的。可怕的拉尼娜,一开始就是那样冷静。如果不是后来发生的那些事,就在眼皮底下发生的那些事,你无法知道在这种冷静的外表下面,人类内心的那种疯狂。这是连他们自己也不知道的。譬如说我们的这个早已宿命般注定的悲剧人物,他比每一个人看上去都要冷静,他在冷静地寻找一条回家的快速通道。他们这样鬼鬼祟祟的,是在搜寻那些被武警也被秩序忽视的死角,而对于这个叫李满军的人来说,那是真正的死角。

三十出头的李满军,在顺德一家小工厂打工,已经三年没回家过年了。

但今年的这个春节,他是一定要回去的,他很早就告诉家里,他要回家,还要带心爱的女人回家,过年。而像他这样的年龄,在打工仔当中算是老大不小了,很有一些人生的阅历了,按理是不会再干傻事的。他离过一次婚,打了很多年工,也攒下了一点钱。他感到很幸福,他的女人张池是个又能干又贤惠的好女人。而这回,他不但要回家过年,还将开始另一段婚姻生活。他们准备一起回家,然后结婚,生个孩子,幸福生活。他的想法都很实在,很幸福。

有人说,我们的人民是喜剧性的人民,但他们好像更容易成为悲剧性人物。

他们购买的是1月29日开往岳阳的火车票。如果没有雪灾,如果一切都顺顺当当,这会儿李满军和自己心爱的女人应该在老家,围着火塘,和一家人暖融融地拉着家常,把多少年来又苦又累的打工的沉重,在浓茶与温酒中慢慢放松。这是很实在的也很舒服的乡下人想要的那种幸福。然而现在,他想象的幸福还被死死地堵在这里。1月31日,是张池的生日,他早就说过的,这天他要为心爱的女人戴上一枚求婚戒指。但他忘了,也根本顾不上了,他在数十万人中,拼命挤,想挤开一条回家的裂缝。

回家!这是他心里唯一的念头。

他不是没排过队,不是没遵守过那样的秩序。他绝望了。

是什么时候发现的,还有一条隐蔽的快速通道,有一些人正偷偷地穿过一道铁丝网,爬上了火车站南边的天桥。这一发现,给他带来了新的希望。很快,他也带着张池穿过了那道铁丝网,爬上天桥。他看见,天桥下面就是火车,只要从这里跳下去,就能上车。他当然也看见了,天桥有些高,但他似乎没有犹豫,就跳了下去。嗖——一下子,多少天的苦熬,漫长的等待,回家的遥远距离,仿佛都在这样一跳中结束了,那种极度的亢奋,如电流一般,瞬间穿透了全身,瞬间就燃起了火苗子。

这不是一个比喻,这是真的。

李满军触电了!

这让张池一愣,她立刻就明白了,但也立刻就跳了下去。

她这一跳,让后来的多少中国男人感慨万千,他们觉得李满军有这样一个女人,就是死也值了。而可怜的中国男人们可怜的想法,又惹得多少人骂,脑残!

是,脑残。无论在那场灾难中,还是灾后,我们好像都是脑残。

张池没死,后来经医生诊断,她的腰椎和脚踝骨折。

李满军也没死。在医院里,李满军曾一度被痛醒过来。哪里痛,说不清楚是哪里痛。但他的脑子还算清醒,他还认得守在身边的女人。他问,我是不是在做梦?张池骗他说,你是在做梦,等你好了,咱俩就结婚。然而,就像命运早已注定了的,李满军永远不可能好了,就在他那致命的一跳之后的第二天,又是凌晨,广州阴暗的夜空渐渐变得明朗起来,一个叫李满军的打工仔,在安详的梦中死去。据给他治疗的烧伤科主任说,他是复合伤,除了电伤外,内脏功能都损坏了,估计是电流通过导致的。这又是科学给予一个生命的最终结论。而科学,总是带点儿冷漠残忍的味道。

但愿,在他生命的尽头,他一直还在做梦。

她的女人,张池,感觉也一直在做梦。在李满军生命的最后,当时医生正在抢救,她看到满军的从脸到胸部都肿了,心电图也在慢慢减弱。她太累了,迷迷糊糊的,但她好像一下就醒了,她挣扎着爬下床,跪在床边,抚摸着李满军的脚,大声呼唤,满军,满军啊!

后来,她躺在病床的被窝里一直流着泪,眼泪哭干了,只剩下抽泣的声音。

她对每一个人,都梦呓般说,满军他是真心对我好,现在突然间消失了……好像做了一场梦一样,感觉他只是太累了,睡着了,不想醒,太辛苦了……他就这么走了,连一句话都没给我留下……他还欠我一个戒指……

过了一些时候,她好像清醒了一些。她再也不愿意回想起这件事,这事还没完——还是已经过去了?而在她清醒时,她后悔极了。

我们绝不会再跳了,如果再给我们一次机会——我们绝不会再跳了!

然而,在命运中,有时候你也许并不想跳,也会鬼使神差般地坠落。就在张池跪在床边,抚摸着李满军的脚大声呼唤时,又有一个人在攀越广州火车站东广场对面的内环路高架桥时,眨眼间消失了。又是一次在现实中的致命的飞翔。

她叫赵宝琴,一个不幸的离异女人。和李满军不同,她不是自己跳下去的。她的家在甘肃甘谷县安远乡大成村,这是一个连想一下也知道有多么偏僻的西北小村。她从遥远的西北来到广东,在东莞大朗镇一家毛织厂打工,靠每个月一千元的工资,供养着女儿上大学的全部学费和生活费。她供养着女儿,而女儿也是她活下去的唯一信念。现在,一年熬到头了,她得赶回去。回家,过年,这是个异常强烈的念头,也是她一年中唯一能见到女儿的机会。

她没想到,她会在此坠落。而她坠落的那道桥梁,是我非常熟悉的。我在广州漂泊的数年里,不知在上面走过多少次,但我从未想过,那是一道致命的桥梁。我知道的是,过了这座桥,就能走到火车站。很快了。

她是怎么坠落下去的?

后来,听她的同伴说,她也不知道赵宝琴是怎么坠落下去的,当时,太拥挤,隔着无数人,她帮赵宝琴把行李递过去了,当她回头再看赵宝琴时,一个人突然就不见了……

后来,我们才知道,她在坠落下去的那一瞬间手里还死死地攥着回家的车票。

后来,经广州站检票人员鉴定,那是一张花高价从黄牛那里买来的假票。

我们要回家,死也要回家

放我们进去!

我们要回家!死也要回家!……

喊叫声一阵阵地震荡扩散。这是人类最简单的表达。不是一个人在喊,是一种贯穿了数十万人的喊叫声。他们在喊什么,这已经不重要了。那已不是什么人类的语言了。他们不需要回答,但他们必须表达。这其实是同极度的压抑对抗的一种方式。

　　一条窄窄的通道，数十万人挤在这里，从最初满怀希望的狂热到后来充满了绝望的狂热，几十个小时的队排下来，肚子都快憋炸了，气又透不过来。喘息时，都努力仰起脑袋，把舌头伸在外面，就像抛弃在干涸河床上的鱼，一次又一次地徒劳地鼓腮换气，又渴，又饿，而他们渴盼着的那列火车，也许永远不会开来了，也许早已开走了，这样的绝望与极度的压抑，谁能受得了？每个人的精神都已濒临崩溃。耳鸣。脑袋嗡嗡作响。这都是疯狂的前兆。你感觉他们就快要疯了，已经疯了，一眼望去，茫茫人海中全是让你恐惧的眼睛，闪着火光。

　　你感觉整个世界都疯了，你感觉自己也快要疯了！

　　这是一位武警战士的感觉。他才十八岁，还是个新兵蛋子，和我儿子一样大。他稚嫩的、光溜溜的娃娃脸，天真的眼神，要懂事又不懂事的样子，让你萌生出深深的爱怜。然而，在那个非常时期，他是一个以服从为天职的军人，他必须以全副武装的方式来捍卫那铁一般的秩序。有人朝他脸上、朝他那像火光一样闪耀的帽徽上吐唾沫，骂他兔崽子，狗腿子，婊子养的。他只能默默忍受，承受，腰板儿直直地靠着护栏。

　　我想到我十八岁的儿子，还那么不懂事，还时常在他娘跟前和老子跟前，小疯小癫地撒娇，顽皮，受不了一点小小的委屈，说实话，我真想把他也送到这军营、警营里来，像这个十八岁的武警小战士一样，只要这样经历一次，他肯定就能从一个角色变成另一个角色，从一个小男孩变成一个战士，用坚毅的表情面对一切。尽管这让他的表情有些呆板和生硬。

　　还有这样一个年轻的武警，小陈。他口音不太好懂，也可能是姓程。走近了，你会发现，这位当上了武警少尉的年轻人其实不善言辞，口舌笨拙得可爱。他个头不太高，并不是那种很魁梧的军人。但他一笑，你立刻就知道他是一个军人。他露出了中国军人的微笑。

　　在春运期间，他带着二十多名武警战士手挽手地组成了三道人墙，三层意志坚强的防线。这是最悲壮的对峙，他们和旅客是面对面的，中间隔着一道铁栏杆，然而，这样铁打的坚固的防线，在旅客的拼命冲击下，被奔涌的巨浪冲成 S 形,铁栅栏也已扭曲变形。眼看防线就要冲开决口了,战士们尝试用网状分割的办法隔离人群,但你还没来得及动手呢,旅客就有了对付你的办法。这不仅是力气的较量,他们也在较着心劲。你想插进来,想分化他们,没门,他们胸贴着背,人贴人,后边的人死死抓住前边人的腰带,这样一个抓一个,把所有的力气往一处使,往同一个方向使。这让武警根本插不进去。当数十万人朝着一个方向时有多大的力量!但他们这样轮番地一次次地发起冲锋,但是那道防线没冲垮,还是坚定地守护在那里,但这时,新的问题又出现了,那些冲在最前面的人,浪峰上的人,被一股力量掀起来,有的已经踩着武警战士的肩头,甚至是站在了他们的头顶上。为了保住防线,武警战士也搭起两人高的人墙,就像 1998 年抗洪时面对不断上涨的洪水,用血肉筑起的堤坝。这成千上万的旅客与少得不成比例的武警战士,数天来,一直处于某种动荡又平衡的状态。

然而,这样的平衡最终还是打破了,武警的防线,突然被撕开一个裂口……

——后来我才得知,这个要命的裂口并非武警的防线突然松弛,这是一个人性的缺口,也是人性的柔弱处。当时人群里有一个妇女昏倒了,小陈正要过去把她抬出来,人墙在一瞬间出现了薄弱的缺口,那些早已失去了理智的人哪里还顾得了这些,哗——疯狂的人群如洪水滔天般从这个最薄弱的地方冲了进来,一时间凶猛无比滚滚涌入。

危险,有人被挤倒了!人堆里传出一声声女性和孩子凄惨的尖叫声。

啊,踩着人了……停下……

谁又能停下?谁又停得下?哪怕稍微一愣,就可能被后面拥上来的人流掀倒,就可能被踩在他人脚下,就可能要被踩死。这也是武警战士最担心的,他们的守护,就是为了不酿成更大的悲剧。而面对这样汹涌的人流,这些战士又是多么的无助,他们是武警,全副武装的警察,但他们不能朝你动武,他们的神圣职责,就是为了不让人民受伤,一个也不能伤。

你只能自己负伤。你只能冲上去,把缺口堵上。

小陈冲上去了。顷刻间,突然有什么东西朝他掷来,砸在他英俊的脸上,他两眼一黑,下意识地伸手一摸,摸了满手的血,热乎乎的。这个伤口,后来缝了八针,像一条蜈蚣。小伙子没想过差点就这样牺牲了,最担心的是若是留下这个像蜈蚣一样的伤疤,破了相,那可怎么办?这是人性最真实的一面。采访中,一个漂亮的女警花跟我说,她最怕的不是牺牲,是怕毁容。这话让我感动了许久。而以前我以为生命是最重要的,现在我才真实地感觉到,人类的爱美之心,甚至超越了对生命的珍惜。

那么回家呢,对于那些旅客,难道也可以超越生命?

很多武警战士都受了伤。小陈当然不是唯一的。在2月1日晚的几次冲击事件中,有二十多名官兵受伤,多是被硬物砸伤,最严重的是被人用拳打伤。而在前一天,副指挥长朱广英就被旅客扔出的一瓶满满的矿泉水砸中左耳,他半边脸红肿得老高,还在广场上来回指挥,耳朵里灌满了嘈杂的声音,但很近的声音却听不清楚,耳朵像被塞上了什么东西。后来经医生检查,才知道是听力出问题了,好长时间都没有恢复过来。

小陈受伤时,战友小贺正在他身旁。他隔着快要被冲倒了的栏杆,直接面对着汹涌的人群。而这疯了般的人群,也很善于利用人性的弱点,他们先把女人和孩子举过头顶,想让她们直接滚入栏杆内侧。武警战士只能把她接住。一个妇女成功了,马上就大声呼唤其他的女伴也采取同样的办法过来。

有位年轻妈妈昏倒了,很快被抬了出去,她在医疗点治疗时,留下一个嗷嗷待哺的婴儿,小贺抱着。他又要守住防线,又要抱着婴儿。这混乱的场景可能把这个刚来到人世还不久的婴儿吓坏了,一个劲儿哭,小贺还得慢慢哄着。还在做儿子的他,好像突然长大了,长大了整整一代,成了一个父亲了。终于,那个母亲哭泣着走过来,把婴儿抱走了。他这才又拿着凳子架在栏杆上,小心翼翼地,继续和旅客们对峙着。其实从一开始,这铁打的防线就不是铁板一块,这数十万人里头,谁知道有多少心脏病、高血压病人,还有多少老人、孩子和孕妇。对于这些弱者,武警是可以开口子的,是可以先放他们进去的,那些抱着小孩的大人也可以先进去,但只能进去一个。

这情景,我曾在美国大片《泰坦尼克号》即将沉没时看见过,我自忖是一个心硬如铁的男人,但我当时没看得太清楚,泪眼模糊。或许,只有最柔软的人性深处,才有这样让我感动的东西。而面对这些最弱小的人,那些武警也很感动,心很软,听他们说,那些天,被挤晕倒的人数就超过了一千人,还有那些突然发病的,都是他们高高举过头顶,像是生命接力,一个一个地在人类的头顶上传递着,从人海里抬出来的……

但更多的人,你必须把他们拦在外面。他们又何尝不想把每个人都放进去,他们这样拦着,为的,就是保护那些弱者,也保护这所有的人不在失控的混乱中受伤,甚至死亡。这是在非常时期对生命的捍卫。然而,人群中冲他们发出的,却是怒骂声。那都是我此时不愿记录的骂声,只有当你对你想骂的人仇恨到了极点,你才会那样骂。让我们的武警小贺最伤心的一句话是,你们没有良心!

你们没有良心!……

这不是最难听的叫骂,你无法清楚地描述出那种感觉。

小贺后来说,他更多的不是委屈,而是觉得心痛。他理解这些旅客的心情,有的旅客在雨中等了几天几夜,连他自己都不知道几天几夜了,数十万人这样挤在一起,又冷,又饿,天气又这样恶劣,在这样漫长的等待与拥挤中,他们连大小便都没法解决,想进,进不了,想退,退不了,真是比坐牢还难熬啊。而有的人被抬出来了,又想重新挤进去。一个女人边哭边喊,哎哟,我胃痛得不行,挤的时候,一些男人的胳膊肘顶我的胃,我晕倒了,才被抬出来。但我不能一个人走啊,我老公还在里面,也不知在哪里,还有两个包找不到了,都十几个小时没有吃东西了,也没有水喝,已经挤了一天了……然后,是一长串神经错乱的难以听得懂的怨言和哭诉。

这样的女人又岂止一个,很多,不知道有多少,她们,这些可怜的女人,坐在栏杆的另一边,哭着,诉说着,其实她们也并不是要说给谁听,这是一种释放的方式,就像那些男人的喊叫,怒骂,掀起的滔天巨浪,都是人在精神濒临崩溃状态下的一种本能的释放……

他们的精神已经处在极端危险的状态。这个时候你得非常小心。

我还记得孩提时,听我外婆说,当一个人快要疯了时,你千万不能说他疯了,你一说,他立马就疯了。他就等着你这句话呢。当时我觉得挺荒诞的,而现在我才理解,人在精神崩溃的临界点上,一句话,一个发丝般的细节,都可能让他脆弱的精神突然倾斜,以致崩溃。

在广州,有一个人和我的感觉类似。她叫陈晓琳,是广东电台的主持人。那些天,她一直在做关于春运的特别节目,这样的节目其实是每年都要做的。但只要说起那一次惊心动魄的经历,她的脸色和声音立马就变了。那天,下班后,她开着一辆红色富康车从人民北路的电台驶出来。右转。红灯。车停了。她的车,恰好停在了一辆警车和一辆军车后面。当时,路口已被管制,社会车辆严禁跨越,但军警看了看她车头的采访车标志,一挥手让她过去了。一进入封闭区,她就知道她做了一个多么错误的决定。她紧紧跟着的警车、军车瞬间就被汹涌而来的人流冲散了,她的车一下就被人流围着了,不,淹没了,车停着,可车在人海中颠颠簸簸摇摇晃晃。

应该说,她感觉到了人在精神濒临崩溃时的那种状态。她非常小心,一百多米路大概走了半个小时。当她终于走出了人群时,她下意识地回头看了看,当她看到人群中一个抱着孩子的女人,看到那个女人怀里的孩子跟她女儿一样大时,她哭了。后来,她在电台中,不断地劝说滞留在火车站广场的人们不要回家,她给他们算着回家和不回家的成本,她声情并茂地讲述着,选择在广东过年有政府免费提供的电影和娱乐活动享受,还能省下来回路费和花销,这笔钱足够在广东过个他们从未有过的好年了。她这样说着,广东省委、省政府也在劝说着,都诚恳地希望这些农民工能正视现实困难,留在广东、留在这片他们洒下了辛勤汗水的地方,过一个特别的春节……

在八十多万种声音汇聚的嘈杂中,那些大喇叭一直没有停止这样的呼吁。

然而,在这些急于回家的人背后,又有多少难以言说的东西,那是无法通过简单的对比和计算得出结论的。回家,每个人都疯了般地想回家,除了回家,仿佛早已不知道生命的意义何在。后来也有很多学者分析说,回家是一种疾病,它与我们社会的某些病灶被激发有着深刻联系。

以色列学者马特拉斯说,都市化在很大程度上是一种移民现象。自20

世纪 80 年代开始,随着大批农民工拥入中国各地的大小城市,中国也成了世界上人口流动最大、流速最快的国家,但我们的制度,以及我们在本质上并未改变的城市管理方式和户籍管理方式从一开始就没为这样的人口大流动做好准备,而后来陆续出台的一系列制度,其出发点也并没有为这样的流动提供便捷通道,而是把进城务工的农民和其他流动人员当成了严格的管理和处置对象,从这个意义上讲,这种人口的大流动并未成为马特拉斯所说的真正意义上的移民,大量进城务工的农民仍然保持其农民身份,似乎成了一种顽固的精神胎记,同他们对城里人的友善相比,城里人对他们则抱有一种天生的警惕、多疑甚至是歧视。

就像广州市委书记朱小丹所说,这些民工是拿命换一条回家的路,临时性的应对也许可以暂时管一下用,而他们未来更漫长的回家的路,该怎么走?这也许是最值得我们深思的。今天,以农民工为主体的外来人口已经成了许多城市最有活力的生产力。他们用尽全身力气,敲打着这一扇扇无形而厚重的城门,也试图敲开生命与生存的一线缝隙。然而,那些徒具象征性的城门钥匙,却从未授予过一个农民。他们和这些城里人其实没有任何区别,他们只是比他们晚来一些年头。如何消除这些充满优越感的城里人和充满自卑感的乡下人之间的隔膜,如何排除诸多的障碍性因素,让他们进行有效的沟通和交流,可能需要几代人甚至更长的时间。制度的改善无疑是一个快捷通道,但制度并不能解决所有问题。对于他们,其潜在的需求期望或许不仅是一本城市户口簿,更需要真正、真切的尊重、理解、爱和同情,而城里人则要在他们面前学会谦卑。一个社会想要和谐、安定,必须先排除那些不和谐不安定的隐患,尤其是那些表现在制度上的人为设置的人与人之间的鸿沟,尤其应该消除制度化割裂与歧视。而对于这些外来人口,这不仅是身份的改变,更是精神的般若、涅槃,唯有这样,这种人口流动才会转化成极具中国特色的精神变革,也无疑是我们这一传统的农业大国走向现代化的另一条路径。

我承认,在追踪这场灾难和次生性灾难的过程中,我的心情一直非常复杂。这其实也就是我们面对那最值得同情又最令人恐惧的复杂人群的复杂心绪。这也是我们年轻的武警战士小贺的心情,你无法清楚地描述出那种感觉。他们骂你,朝你扔东西,你心里很难受,那个滋味很难说出来。小贺有时候会看花眼,突然在这拥挤的人海中依稀看到父亲瘦小的影子。小贺的父亲也一直在广州打工,年年遭遇春运。但回到家后,父亲从没有跟他讲起。现在,他才知道父亲在外打工的苦楚。现在,他也想大哭一场,想找到一种释放的方式。然而,他连哭的时间都没有,这些天,他日夜坚守在这里,他的手臂,也在执勤期间脱臼了,他让人接上,继续执勤。他心里只有一个念头,就是守护和他父亲一样善良而无助的人,让他们平平安安地、身上没有一点伤痕地回家。

哪怕在最紧张的对峙中,他也只是一刻不停地呼喊,你回家重要还是生命重要?

人群里传来如狂风呼啸般的喊声,我们要回家!死也要回家!……

B 部　生死时速

第四章　生死时速

天降大任

天将降大任于斯人也！写下这句话，心里一阵哆嗦。

这不仅是我，而且是一个民族一次又一次重复的话，重复了三千年……

一个古老的泱泱大国，历史有千万页厚，随便翻看一页都可能触目惊心，然而，像这样的一场突如其来的暴风雪还非常罕见，它竟然一下子使大半个中国瘫痪了，一时间危机四伏，电线覆冰，铁塔倒塌，电网跳闸，电煤告急，京广铁路中断，京珠高速中断，多个机场关闭，无数旅客滞留……我只能如此宏观而抽象地描述，灾难的边界已经大大超越了我的笔力。而它也必将以抽象的方式载入人类尚未书写的历史的空白册页。灾难在创造历史，人类也在创造历史。而此时，偌大的中国，尤其是中国南方，如洪汛般的客流高峰正以高潮迭起的方式逼近，一个广州站，就面临着三百五十万旅客的大运输，这相当于把欧洲一个中等国家人口来回搬运一次。谁都心急如焚地想要赶回家过年，谁都盼着天气赶快好转，然而，紧接着便是连续二十多天的暴风雪，大半个中国的正常生产生活秩序一下陷入了混乱。这都是历史上没有同类灾害记载的——史无前例。

灾难就是国难。这样一场雪上覆冰、雨上加冻的巨大而罕见的灾难，对于中国新一届执政党的领导者和新一届政府来说是一次大考，对国务院刚出台的应急反应机制也是一次检验。这一场雪上覆冰、雨上加冻的巨大灾难在第一时间考验着中国的决策者和执政者，考验着他们的信念、智慧、胆识、情怀，还有决策者的坚定、敏锐、感召、力量。这都是最抽象的东西，然而，你的行动，甚至你在行动中的每一个细节，谁都能看见。

无数人看见了，中国政府迅速组织庞大的国家力量展开高效率的抗灾救灾行动；

整个世界注意到了，中国那台加大了马力高速运转、全速开动的国家机器……

决策是行动的先导，决策者的每一个决策，必须果敢，也必须审慎。而启动一个应急反应，尤其是一级响应、二级响应，绝不是一时的心血来潮，而应该经过理性的判断。启动的级别越高，你付出的代价就越大。一个负责任的大国政府，既要未雨绸缪，又不能轻举妄动，这是决策的复杂性决定的。尽管如此，中央高层还是迅速做出一系列具体部署，国务院在第一时间成立了抢险救灾应急指挥中心，一个个及时果断的重大指令从这里发出，一项项措施迅速出台，一笔笔资金、一批批物资，源源不断地运往灾区。这种国家指挥动员能力、统筹协调能力、资源调配能力，在非常时刻，再一次充分展示了中国政府应对复杂局面和突发情况的驾驭能力，中国也再一次成功经受住了挑战与考验。那些在最近的距离上展现在我们面前的一张张面孔，既是严峻的，又是冷静而理智的。就这样，整个世界都看见了，最终形成的那种全国上下万众一心、众志成城的抗灾与救灾的恢宏局面。同时，许多人也看到了近三十年来中国综合国力的神奇提升，这个古老的国度无疑已是世界经济发展极重要的引擎之一，而这种综合国力不仅是灾区民众得到充分的物质保障的基础，也是民族复兴赖以实现的重要支柱。没有中国改革开放三十年所积累的雄厚物质基础，就不可能有今天在面对特大自然灾害时的出色表现。诚如有人说，中国政府和人民在面对此次灾害时可以说尽心尽力，那更重要的是除了有心，还有力。

不是没有人设想过，如果这次南方暴风雪和接踵而至的汶川大地震发生在另一个国度，简直都不敢想象——那个国家甚至有可能彻底毁灭。

这些天以来，只要看到暴风雪中的一幅幅悲壮的画面，我都会难过得不能自已。我是那种早已习惯了背对着光亮、脸朝着黑暗的人，我原本以为自己是一个心硬如铁的人,很长时间,我都不知道泪水是什么滋味,而在那些日子里,我咀嚼着流入嘴角的咸咸的泪水,在泪眼蒙眬之中,仿佛千百年来中国所遭受的种种灾难重现于面前,感觉好像人间的所有痛苦都让中国人一一尝遍了。辽阔的疆域,众多的人民,时不时就要来一场天灾或人祸,似乎这片土地的命运早已注定是多灾多难。我的泪水,是看到那些具体的生命在冰雪中受难时情不自禁地流出来的。我在心里哀伤他们特有的独一无二的苦命,哀叹他们对命运的顽强承受能力。我甚至觉得这个民族的所有力量,都源于他们的这种独一无二的对命运的承受能力。

我也多少有些庆幸,不幸的中国人,终于幸运地生逢了一个以人为本的时代。

人啊人,关于人的核心价值,无论在灾难的现场还是背景中,都有共和国主席和总理的强调,以及与人的生存和权利最密切的承诺。尤其对中国,这是最需要强调的。

夜色朦胧,在严寒冬天月亮的寒光下,或在北方列车幽暗的紫色灯光下,一个熟悉的身影,正风尘仆仆地沿着北煤南运的大动脉大秦铁路一路奔波。从山西大同到河北秦皇岛,下矿井,跑车站,进煤场……这是一个无时无刻不在为国家的命运进行认真而审慎思考的共和国主席,而此时他最关心的,不是国家的大政方针,而是煤,电煤。你看见他穿起过膝深的雨靴,和最底层的矿工一样带上矿灯,深入四百多米深的大唐塔山煤矿采掘区,他的嘴角挂着一抹微笑,神情里却有着不容分说的严峻。煤,黑色的太阳,现在灾区需要煤,电厂需要煤……我们心急如焚、寝食难安!共和国主席这句话,很平常,但一下就能把人心穿透,那平常中的力量,不是别的,是真挚,是掏心窝子说话,让每个人听了无不为之动容,让每个人都体会到一种感同身受的贴心。在共和国主席的身影里,一个个港口、码头、车站,正在二十四小时不间断作业,来多少,装多少,走多少;一节节车皮正在编组,一列列货车驶出站台,风驰电掣般地奔向南方。在无言中,我们凝望着他,心里感到有一团火,缓慢地燃烧着,这种温暖的感觉,让我们这些身处南方冰天雪地的人,感觉到不再那么冷,黑暗中,有光亮正在驶近……

危机中的南方发电厂,一车车电煤正从四面八方源源不断地运来……

2月5日,已经是农历腊月二十九了,注定有许多人忘不了那样一个下午,同一个身影,又匆匆奔赴广西灾区。在桂林机场,刚下飞机,他看到广州军区某集团军陆航团官兵正在把救灾物资搬上直升机,春寒料峭,他脱了外套,一双手远远伸过来,来,我也参加!然后,你就看见那些官兵的身影中间,多了一个你熟悉的身影,一个国家主席,和他的士兵,彼此的生命靠得如此之近。当你有幸打开这一包包沉甸甸的救灾物资时,你可能没想到,这中间也许就有通过共和国主席的双手装到直升机上,然后抵达你手里的……

第二天就是大年三十,一大早,胡锦涛就走进灾情严重的桂北资源县,山谷中有刚刚重新栽好的电杆,也有无数倒塌折断了的树木、毛竹。这是个没有冰雪的日子,早春的阳光,把山峦渐渐照亮。太阳从雪云中慢慢露出来,山民的笑容是一点点绽开的。他走着,山坳里的残雪在他脚下发出啪啪的碎裂声。他走进了受灾村民颜德发家中,他靠近了老颜,像一个亲人大老远地来看望另一个亲人。他说,知道你们遭灾了,我们在北京一直惦记着大家,今天特地来看看你们……家里的毛竹损失大不大?粮食够不够吃?看病方便不方便?生活上还有什么困难?他用目光询问。老颜的眼睛潮湿了,他可能有许多心里话都想好了要跟共和国主席说的,可他太兴奋,太急切,激动得一句话也说不出来了。或许,只有你走得离一个老百姓这样近了,你才发现,他们有多憨厚,多淳朴。在无言中,胡锦涛又转过身,叮嘱当地干部,眼下的当务之急,就是要把灾区群众尤其是困难群众的生活安排好,一定要让他们有饭吃,有御寒的衣被,生了病能及时医治……

这每一句话,都很平常,或许,它们不平常的意义,就在于这样的话一经共和国主席说出,就代表了国家的意志。而当一个国家主席在努力地塑造自己的亲民形象时,一个国家的形象,国家的价值观,民族的价值观,同时也在被塑造,而这正是政府行动的逻辑起点。

这只是无数感人画面中的一幅。而我其实也是这无数人中的一个,忘不了一个穿行于风雪中的身影,我们也同样忘不了共和国总理的承诺——

仿佛在一刹那,人类还没来得及做出反应,一条贯穿中国南北的钢铁运输线就突然中断了。湖南,成了中国高速运行的电力机车第一个无法通过的无电区。京广线一度滞留列车一百三十六列。站台上,晚点的旅客发了疯似的在暴风雪中猛跑。火车呢?怎么回事?铁路也结冰了?被困在列车上的旅客,心里只有两个字磨来磨去——等待,死等。一个年轻的母亲抱着婴儿,她的表情基本上是安定的,她已经等了三天四夜了,孩子也不再哭闹了,可能是太疲倦了,睡着了,一个婴儿,竟然睡得这么深沉,让人看了有些害怕。她怕他冷,她忍不住一遍遍地用舌头舔他。而在她身体的一侧,凝结着一层冰雪的窗户外,雪花纷纷扬扬……

许多人都注意到了,此时共和国总理在瘫痪的铁道沿线奔走……

在广州火车站,面对无数涌动的如惊涛骇浪般的生命,一个身影,一个手拿扩音器的身影,慢慢地浮现出来,天地间一下子静默了,无数眼光在一瞬间朝着同一个方向望去,他们惊异地,也怅然地望着共和国总理,一阵冰冷的雨点打在他身上。总理的声音深沉、沙哑——我来看望大家,你们吃苦了,你们回家心切,我非常理解……

回家,过年,这世界上其实很少有别的民族能理解中国人这一狂热的心情,而它在中国已有几千年的文化传统了,它甚至是中华民族凝聚力的一种象征。是的,你很难以一种旁观者的心态,去理解这一深沉而巨大的情感力量,但总理理解,他并不想转移话题,他充满歉疚地说,我们绝不应该因为铁路的责任未尽到,就挡住大家回家的脚步,现在我们正在想尽一切办法抢修,一定把大家送回家过春节!

这是共和国总理对他的人民做出的承诺!是的,中国人都深信,总理说的每一句话都是算数的。总理对他的部下和各级地方领导说得最多的一句话就是,你们一定要说话算数啊!

关于温家宝两赴湖南在暴风雪中奔波的感人场景,我会在后面叙述。

这里,我只强调他说过的一句话,那就是,立即行动,连夜行动,不要等到明天!——这是总理如快马加鞭般的催促。

必须确保京广线畅通!这是来自铁道部的命令。

一个又一个抢修命令下达了,一支又一支抢修队伍出发了,一列一列的火车出发了。为了迅速恢复中断的线路通信信号,铁道部紧急调集和购置发电车、发电机三百多台,用于自行供电。在受灾最严重的郴州至衡阳间,铁路部门组织一线职工用人工信号和手持电台替代信号机指挥列车运行;广铁集团上万名抢修人员第一时间赶赴一线,配合地方电力部门抢修供电设备;三千多名供电系统维护人员坚守在京广全线每一个区间小站,二十四小时全天候巡视监控;京广沿线各中间站站长迅速到岗,做好随时出动抢险的准备;所有内燃机车、各供电段接触网作业车进入热备状态,人不离车,二十四小时待命……

诚如有人说,冰雪是冷酷的,钢轨是坚硬的,铁路人的心肠是火热的。

万籁俱静。——这是冰雪中最可怕的景象。1月26日,广州客运段西安开往广州的L308次列车在湖南望城站滞留时间达二十多个小时。然而,人不可能始终处于寂静的状态,一千多名旅客在冰天雪地中要吃饭,喝水,还要不让他们挨冻,而此时,这座离长沙最近的县城早已断水断电。列车长黎智勇组织乘务员,爬过结着七八厘米厚冰层的三百米站台,越过铁路,到附近一农户家中的水井去打水。一桶桶的水倒入茶炉。水烧开了,茶沏好了,一壶一壶地送到旅客手上,车厢里飘荡着温暖的清香。很多旅客接过热水,还没喝一口,眼泪就先滚了出来。他们纷纷要求加入运水的队伍。他们第一次觉得自己不再是匆匆过客,也是这铁路上的一员。

然而,灾难是复杂的,人心也是复杂的。灾难中既有许多感人的萦绕心怀的东西,也有那么多你不愿看见的东西。从1月26日凌晨开始,整个铁路运输更严峻了,京广线衡阳站的七条轨道线渐渐停满了列车。接下来的三天里,滞留在列车上的旅客,从四面八方赶来乘车的旅客一拨儿又一拨儿聚在站台上、候车室里。时间越长,旅客情绪越激动,也越容易失控。事实上,有很多人在心里,意识深处,原本对铁老大就有一股怨气,而一旦陷入困境,他们就下意识地要把平时积累起来的怨气也一并发泄出来。在中国,国情的复杂直接导致了国民心情的复杂。

广州站的情景,不是孤立的,它其实是中国所有大站小站的缩影。

后来,有一个铁路人对我说,我们不是解决二十多天的问题,我们是在解决三十年乃至六十年的问题!

这句话,让我琢磨了很久。

当所有的问题突然集中在一个火山口爆发,你只能用全部的热肠肝胆去安抚、劝导这些旅客,以最真诚的微笑为他们除去积在心头的怨愤。衡阳车站客运车间的班组成员全部上了站台,方便面、矿泉水,成箱成箱地搬来,递到那些饥饿、干渴的旅客手中,而他们自己的嗓子早已干得直冒烟。甚至有时一个铁路职工刚把一瓶矿泉水递给你,头往前一栽,就昏倒了……

夜色阴沉。1月27日,京广线郴州地区坳上至槐树下间发生故障,铁路信号的备用电源也中断了。没有列车驶过的铁道,一切都是静止的。只有人在行动。长沙供电段迅速组成突击队,他们沿着十五公里冰雪路,巡查山区线路故障。雪已经冻硬了,硬得就像石头,这比那些让人深陷下去的积雪更难走。他们不是在走,而是在爬。与此同时,在另一个路段,郴州车务段运输科职工钱金国也这样在冰雪中爬行,他奉命到事故路段执行人工引导列车的使命。当他不再爬行时,他就要站在零下三摄氏度的公里标旁,填写行车日志、办理区间闭塞、呼唤车机联控——这都是我要反复猜测才大致明白的铁道运行术语。三天三夜,六百多趟客车、几十万旅客,就这样在他用僵直的手臂举着的信号灯的指示下,平安顺利地通过了他爬过的那条雪路。而在这个寒冷的冬天,在这场罕见的自然灾害面前,又有多少像钱金国这样的普通铁路职工手举着信号灯在照亮一列列缓慢驶过的列车,没人知道,我知道,还有我在前面提到过的那个扳不动道岔的叶师傅,叶青山。是他们,用这样微弱的光芒,照亮他们平凡的岗位……

长夜漫漫。在最后的攻坚战中,铁道部紧急调来一百三十多台内燃机车火速驰援湖南,中国中铁电气化局迅速调集队伍开始沿线抢险。二十四小时后,局指挥部和各单位先遣队伍分别抵达长沙、耒阳、郴州等抗灾第一线;三十六小时后,从北京、西安、郑州、石家庄、保定、武汉等四面八方迅速集结的一千多名抢险人员、一百多台机械车辆全部到场;四十八小时后,主要物资材料已经到场。

终于,天亮了。日历翻到2月6日,中国南方一盏一盏熄灭了的铁路信号灯,又一盏一盏地亮了……

然后,从各地打来的电话不再是告急,而是报捷:

槐树下至坳上区间送电开通!

东洋渡至耒阳供电臂恢复供电!……

你听见了,每一个报捷的人都那么突然而急切,仿佛都想大吼一声。或是太累了,或是太兴奋了。而此时,在多少个电话的终端,一些刚毅、倔强的,从不流泪的汉子却伤心地抱头痛哭起来,通了,通了啊,路通了,电通了,一切都畅通了!而也只有在此时,你才发现,能够这样痛哭或者流泪是多么幸福的一件事啊!这次抢险,历时半个月,你不知道他们是太快了,还是太慢了。如果你不知道这一场一场的暴风雪有多大,你就无法理解这样一个时间长度。而我愿意用这样一个词来形容他们的速度——神速!

共和国总理的神圣承诺在春节之前提前兑现了,三百五十多万名旅客如数踏上了回家的列车,这仅仅只是一个广州站的旅客,就相当于把欧洲一个中等国家全部人口运送出去了。这是中国铁路成功组织的一场史上规模最大的集中运输,它创造了世界铁路运输史上的奇迹。

无疑,在这奇迹的背后,正是那车上、车下,前方、后方,千千万万铁路人的努力,他们不但修复了一条瘫痪中的铁路,而且重新修复了中国铁路的形象……

敢问路在何方

天将降大任于斯人,湖南在行动!

湖南,是这场暴风雪的重灾区。有人说,要了解2008年中国南方的暴风雪,必先了解湖南,而要了解湖南的暴风雪,必先了解郴州。这是一种眼光的层次,你只能一层一层地去逐渐深入打量。而此时,让我们先把目光聚焦在湖南人的一个大手笔上——跨省大分流,一个大胆、果断而有预见性的决策!

无论是京广铁路线,还是京珠高速公路,湖南都处在承东启西、连接南北的枢纽地位,据不完全统计,每天全国各地大量的物流和人流从这里经过,这里日均车流量超过四万辆。京珠高速湖南段是华北、华中、华南和西南运输的大通道中心,可谓是全国大动脉的心脏,一旦京珠大动脉发生中断,危及的不是湖南一省,而是全国。可以这样说,京珠高速湖南段不通,整个中国都被堵在冰雪中。

跨省大分流,它首创于湖南,很快就推广到全国。而这一决策,来自第一线,来自一个领导者在关键时刻所表现出来的睿智。那是1月28日上午,一个人迈着急促的步伐走向京珠高速堵塞最严重的衡阳路段,冰雪迷茫中,你也许看不清他的表情,只能看见一个瘦高的身影,数日来这个身影一直在这条路上奔波,而此时,他突然站住了,风呼啸着从他身边掠过,他的身影冷峻也沉着。这车将要堵到什么时候?这暴风雪将要持续到什么时候?这个人可能一直在沉思,一直在观察,一直想要找到另一条出路。很快,很多人都知道了,张春贤,这位曾任交通部部长的湖南省委书记,眼看着那一堵就是数十里的漫长车阵,任谁,只要看一眼这般的境况,就会陷入一种从未有过的无望和恐惧。老张的心情无疑是沉重的,在各个堵塞路段的现场反复察看之后,凭着他干了多年交通部部长的经验和一种具有现代决策能力的果敢,他拍板了,分流!他是第一个也是第一次大胆提出京珠高速分流方案的人,确切地说,就是引导数十万滞留在京珠高速公路上的车辆绕道衡枣高速,打通经广西到广东的第二条南下通道。

决策很重要,而一个决策变成一个决定,却有数倍于决策的艰难。

分流?那些早已冷得透心刺骨地哆嗦着的被困司机,第一个反应却是从无望而可怕的感觉被推向了无情而被嘲弄的感觉。他们以为湖南人是要把他们推开,推远。——为什么要让我们绕那么大一个弯子?他们围着交警,他们在怒吼。而作为决策者,面临的最大考验是怎么让他们相信你。不是用无力的说服和空洞的叫喊。在强劲的寒风中,湖南省委书记张春贤、省长周强走上京珠高速,他们来了,来给司机引路。他们没有强迫那些滞留的司机跟着自己走,他们也不怕被人围着,他们认为应该面对那些司机,应该让他们说出心里话。消除怀疑的最好方式,就是让人民讲话。开始,是一阵大喊大叫,甚至满嘴脏话,很嘈杂很尖锐很刺耳的声音,你所面对的这群人,像一群疯子似的,一边尖叫一边还朝你凶狠地瞪着眼睛。然而,他们很快就开始感到震惊,那是你倾听的方式,你的真诚,让他们疑惑,惊诧;然后,是尊重,交流;然后,才可能是信任。这是一个很曲折的过程,这个过程甚至就是我们走出这场灾难之后,还将要走的路。一个政党的执政根基是什么?很简单,是人民的信任。何谓人民政府?何谓人民公仆?你看着他们深深地弯下了自己的腰,和这些被困的群众一同流泪,在冰雪中一同吸着寒气吐着热气。这甚至就是中国政府在这场暴风雪中的形象,他们以这样的形象第一次让世界清楚地看到,这是一个切实尊重自己的人民的政府,尊重人民生存环境和权利的政府,他们弯下了腰身,反而赢得了整个世界的尊重。

  湖南不但第一个做出了京珠高速大分流的决策,不但迅速完成了一种从决策到行动的转换,而且我觉得最重要的是,湖南的领导人在这次冰灾中倾听不同的声音、同不同的意见者进行沟通的许多做法,也为执政者创造了一个又一个的先例,那就是绝不强迫。只有耐心的开导与承诺,只为你提供另一种可能的选择。而只要你不被强迫,就意味着你有多种选择的自由,没有自由的选择,就没有正确的选择。一切的决策与选择最终都以人心与人性为依归,譬如,凡是愿意绕道衡枣高速、经广西到广东的车辆,湖南、广西境内概不收费,不检查,不罚款,不卸载,还给每台车补助两百元油钱。这是很实在的东西——哎,这是真的吗?很多人开始也许只是抱着试一试的心理,反正堵在这里也是堵着。

  这一试,就试出了一个在冰雪中广泛流传的谚语——走衡枣,回家早!

  这是应该被载入中国交通运输史的重要一笔,这一重大举措大大减轻了京珠高速湖南段的压力,从湖南到广东,除了107国道外,这第二条南下通道,在此后一直被人们称为"冰雪线上的生命通道"。然而老天爷却不会让人类轻易绕过自己的手心,2月1日,第四轮暴风雪又一次袭击了湖南全境,京珠高速粤北段路况刚刚好转又一次恶化,衡枣高速、107国道也一度十分拥挤,车行缓慢。第二通道也开始背负沉重的压力。

  敢问路在何方?天无绝人之路!

湖南省抗冰救灾指挥部在与江西省紧急协商后,决定开辟第三条南下通道,从京珠高速绕道醴潭高速,经江西进入广东东部梅州、惠州、深圳、东莞,而承诺是不改的,还是实行不收费、不检查、不罚款、不卸载的"四不"政策。有了这三条南下通道,湖南省形成了一线两翼、分时分段的跨省大分流:一线,即把京珠高速上的车辆分流到107国道线。两翼,一个是西翼,引导京珠高速潭耒段车辆从洪市、大浦出口分流至衡枣高速,经广西到广东;另一个是东翼,引导京珠高速长潭段车辆从殷家坳出口分流至醴潭高速,经江西到广东。

有这样一个细节,一位在京珠高速被困多天的河北司机,在顺利到达广东后给衡枣高速公路管理处打来电话,他一开始是不想分流的,他没想到自己这么顺利就到了广东,他抑制不住兴奋地说,你们给我找到了一条好路啊,一条活路啊!他可能太兴奋了,你不知道他是在说好路还是活路,但都说出了真实。顺利抵达广东的当然不止这位司机,从这次大分流开始,短短两天时间,由衡枣高速经广西进广东的分流车辆就有一万多辆,还有更多的车辆从京珠高速开下来,一辆接一辆往广西开去。

那些感激的话也许并不重要,重要的是,这是一种信任,是一种对社会管理者的信任,对植根于亿万民众之中的公权力的高度信任。可以说,这次京珠高速大分流进一步拉近了政府与民众的距离。那些平时你只在电视里见过的人,现在都在路上,都在你看得见的地方,甚至就在你眼皮底下,和你手拉着手地交流着。没有这样的交流,又怎么可能有那么顺畅的分流?2月2日,湖南的经验推广到全国,国家交通部组织京珠高速沿线的广东、湖南、湖北、江西、广西、河南六省大联动,为车辆提供多条分流线路。

全国一盘棋,湖南也许只是其中的一个棋子。但这一颗棋子走得很关键,一下,就把一盘僵棋走活了!

灾难过去之后,许多人都感叹,这场暴风雪中最难能可贵的就是各种社会角色之间显现出来的少有的相互信任。在舞台上活跃和发声的不再是单一的政府,而是人民、企业和各种各样的社会力量。人们赞美中国政府在救灾和赈灾上的高效率,但如果没有所有这些角色的参与,政府救灾赈灾的效率就会大打折扣。

应当赞美的是所有经历过这场灾难的人,尤其是大分流中的每一个参与者。

生命高于一切

寒冷的雪夜,风大声尖啸着,一个接一个的电话从湖南省委书记张春贤、省长周强那里打出,手机打得发热,电板都换了一块又一块。你可以听到一个最简单的声音,不饿死一个人,不冻死一个人,不在安全上死一个人,要确保人民群众有饭吃、有水喝、有衣穿、有房住、有火烤、有病能治……这声音穿过漫漫风雪,抵达三湘四水的每一个角落。他们代表政府,以最简单最质朴的方式在反复强调一个意志,一种价值——人的价值,生命的价值。

——生命高于一切!

看一个社会制度是否优越,只看它如何对待人的价值,生命的价值。

天地之间无价的生命,一个以唯一的方式而存在的脆弱的生命,总是那么轻而易举地消逝了;曾经,在有些人眼里,只有自己的生命才是生命。而现在,从中央,到地方,生命成了新的一代领导人反复强调的东西,最大的人权是生命权。它是人类最基本的权利。最基本的,往往也就是最简明夺目的核心价值。我们为什么热爱这个民族和祖国?首先是因为它热爱我们,无论你在哪里,它都是你的坚强后盾,无所不在地给你庇佑,你愿意把全部的生命放心地托付给它。

英国诺丁汉大学中国研究所郑永年教授说,人的价值成为核心价值,这是中国在这个时代最大的进步。

未来的历史学家将会告诉未来的人们,2008年,这一年是中国重生的一年,中国人在这一年里所表现出来的对个体生命的尊重、捍卫和在生死关头涌现出来的纯粹而高贵的人格,其中的每一个细节都是应该铭刻在一座无形的人民英雄纪念碑上的。这些细节会让你知道真正的真相……

风雪中,每一个地方都像世界的尽头,随时都会发生什么不测。1月25

日中午,潭耒高速大浦服务区,由北往南方向,有一台大客车被困,车上有三十多名乘客,一个两岁的小孩和一个妇女生了病,不知是什么病。大浦服务区紧急出动,带上开水、方便面、药品和牛奶、纸尿布,能够带上的全都带上了,然而,要在这数千辆堵成一条长龙的车辆中找到那辆大客车,找到那个生病的妇女和那个饿得哇哇直哭的两岁小孩,真如大海捞针般。你看见他们喘着粗气在这条被堵住的路上奔跑着,冰雪被他们的奔跑有力地带动起来,一连串地飞溅起来,你的脑子里立马就会蹦出这样一句话——与时间赛跑!

而在这天深夜,在黎托服务区停车区,更危急的情况出现了。正在巡逻的保安小马越过黑暗的空间,忽然看到几名司机正围在一辆车的驾驶室门口,神色紧张地商量着什么。小马一看就觉得不对头,连忙几步跑过去,急切地询问。原来,这几个司机都是上海安富轿车车队司机,京珠高速封闭,三辆车滞留在黎托服务区。晚上,为打发一个漫长而百无聊赖的夜晚,他们几个人在驾驶室内打扑克,由于车窗紧闭,车内又烧有竹炭取暖,一个司机突然昏迷,另一名司机也感到了剧烈的头痛,呕吐不止。小马心里一紧,中毒了!他知道,肯定是中毒了!又一次与时间的赛跑开始了,小马刚把情况报告给服务区负责人龚英,龚英就一边紧急联系120急救车和高速公路交警车,一边也做好了另一种准备——最坏的一种准备,如果救援车辆开不过来,只有打开服务区的后门,这是唯一的生命通道,十名保安已经做好了准备,分成两个紧急救援小组,每个小组负责一名病人,以接力的方式把中毒的司机背到离这里最近的医院。后来的情况证明,这最坏的一种准备是多么重要,当救援车辆连连告急,根本开不过来时,第二套方案也就是最坏的准备火速启动,于是,一场与时间赛跑的生命大接力,以最坏的方式悲壮地开始了……

告急,到处都在告急!1月27日凌晨,京珠高速黎托服务区,一阵电话铃声遽然响起。这其实就是那时的感觉,对于一个神经紧绷的人来说,每一个电话铃声都显得特别响。那晚正在值班的是服务区区长龚英,她抓起电话,一个焦急、嘶哑的声音在电话另一头响起:"喂,喂,我是岳阳开往广东普宁的大巴司机,两天前被困在京珠高速往南方向,现在车上的几十号人都粒米未进,水都喝完了,你们服务区能帮帮我们吗?喂,喂……"龚英已经来不及回答了,她搁下电话就掀开了保暖的门帘,十分钟后,他们便带上盒饭以及感冒退烧药品等急救物资上了车,该准备的,其实都早已准备好了,人员,物资,都全天候地处于待命的状态。每接到这样一个求救电话,你都会感觉到有股突然的冲动,好像身上通了电一般。这是一种状态,一种临战的状态。

雪云低压的昏蒙蒙的灰色天空,寒光闪闪的冰冻的路面,救援小组顶着刺骨的寒风,逆向行驶在冰雪覆盖的高速公路上,向十公里外的求救地点艰难挺进。四十多分钟后,他们找到了那辆求援大客车,但实际情况远比他们想象的更加糟糕,需要救援的车辆不止一辆,在这辆车不远处,还有两台大巴也遭遇了同样的情况,有台车上还有一个两岁的小女孩在发高烧。救援小组赶紧给这三辆车发放吃的、喝的,然后掉转车头,载上生病小孩和孩子的妈妈赶回服务区医疗室输液。后来才知道,那发高烧的小女孩的母亲叫杨玲玲,母女俩从河南老家赶往深圳,在路上已经走了六天。这六天又冷又饿又焦急万分,哪怕再坚强的人也会变得绝望。然而现在,母女俩好像终于有了一种得救了的感觉,绝处逢生的感觉。做母亲的在女儿耳畔低声说,娃啊,你多走运啊!那女孩的目光却落在了龚英身上,龚英再次感觉到一股突然的冲动,好像身上通了电一般。她知道,这是一种状态,一种临战的状态,一种随时随地都可能出现的状态——我在此重复,是因为这样的一种状态也在不断地重复,这路上,还有多少人等着他们去救援啊。

刚把杨玲玲母女俩安顿完毕,他们很快又发现了两辆抛锚的车,这次救援小组为抛锚车带去了防滑链。沿途,救援小组询问滞留在路上的每一辆车,看是否需要援助,只要需要,他们就马上把饭菜、药品和开水递给他们。凌晨4点,他们准备返回时,发现一台从安徽阜阳开往东莞的大巴车上有三十多名小孩,至少有十多个患了重感冒,这些孩子中最小的才两个月。不远处,另一辆大巴车上也有八个小孩,一个个冷得直打寒战。他们很快就把自己盖的棉被拿过来分发给孩子们,又火速与省儿童医院联系找救护车。省儿童医院的救护车很快赶到现场,对高烧儿童进行了紧急治疗。

将三台大巴车上的乘客全部安置好返回服务区时,疲惫不堪而又心情轻松的救援小组才发现,天快亮了,已经是早晨5点半了,他们已经在大雪纷飞的高速公路上来来回回,一晚上奔走了五个来回一百多公里,脚冻僵了,手冻得又红又肿。又是一个不眠之夜,而这只是无数个不眠之夜中的一个。

在那些风雪交加的夜晚,还有多少我不愿割舍的细节啊。

又一个冰雪连天的夜晚,1月25日晚,一个陌生的求救电话打到湖南省高管局值班室,有一辆大客车曾途经耒宜高速公路郴州段,车上一位老人病危。老人此前与家人短暂通话后,就失去了联系。情急之下,老人焦急的亲属通过电话向湖南省高管局求助。什么车?具体位置?打电话的人也说不清楚,而接电话的人呼吸一下子急促起来,对于这样一个风烛残年的老人,又是这样一个寒冷的雪夜,你不能不急!你能做的是赶紧搜寻,多耽误一分钟,老人就多一分危险。湖南省高管局火速与耒宜高速管理处联系,管理处又迅速向湖南省广播电台交通频道发布紧急救援信息,发动整个社会来共同寻找这个下落不明的老人。此时,京珠高速湖南段滞留车辆数万台,车龙排出上百公里,要找出那样一辆大客车和一个老人,唯一的办法就是拉网式的搜寻。三个路政队被紧急调动起来,立即分段上路,他们打着手电筒,顶着漫天的风雪一步一滑地在车海中一台台地挨着查过去。时间一分一秒地流逝,但老人仍无任何消息,大家又冷又饿,但没有一个人想过放弃。或许,一个渺茫的老人,在此时已有了更普遍的生命的意义,他甚至是一个生命的象征,你的搜寻,执着不舍的搜寻,从一开始就属于永恒……

天亮了,他们仍然没找到那个老人,但成千上万的人为了救援一个老人的生命的过程,是一种存在,它的重要性是不可思议的,而且有无数人参与到这样的搜寻中来,这使一种政府行为的寻找,变成了社会性的,我们应该记住,这是2008年暴风雪中的一个重要事件。而那位老人的下落,后来我们也终于知道了,他早已被及时送入当地医院救治。他活过来了,甚至比他这一辈子的任何时候都活得精神抖擞。以前,他总是说,都这么大岁数了,早把生死看穿了,无所谓了。而现在,他已经不仅仅是为自己而活着,他这条老命,有无数人关注过、寻觅过、救援过,这让一个老人好像超越了生命本身的界限,又活出了另一种人生……

或许,或许,很多事都是偶然的,而很多的偶然,都是必然的。因为是真的,才是必然的。因为有了这样一个孩子的存在,血泊与冰雪中的诞生也不再是一个比喻,而是一个真实的象征。诚如有人说,中国人,通过这样一场罕见的暴风雪,更加看清了世之本乃人,人之本乃命的道理。呵护生命,迎接生命,这已不再是口号,而是一种激情的驱使,一种本能的捍卫。生命,每一个个体生命,已经成了人的最核心的价值。

我愿再一次重复——生命高于一切!

雪域·战场·军魂

天将降大任于斯人,中国军人在行动……

中国军人的形象,常常使人想起长城。而长城能成为中华民族的一个永恒象征,把古老、厚重、顽强、坚不可摧的诸多精神信息凝聚在一起,这是中国军队最突出也最奇特的气质,它是由中国军人的躯体和灵魂组成的。中国军事科学院的一位儒将说,中国的军事形象有一个世界上独一无二的文化符号,那就是长城。长城的军事文化内涵非常明确:中国军事是防御性的、后发制人的。中国数千年的传统军事战略文化就是守望的文化,它的精髓是和平,防御,统一。——我也深信,这样一支充满了强力意志的军队,足以抵挡住世界上任何一支即使用现代化尖端技术武装到牙齿的军队。而抵挡,也是长城的本质,它以旷古的坚守,来守望自己的神圣疆域,而不是锋芒毕露地挑衅与出击。中国长城这种外在的军事形象和民族形象,也正是植根于这种悠久的内在文化。

而在和平年代,我们已不是靠刺刀见红的血战来发现一支这样的军队的存在。养兵千日,用兵一时,在更多的时候,他们所要抵挡的,绝对不亚于世界上最精锐的军队,如洪水,如地震,如这场暴风雪,而中国军人最终抵挡住了。我不想使用"战胜"这个词,人类没有必要战胜大自然,但人类必须以坚守的方式,最终与大自然达成和解与共生,对于自然力的灾难性爆发,首先要排除的是灾难性的因素。这已经是全人类的共识。

面对一场突袭大半个中国的暴风雪,中国军人打响了自1998年抗洪以来最大规模的守卫战。也许中国军队的很多装备还比不上发达国家,但是成千上万的士兵在众多将军身先士卒的带领之下,冒着随时而来的致命危险,连夜在乱石、滚石、泥石流随时扑面而至的崇山峻岭,昼夜兼程冲向与外界隔绝的冰雪灾区,这种勇气与信念就足以令任何对手心生敬畏,这就是中国军队战无不胜的军魂。对于一支以人民的利益高于一切的军队,他们必须在第一时间给人民带来安全感,让他们免于恐惧,而对生命的捍卫是最高准则,抵挡住灾难的一次次突袭,把人民挡在你的背后。

——我就一句话,是人民在养你们,你们看着办!

这是共和国总理的叮咛,一个必须反复强调的关键词。

一声令下,解放军总部立即终止了四架军用飞机正在执行的军事任务,它们被紧急调往西安咸阳机场和山西长治机场,装载灾区急需的棉被、棉衣、蜡烛等救灾物资。

机组从接到命令到起飞,时间,四十分钟。

一位解放军中校说,这个反应速度,已经达到甚至超过了战斗起飞的要求!

几乎在同一时刻,一支支火速驰援灾区的部队开始在地面数百里开进,在冰封雪埋、无路可走的地方连夜急行军。他们是直接从训练场奔赴破冰战场的野战军。还有很多官兵本已经踏上了回家探亲的路途,如第二炮兵某工程技术总队数百名技术尖兵,他们都是从各自的回家路上火速返回的,从返回到集结完毕,时间,六小时。

其实,如果不是万不得已,任何一个国家都不会轻易动用他们的武装力量,尤其是野战集团军。而军队一旦调动,就是惊天动地的事,绝对不亚于打一场硬仗。中国军队的应急反应能力及其所释放出来的巨大能量,让世界上那些一直紧盯着他们的将军把眼睛睁得更大了,而在这之前,他们更多地盯着的是中国军队的现代化水平,是武器装备,现在,他们却突然把目光集中在了中国军人身上。在这场暴风雪中,中国人民解放军累计出动救灾官兵八十多万人次,民兵预备役人员两百多万人次。这样的规模已远远超过他们反复设想的一场局部战争。许多外国军事专家惊呆了,美国一位著名军事专家以战略家视角大发感慨,中国人一瞬间由一盘散沙凝聚成钢板一块,真是太可怕了!看一个国家的军事力量,既要看它的战争动员能力,更要看这支军队的凝聚力,而在他们背后,则是整个国家的凝聚力,而现在,这位军事专家无疑清楚地看到了也许是他最不愿意看到的东西,那就是一个国家、一支军队所潜藏的一直没有释放出来的巨大能量在重大灾害前突然释放了。而这样的力量,甚至让他重新发现了美国人朝鲜战争和越南战争真正失败的原因。

和军人一样以作战速度集结的,还有军事装备。一辆辆坦克、装甲车开到了路上,它们在冰雪中碾压出来的静电火花预示着这些顽固冰雪的末日即将来临。更厉害的还有广州军区某集团军工兵团装备不久的新型破障车,可以一连串地击穿绵延数公里的坚硬冰层。而在沪宁高速公路南京段,南京军区某防化团的燃油射流车喷射出的巨大火焰,瞬间将冰雪融化成水流……

但大自然也不是那么轻易让步的。要清除如此大范围的冰雪,绝不会比清除地雷阵容易。更要命的是,你刚清除出一条路来,刚把堵住的车辆放行一段,又一场大雪降临,道路又被冰雪覆盖。为什么会有那样旷日持久的反复的拉锯战存在,就是一场冰雪紧接着一场冰雪不停地下。而这正是许多愤世嫉俗的旁观者所不能理解的,在他们眼里冰雪不仅美丽而且脆弱,好像他们呵一口热气就融化了。听一位在广州军区打拼了二十多年的军人讲,没有哪个国家的军队可以在一瞬间占领大半个中国,假设他们真的打进来了,也是在你步步设防的情况下打进来的,哪怕他们拥有完全的制空权,也不可能在一瞬间把空降伞兵撒满大半个中国,覆盖掉每一寸土地甚至每一个缝隙。但大自然具有这样的力量,只有大自然,你的战壕和碉堡,你的防线,对它毫无意义。坦克、装甲车、新型破障车、燃油射流车,这些现代化的军事装备,也无法清除大半个中国的冰雪,它能发挥的作用,就是打攻坚战,攻其一点,不及其余。对,这话很准确。那么,要清除大范围也就是大半个中国的冰雪,靠啥?

人,他说,军人!

这就是你曾经看见了的也许不一定理解的场景,那一长溜在道路两边排开的军人,那在冰封的机场撒开的军人,那在通往高压输电线铁塔的山道上一边破冰除雪,一边搬运物资的军人,他们深入冰雪占领的每一个地方,每一个制高点,他们在一望无际的白色和冰蓝色中挥舞着铁镐和冰铲,像无数的机械臂,夜以继日又不知疲倦地挥动。黑暗中,那铁镐下溅开的火星,在钢铁和比钢铁还坚硬的冰雪中溅起,这是一种燃烧方式……

南京军区,临汾旅。谁都知道,在中国现代战争史上,临汾旅是由一个元帅率领的一支善打硬仗、用于攻坚的劲旅。六十年前,在临汾战役中,该旅官兵利用坑道爆破的方法率先破城,创造了城市攻坚作战的范例。也因此,被中央军委授予"临汾旅"荣誉称号。它还是中国军队首批对外开放的部队,被誉为"中国陆军的窗口"。这支精锐部队,曾参加过1991年和1998年抗洪救灾。每一次抗灾救灾都是临汾旅攻坚精神的再现。2008年1月13日,南京地区遭受暴雪袭击,贯通大江南北的重要交通枢纽中断,暴风雪中的金陵古城呈现出一片愁云惨淡的景象。早上7点半,一声令下,临汾旅从接到命令到拉出营门,时间,十二分钟。途中,交通受阻,车队被堵,又是一声令下,官兵们纷纷跳下车,他们以徒步奔袭的速度完成十公里急行军赶到救灾地点,时间,整整提前了二十分钟!

南京长江二桥是连接京沪、宁洛、宁连等八条高速公路的枢纽,由于冰雪挡道,通行缓慢,长江二桥两头拥堵车辆排起的长龙达十多公里。如果二桥交通中断,贯通中国南北的京沪高速公路等也将陷于中断,华东地区国民经济和民众生活将受到严重影响。临汾旅三千五百多名官兵火速出击,参加军区组织的万人大会战。长时间暴雪和严寒天气致使路面出现厚厚的冰层,有的地段冰层厚度达到四十多厘米。大工程机械进不了作业区,只能用镐一点点地刨,用锹一点点地铲。士兵手上磨出了血泡,震裂了口子。饿了啃几口面包,渴了喝几口冷开水,或者抓把雪塞进嘴里。经过十八小时连续高强度突击,终于在次日凌晨4点,抢在新一轮暴雪到来之前,将二桥全线打通。

然后,便是与暴风雪旷日持久的拉锯战,在与冰雪长达十二天的鏖战中,他们先后十八次紧急出动一万多人次,七战长江二桥、三战沪宁高速公路、两战双门桥立交和禄口机场。而真正考验一支军队战斗力和意志的,还不是攻坚战,而是持久战。时间,坚持,忍耐,无不在考验着每一个军人的生命极限。那一把把铁镐、雪铲,紧攥在每一个官兵的手里,半个小时,一个小时,一天一夜,几天几夜,直到漫长的十二天。这暴风雪中的十二天里,他们是怎样用自己的双手,一点一点地啃着比铁石还坚硬的冰层?这并非夸张,在温度处于零下时,当冰层的厚度达到一定的程度时,如北方的冰河,坦克从上面开过去,冰都不会裂口。只是,在南方,我们还从未遭遇过这样的坚冰,我们对冰凌的感觉,一直处于脆弱的状态。沪宁高速攻坚战是临汾旅在这次抗雪救灾中打的又一场硬仗。到2月1日凌晨,这条华东地区车流量最大、最繁忙的交通大动脉终于彻底打通,在黑而发亮的道路两边,是一千三百多名官兵刨除的积雪,从路基下堆起来,一直高过他们的头颅。

但他们还不能撤下来,他们又开进了南京城,开始清除街道马路上的积雪。后来,我听南京的一位文友说,那些天他一直就窝在家里,根本出不了门。雪最深的地方,譬如一些房子与房子之间的风口上,用齐膝深来形容是小儿科了,真的,比腰还深。南京的市民,也不是没想过要把积雪清除掉,但你刚清除一点,很快就被持续的降雪填满了。那种绝望的即将被淹没的感觉,又岂止是南京人感觉到的?我走到哪里,都会有人以不同的方式,跟我讲起这种感觉,而其实这也是我本人在那场暴风雪中的感觉。你可能觉得我没出息,那时我最大的渴望就是调部队来,赶快调部队来。这是我下意识的一种依赖,而这种依赖的背后是对军人的一种本能的信任感和安全感。就像我南京的那位文友说的,他一早起来,突然觉得这天好像有什么不一样,他推开窗户,看到部队在破冰铲雪,只一眼,他一下子就放心了。

很快,自发地,在这些军人的背后,确切地说,是在他们开出的雪路上、冰路上,开始有许多铲雪的市民。而我们的每一座城市,从来没有为冰雪准备好必要的工具,市民们能够用来除雪的东西,是可笑的锅铲,像鹅毛扇一样的扫帚,我们这个多灾多难的民族,似乎一直都缺乏面对灾难的忧患意识,缺乏必要的最基本的准备。哪怕在城里的杂货店里,你也很难买到铁镐、雪铲之类的劳动工具。而我们的部队,除了武器,还早已准备好了这些工具,甚至连旗帜都准备好了,尖刀连、突击队的旗帜往积雪里一插,就开始迎风飘扬。中国军人,从来不打无准备之仗,我们的百姓是不是也应该有随时应对灾难的准备和危机感?这是我的一些想法。我随时都会冒出一些以前没有过的想法。

数月之后,我走进一个个兵营后,还看到许多士兵手上、脸上留下的伤疤。一看就是冻伤,那瘢痕在愈合之后是暗红色的,也不像别的伤疤那样容易消失。

在暴风雪中,有这样一个令我难忘的细节——

手套?为什么不戴手套?一位将军问他的士兵。

那小兵蛋子停下挥舞的铁镐。手冻伤了。将军看见血正从伤口里流出来。那小兵蛋子没吭声,他也默默地注视着自己的伤口。手套不是没戴,不知什么时候不见了。你在路边常常会发现这些磨烂了的手套,沾满了凝结成冰凌的血。你看了也会觉得心里疼得要命。而那些手上还戴着手套的,也早已冻成了冰块。每一个军人的手上都有这样严重的冻伤。还有多少看不见的伤,在脚底,在腰上,将军自己也是这样。很多军人已经在一线连续战斗了几十天,在寒风中,在冰凌中,他们唯一的温度来自自己,那是生命的温度。

是的,对于军人,你看见最多的是血,而不是眼泪。也有哭的。还是在南京街头发生的一幕。那些市民看到官兵们身上潮湿的衣服鞋子和红通通的手,他们十分感动,很快,自发地,就有人给他们端来了热乎乎的面条、馒头。一个小兵蛋子眼泪唰地一下就出来了。他后来说,他看见给他捧来一碗面条的大娘好像他妈。他在一瞬间迷糊了,恍惚间他听见妈说,娃,吃吧,赶紧趁热吃吧!但他很快就清醒过来了,赶紧去拭泪。这脸上的泪水必须赶快拭去,不然很快就会被冻成冰。而他也没接那碗热乎乎的面条,他抓一把还算干净的雪,就着方便面,嘎吱嘎吱地嚼起来。那大娘看见了,娃嘴里、舌头上全是血泡,可这面条他却不肯接,没一个军人接,他们是军人,军人有军人的规矩。这些热乎乎的面条和馒头,最终都转送给了那些被困群众。大娘流着眼泪走了。一个你可能永远不知道姓名的大娘走了,一个你可能永远不知道姓名的小兵蛋子默默地注视着她的背影,他可能又想起了遥远故乡的母亲。或许,那一个个远离故乡的军人,都是通过这样的大娘们,看见了所有母亲的形象。而这些大娘,这些老百姓,也通过他们,看到了中国军人的形象。

京珠高速。韶关北段,这里是南北大动脉的咽喉,也是这场暴风雪中的冰灾寒极之一。十多天的冰封和降雪,把这个咽喉完全堵死了。为了打通这条路,广州军区两个集团军紧急调集了最精锐的部队,组成南北两支突击队,南北夹击,目标就是必须啃下这块最硬的骨头。军区在受灾最严重的地区设了三个前线指挥部,成立了二十九个现场指挥所,广州军区司令员章沁生、政委张阳率机关四大部和驻粤某集团军、广东省军区共四十多名将军、三百多名师职干部奋战在抗灾救灾一线,哪怕你像我一样,对于军事完全是个门外汉,但看看这样一个阵容、阵势,你也知道当时的冰灾有多严重,这已经是一场大规模决战的军事行动。

湘南粤北山地的恶劣气候,不仅是暴风雪造成的,还有我反复提到过的冻雨。

我以前不知道冻雨是什么,也是在这次采访中,从许多气象专家那里多少了解了一点关于冻雨的常识,它是中国南方在初冬或冬末春初时的一种天气现象。当较强的冷空气南下遇到暖湿气流时,冷空气像楔子一样插在暖空气的下方,近地层气温骤降到零度以下,湿润的暖空气被抬升,并成云致雨。当雨滴从空中落下来时,由于近地面的气温很低,在电线杆、树木、植被及道路表面都会冻结上一层晶莹透亮的薄冰。而在严重时,这样的雨滴只要与任何东西稍一接触,如地面上的动植物,天上的飞机,甚至连飞鸟的翅膀,一触而即刻变成冰凌,而这也是整个南方电网危机四伏的最根本原因,冻雨在下降时最容易碰到的是树枝、电线和铁塔这些相对较高的物体,碰到后就会在这些物体上迅速地冻结成外表光滑、晶莹透明的一层冰壳,大量冻结积累后能压断电线和电话线,会把房子压塌,飞机在有过冷水滴的云层中飞行时,机翼、螺旋桨会积水,影响飞机空气动力性能而造成失事。它一边冰冻还一边滴落,凝结成一条条冰柱,这种冰层在气象学上又称为雨凇。

你如果看了这种奇特的自然现象,会感觉很美,千崖冰玉里,万峰水晶中——没查过,不知是谁的诗句,不过可真美啊。如果在唐诗宋词的时代,你尽可以去赞美、赞叹,然而在这样一个高度现代化、电气化的时代,一个海陆空交通立体运输的时代,它就成了一种异常严重的灾害性天气,电已是我们这个时代的第一推动力,而电线结冰后,遇冷收缩,更加上冻雨的经久不化的重量和暴风雪的同时影响,很容易绷断。哪怕电线承受住了压力,它的沉重负荷在向下的压力下会把成排的电线杆、铁塔拽倒,这也是南方大范围停电和通讯中断的原因。而冻雨一旦和公路桥梁接触,滴水成冰,又溜又滑,车辆就会失去控制和方向,作为交通管理部门,立刻就要采取应急措施,关闭道路,这也是国际上通常的做法。很多人抱怨交警和路政部门过早地关闭了高速公路,这里面的确有太多的误解。而雪上加霜的是,在冻雨降临的同时,又是罕见的暴风雪,由于冻雨已经给冰雪打下了一层底子,而冻雨本身的厚度一般就可达十至二十毫米,最厚的有三十至四十毫米,再加上二十多天的持续降雪和冰冻,还伴随着罕见的大风,不难想象,这一切加起来雪和冰有多厚多深。这也使得我们对南方的这场灾难一直很难找到一个比较准确的命名,太复杂了,灾难的各种因素太多了。而据已有的气象记录,南方冻雨最长的时间竟达五个月之久。尤其是在山区,譬如说广州军区决战的湘南粤北一带,山谷和山顶差异太大,几乎年年都有冻雨发生。1955年,浙赣地区曾因冻雨摧毁电线杆数百根,浙赣铁路运输一度中断。而在苏联西南部地区,一次冻雨折毁、倒翻电线杆近万根,造成大面积的电讯中断。而这都还是单纯的冻雨灾害,不像这一次除了冻雨还有暴风雪……

冻雨是什么,也许,最懂得的是那些解放军官兵。他们开始也以为那是雨水,他们的军衣很快就湿透了,寒风又把军衣很快吹干了,就像一身身古典骑士的盔甲了。而气温,在零下五至七度。他们,要在这样的严寒中,从冰凌中,开凿出一条能通行的道路。他们已经把积雪扒开了,冰块也被撬得支离破碎,人站在冰上,像站在一块块巨大的浮冰上。路的一侧,就是冰凌倒挂的悬崖,在猛烈的寒风吹刮下,一脚没站稳就是致命的坠落,而站着是最危险的姿势,有时候你会听见哧溜一声,你还没反应过来就滑到了悬崖边上,你立马趴下,甚至跪下,这个姿势才能救你的命。身为军人,谁都不想趴下,更不想跪下,可在这里,你看见的竟是这样的场景,那无数的军人,跪着或者趴着,在悬崖边缘上,在生命的边缘上,用手中的铁镐和雪铲,一点一点地敲碎那些最坚硬的冰凌疙瘩。他们跪着,他们趴着,却是中国军人最英勇的造型。

　　这些人中,除了广州军区的部队,还有武警广东总队韶关市支队的官兵,他们是最早一批参加这次京珠粤北段抢险破冰任务的子弟兵。除了抢险,他们还要配合高速公路交警部门维持交通秩序、救援高速路上被困人员。连轴转,轮班倒,困了,就以卡车当床,轮到短暂休整的人,就睡在停在高速路旁的军用大卡车上,三十多名官兵挤在一辆大卡车上,还有挤不下的人,只能坐在放在车内的凳子上睡。每晚睡觉时,由于气温极低,加上车篷根本无法挡风,很多官兵都在半夜被冻醒。

　　别忘了,还有人民解放军的后勤部队,在全力打通交通要道的同时,一辆辆野战炊事车开进了火车站、高速路,为滞留的旅客熬姜汤、做饭菜。锅架起来了,火熊熊地烧起来了,人们看见了冒出的热气,闻到了诱人的香味。这对于饥饿的官兵来说无疑是最大的诱惑,他们又冷又饿又累,他们多么需要补充一点热量。然而,揭开锅盖,准备饭菜和碗筷,他们第一个想到的却是老百姓。就在他们没日没夜想要抢通的这条路上,还堵塞着数千辆车,数万的群众。而为了让他们吃上一口热饭,官兵们只能以方便面充饥,以冰雪解渴,有时候一天也难吃上一顿热饭菜。当然,也有附近的群众给部队送来吃的、喝的,宰了猪杀了鸡的挑上路。但他们只能婉言谢绝,军队有军队的规矩,谁让你是军人!

　　这感人的一幕也发生在南京。1月28日,刚吃完午饭的硬骨头六连所在部队炊事班班长赵宝魁,突然接上级紧急命令,迅速赶往杭州火车站,援助滞留旅客。赵宝魁和战友们在第一时间就把四辆野战炊事车开到了滞留旅客中间,开始熬姜汤,下饺子,煮饭,炒菜,还想着这来自全国各地旅客的口味不同,不但要让他们吃饱,还要让他们吃好,吃得有滋有味。真的,我还没有听说有哪一个国家在这样巨大的灾难中除了大规模调动军队实施救援,还安排被困群众的伙食,还要让他们吃得有滋有味,他们把对人民的关爱深入每一个细节里去,用一个词,这叫体贴,体贴入微。而对于这些军人的细节,我们又知道多少?如果不是执行任务,赵宝魁可能早已回到了老家。当兵九年了,他还从来没有在河南老家过过春节。在接到任务之前,他的休假报告已被批准,他多么想早些回去,去陪陪年迈的父亲和几天前早产的妻子……

在数十万救灾子弟兵中,还有多少人把自己家里受灾的消息埋在心底,有多少人推迟了婚期、取消了休假,又有多少人没有来得及跟妻儿解释,就从探家路上直奔灾区!那些感人的场景我不想描述,每个人都能想到,我想要说的,从每一个老百姓的眼神中都能看出来,那一束束目光里已没有了最初的绝望和恐慌,无一不在闪烁着信赖、期待和激动的光辉。他们无疑都很庆幸自己所居住的这个国度拥有这样的一支军队,而给他们带来安全感的不只是宽阔的肩膀、强壮的手臂和挺起的胸脯,还有一种伟大的灵魂——中国军魂!

无所不在的中国军魂,哪怕最偏远山区的一块冰疙瘩,都可以见证它的真实存在。

黔地贵州,西南绝域,自古就是气候恶劣又极端贫困的大山区,"天无三日晴,地无三尺平,人无三分银",是这一地区的真实境况。尤其是黔西南海拔一千四百多米的崇山峻岭之巅,那里生活着我国人口较少的少数民族,有一个叫光明村的水族人聚居的山寨,就深藏在这里。这里可能也是全国最晚通电的村落之一。很多村民还记得当年刚通上电时,他们在灯火通明的山寨里通宵达旦地狂欢,在水族人的语言里是没有"电灯"这个词汇的,他们把电灯叫作夜晚的太阳。他们把给他们送来电的扶贫队员和电力工人看作自己最亲的亲人,给他们捧上了水族人最喜欢的风味美食鱼包韭菜。很快,他们就买来了电视机、小型打米机、粉碎机、电磁炉,水族人的生活仿佛在一夜之间就从刀耕火种的原始社会抵达了21世纪,弹指一挥间,越过数千年。然而,如今他们几乎在一夜之间又回到了从前那原始洪荒的年代,不夜的山寨,重又坠入了黑暗的无底深渊。

一场暴风雪,摧折了电线杆,撕断了电线,一条通向光明村的十千伏供电线路倒杆、裂杆、断杆达七十二根,断线二十六处,二百余户农户,一千多名水族群众,又重新点起了煤油灯和松明子。这让正准备热热闹闹过年的水族兄弟姊妹一下掉进了冰窟,米没法子打了,过年打粑粑用的糯米谷子没法打了,喂猪用的苞谷棒子没法打了,电视可以不看,电灯可以不照,饭不可不吃,猪不可不喂。他们不知道外面的情况,但他们知道,要修好这些电线杆电线,怕是猴年马月的事了,这样大的暴风雪,这么高的山巅,路呢,原本就没有路,只有一条十几公里弯弯曲曲的羊肠小道与乡墟相连,那是他们通向大山之外的唯一通道,沿途山势陡峭曲折起伏,岩谷幽深,沟壑纵横,就算人能爬进来,那电线杆怎么背进来,电线怎么拉进来啊!

要把这些家伙搬上山巅,绝对不比红军攻占娄山关容易。而打这一场攻坚战的,恰好是驻渝某红军师的一百多名子弟兵。他们千里迢迢地赶来了,他们不顾长途跋涉的疲劳,就开始集中优势兵力往大山深处的各个电线杆位输送电线杆,由于气温偏低,山高坡陡、高山上还有冰凝,道路溜滑,在羊肠小道、密林深处、陡峭的山坡上抬电线杆的困难是难以想象的,甚至有的高山上抬一根电线杆需要两天的时间才能到达目的地。道路难行,官兵们每人都扛着上百斤重的维修器材,在雪中艰难跋涉十多个小时,送到海拔一千四百多米高的山顶;当子弟兵将电线杆抬到指定的位置后,电力职工立即进行立杆、安装横担等工作,大家心里只有一个目标,就是用最快的速度为老百姓恢复供电。

解放军抬电线杆到村口了,我们摸黑的日子就要结束啦!

高山之巅的水族兄弟姊妹恍惚又回到了山寨被夜晚的太阳照亮的第一个夜晚,就在村民们准备用晚餐款待为山村送来光明的部队官兵时,他们却消失在山坳背后的暮色中,又紧急赶往下一个抢修点了……

老区井冈山也是这场暴风雪的重灾区。井冈山深处,那一个个被大山和冰雪同时围困了多少天的村庄,就像陷入了当年被围剿的弹尽粮绝的境地,电断了,路断了,粮断了。每个老百姓脸上都露出了凄惨的神色。这日子还怎么过啊!而就在这时候,南京军区紧急调集上万名官兵,火速增援江西省重灾区。先期进山的井冈山市人武部的官兵们,像当年的红军一样,在鞋上绑上草绳,每个人身上都背着粮食和老百姓急需的生活用品,在陡峭的山崖小径上,一边在冰雪中开路,一边向最偏远的山村行进。为了把三万多公斤救命粮分头送到最困难的村民家中,他们要走两天两夜。除了这些救命粮,他们还送来了蔬菜、木炭……

南京军区的官兵们也是这样进山的,他们要背负的,是更沉重的东西,电线杆,电线,还有九百多公斤重的铁塔,由于山道陡窄,根本没法运进去,只能全凭他们身体的力量。这几乎是不可能的,而我们的军队为什么总是能做到根本不可能做到的事?这让我又一次想到了军魂。军魂,它意味着一支军队所特有的坚定不移的意志,还能调动灵魂中所有的一切力量。如果不是这样,你无法解释那近一吨重的铁塔是怎么通过一条条冰雪的山径扛上那些山巅的。连上帝都无法做到。或许,还是井冈山的老百姓,这些当年送走中国工农红军的老区人民喊出了——啊,咱们老红军的部队又回来喽!

雪夜八小时

很多人都把空运称为天路,而那些机场无疑就是通天之梯。在铁路、公路陷入瘫痪、半瘫痪之后,每个人都开始向空中凝望。然而,那些飞机的身影也离人类越来越邈远,你看见天上并没有阴霾,你看见天空闪闪发光,然而那是更凶险的雪云。从1月13日开始,全国航班开始大面积延误,南京、武汉、长沙、贵阳等二十多个机场在暴风雪中被迫关闭,仅仅1月27日一天,长沙黄花机场就有三百多架次航班延误,最多时积压旅客近万人。

天路,中断了……

暴风雪恶意地演绎出种种荒诞。连最极端的困境也出现了,一架飞机降落了,却无法进入航空港,只能困守在雪夜里。

也许,有人一辈子也无法忘怀这样一个日子,1月25日,当时已是暮色四合,高空微弱的光亮里有浓重的雪云压下来。一架从北京飞来的飞机如同从天而降的幻影,降落在冰雪那邪恶的白色光芒中。如果在平时,这是很平常的一件事,可谁能想到,就在这同一个机场里,你从滑行道到机场停机位,竟要走整整八个小时!不说你也知道,这样长时间的低温冰冻天气,已经让整个机场变成了一个永远敞着口的冰雪的深渊,人类破冰除雪的速度,永远也赶不上冰雪堆积的速度。而飞机,这种人类发明的最快捷也最脆弱的飞行器,对于任何险情都得非常小心。飞机只能以极慢的速度驶离跑道,驶进滑行道,再进入停机位。而此时机场滑行道上已有五架飞机在排队等待驶进停机位,我们即将描述的这架飞机不幸排在了最后一个,也就是说,它要等前面五架飞机离开滑行道后才能驶进自己的停机位。这意味着,他们将在这个冰天雪地的夜晚,待在远离停机位的地方,度过八个小时,这是整整一个晚上的时间。

这架飞机当班的是尹剑平乘务组,在接到机场指令后,他们一下恍若掉进了冰窟里。这是很多人在那场暴风雪中都有过的感觉,真实而残酷。冰天雪地,一架被抛在荒郊野外的飞机,你一下就能感觉到,你被整个世界抛弃了。在那一刻,有些空姐的眼泪都快掉出来了。但他们不能让乘客看出自己的情绪,他们更不能抛弃这些乘客。很快,机组人员立即进行了分工,迅速做好长时间抗击风雪的准备,不是八小时的准备,而是更长时间的准备,人的心理非常微妙,如果你原以为被困十六小时,结果只被困了八个小时,你或许会感到意外的惊喜,你觉得你不但不那么倒霉,反而还很幸运。他们要巧妙地利用这样的微妙心理,让自己先把情绪控制一下,稳定一下,然后才能安抚那些原本就一路上提心吊胆的乘客。而飞机上的食品、饮料,一切资源,都必须统筹起来,以每小时为一个时间段,每个时间段为旅客提供一次热饮,每小时对情况进行一次通报。你用什么来稳定和缓解这些旅客那越来越急躁的焦虑情绪,唯一的方式,就是让他们感到温暖,还要让他们知道真相。当逐渐安静下来的乘客渐渐入睡时,他们还要不间断地巡视客舱。只要听到一阵呼唤铃,他们就要轻手轻脚地过去。

一位年轻的妈妈正抱着一个十个月大的婴儿在哭泣。"怎么了,啊?"尹剑平低着头,轻声问着,生怕惊醒了那些好不容易安静地入睡的乘客。但那位年轻妈妈不知所措,只知道哭泣。尹剑平用手去探小宝宝的额头,手心立刻被烫了一下。小宝宝在发烧!尹剑平马上在乘客中寻找医生,还真幸运,五分钟后,乘客中有一位医生来给小宝宝做检查,还好,小宝宝只是感冒引起的轻微发烧和咳嗽,喝点热乎的东西出一身热汗就能缓解了。尹剑平很快就为小宝宝冲了奶粉,还用热水袋做了一个暖手袋,放在小宝宝的心口上。那年轻妈妈看着小宝宝渐渐安静了,自己也安静了下来。

尹剑平松了口气,刚回到前舱,又响起呼唤铃,一位老先生心脏病突然发作,尹剑平赶过去时,老人的呼吸越来越浊重,脸色由苍白变成了猪肝色。尹剑平一边赶紧派人去找医生,一边到急救药箱找药品,找到硝酸甘油片后又直奔老人身边,这时医生也找到了,按医生嘱咐给病人服药后,老人慢慢睁开眼,呼吸也变得均匀了。他喃喃说:"我还不能死呢,我还没到家呢!"这老头,刚刚死里逃生,竟然就笑了。他一看,就是个挺乐观的老人,他的话,明显带着开玩笑的口气。

但并非每个人都像老人这样乐观,恐慌无处不在,眼下的平静,只是暂时的平静。几个小时后,机上水杯用完,乘务组马上把头等舱杯子提供给旅客使用,这种一次性的杯子,每次使用完后,又冲洗干净,再提供给其他旅客使用。大多数乘客们也都能理解。但细心的乘务员很快就发现了一个更严重的问题,很快就要断水了,水量表已清晰地显示出,机上水量已接近于零。这是无法隐瞒的,尹剑平立即将此情况如实地通报给旅客,并向乘客反复解释,从现在起,这剩下的最后一点水将优先给老人、病人、妇女和儿童,请乘客们给予理解与支持。和乘客一样,尹剑平心里其实也闷得慌,腰板很沉,但依然挺得很直。他必须保持这种精神抖擞的样子,他希望以自己的精神唤醒乘客们的精神。然而,这个时候乘客的精神和忍受能力都已经濒临极限,都已经非常脆弱,断水,成了压垮他们精神的最后一根稻草。机上水全部用完的消息刚一公布,立即在乘客中引起骚动,几个失去了理智的汉子开始强行冲击驾驶舱门去拉动紧急出口门闸,这太危险了!尹剑平立即将乘务员分成三个组,自己守住驾驶舱门,安全员和一名乘务员守住紧急出口,两个乘务员守住后舱门,严密监控,防止旅客有过激行为。

他们反复解释着,这已经是他们唯一能做的,每个人的喉咙都已经沙哑,而这样的解释还得字斟句酌,一不小心就会触怒原本处于精神崩溃边缘的乘客。好在,大部分乘客对乘务组的解释给予理解,但还是有三个汉子在极端的压抑中突然爆发了,他们疯了般地捶打驾驶舱门,想要冲进驾驶舱。尹剑平死死地抵挡着这些暴风雨般砸在他身上的拳头,还一直笑着,一直用沙哑的声音劝说着这几个乘客。终于,这几个乘客也许是折腾累了,也许是突然觉得自己太过分了,才骂骂咧咧地回到自己座位上,而此时尹剑平却一下子瘫软在自己坚定地守护着的驾驶舱门口……

凌晨1点,水、饮料、食品全部发完,最严峻的考验来临了,这架被暴风雪反复摧折着的飞机上,已真正到了弹尽粮绝的绝境。如果这个时候再有哪个病人突然发病,连吃药的水都没有了。而从机场传来消息,预计,他们至少还要等候一个小时。尹剑平知道,最困难的时候到了,这无论是对乘务组,还是乘客,都是最后的也是最严峻的考验。而此时,最明智的选择,就是把实情报告给每一个乘客,让一切变得完全透明。这一切,通过乘务员彭小兰的广播,传遍了机上的每一个角落,她的声音,一个原本十分甜美的嗓音,这时已经变薄了,嘶哑了,请旅客坚持最后一个小时,坚持,最后,一个小时……这种悲怆的声音,被反复强调着,伴随着难以忍受的漫长时间,一分一秒地过去……

事实就是这样。事实是不能改变的。而能改变的,是你的感觉和心情,是你对同一个事实的不同理解方式。心情改变了,事实原本的悲剧性可以减少一半。至少在这最后的一个小时,整个飞机一直保持着安静,一种充满了期待的安静。窗外,一夜未停的风雪如漫涨的河水般发出阵阵涌动声。

终于,时针已指向1月26日凌晨2时30分,驾驶舱终于传来信号,飞机缓慢滑行到停机位。五分钟后,尹剑平深深地吸了一口气,然后用沙哑而平静的声音通知全体乘务组人员,马上做好下客准备。空姐们迅速整理妆容,乘务组每个人都像往常一样精神焕发地站在各自的岗位上,向走下飞机的每个旅客道别。一个非常特殊的夜晚,但他们不想给人们留下一种非常特殊的感觉。他们其实早已精疲力竭了,但他们每个人的脸庞上,似乎都平添了一层更加坚韧而成熟的光泽。你甚至听到了那几位无理取闹的乘客的道歉。——他们没想过他们会道歉,这让他们感到意外的惊喜。

此时,距离这架航班降落机场,已整整八个小时。

后来,很多人都不骂机场了。这无疑是一种更深刻的理解方式。唯有理解,方才懂得,你还真不能骂人家机场。以长沙黄花机场为例,他们早在冰雪降临之前就开始未雨绸缪,除冰车早已待命,防冰液也紧急调来了。整个机场处于一级待命的状态,取消一切无关活动,所有人员停止休假,全天候保持待命状态。然而,你就是没法抵挡住这样的暴风雪,你必须清醒地认识到这一点,谁也不能在大自然面前说大话。何况,毕竟是要在天上飞的事情,航空安全重于山,人的生命大于天!这可绝对不是口号,而是大实话。黄花机场只能在这样的前提下采取措施,人类可以采取的措施,一是迅速组织、调集全体人员和设备给飞机除冰、给跑道除冰、给机坪除冰,竭尽全力保证航班起降,他们还真创造了奇迹,在一次紧似一次的暴风雪中,他们也一次又一次地抢到了一点可以放飞的裂隙,陆续放飞了近两百架次的航班,而且都安全地飞往目的地,安全地降落。而这样一丝丝稍纵即逝的裂隙,也是一线希望,你能够抢到,捕捉到,该有多少双眼睛日夜不停地盯着这变幻莫测的天空,最终才能抢到那一线天机,没有放过任何一线希望。

然而,这对于积压在机场的旅客只是杯水车薪,无数旅客还在源源不断地拥来,你不能不采取流量控制,只出不进,那些滞留机场的旅客已经快要把候机楼挤爆了。这上万名的旅客在漫长的渺茫的等待中已经开始从最初的情绪不安逐渐演变为失控的危险状态。这么多人如何安全疏散完毕,是横在黄花机场面前的一大难关,说一句并非夸张的话,比登天还难。但不疏散怎么办,上万人的吃喝拉撒,还有夜晚如何度过的问题,还有随时都可能因挤压导致的伤亡事故发生，剑拔弩张，千钧一发。其实，不到万不得已，没人会采取强力疏导的措施，而一旦到了万不得已，你别无选择，只能由公安干警、武警和机场护卫人员联合组成人墙，去抵挡失控的人流。是啊，这情形在许多地方都发生过，最激烈的冲突发生在广州火车站，可有人想过，这样的人墙，也是一种疏导的方式。一个很容易理解的比喻，要让河流畅通，先要修筑堤坝。疏导不是任洪水泛滥，先必须让所有的人有安全感。

终于，谢天谢地，有些旅客同意自然疏散到市区，可还没等你松一口气，神经又一下子绷紧了，市区大大小小的宾馆全部爆满，挤满了从铁道、高速、国道上疏散来的旅客，机场刚开始的大转运一下子被迫中止，这意味着，这上万的滞留旅客，只能由黄花机场这样一个中等规模的机场自行解决。而在交通已经处在瘫痪的状态下，机场必须为这些滞留旅客连夜紧急调运棉被、盒饭、矿泉水，吃的、喝的、睡的，一样都不能少，还有早已超负荷的卫生间，早已超负荷的空调设备，在电力处于瘫痪的状态下，还必须处于全天候的开放状态，不能讲任何价钱，不能计较任何成本，人是最重要的，你不能让一个旅客挨饿、受冻。而旅客还不能理解，你得尽量让他们理解，面对部分旅客的高声质问和辱骂，你得始终保持笑容，心平气和、耐心地微笑，解释，沟通，人心都是肉长的，当他们看见你舌头上的血泡，通红的眼睛，他们也许会觉得，其实啊，都挺不容易。还有些血他们是看不见的，那是你一天下来双脚磨出来的血泡。

应该说黄花机场创造了奇迹，这个奇迹是没一个人死亡。都活着，而且最终都被送上了飞机……

永不消逝的电波

灾难永远都不会是单纯的，一场灾难发生的同时，许多共生的、次生的灾难几乎都在同时发生，在大范围地断电时，还伴随着固定通信设备的倒塌，移动基站的大面积瘫痪，通讯线缆冻结甚至断裂。随着警报不断响起，灾情已经波及湖北、河南、安徽、四川、重庆、贵州、广西、湖南等几乎南方的所有省区,这是中国第一次超大面积的通信中断。湖南依然是重灾区,而灾情最重的是湘西南的永州。

国家信息产业部迅速成立了抗灾救灾领导小组,中国六大基础电信运营商均在第一时间里拿出应对方案:中国移动进入最高等级应急通信状态,中国联通启动全国范围救援,中国电信宣布实时监控网络运行,中国网通实行灾情日报制,中国铁通启动应急预案,中国卫通启动一级通信保障预案……

永州,市气象台连续五次发布冻雨、暴雪和道路结冰红色预警气象预报。

一条条通讯线缆上闪烁着又亮又硬的光泽,那是冰。

现代人的生活似乎已很难离开一部手机。而在全面的抢险救灾过程中,通讯的中断那就等于是与世隔绝。至少大灾之际,有两类人特别需要它。一类是抢险救灾者,他们需要及时掌握实情,上传下达,随灾应变。一类是受灾被困者,例如这些饥寒交迫的司乘人员。他们中有的已在冰天雪地里被困一周或更长时间,情绪早已焦躁不安。一些司机甚至搬开高速公路的隔栏,强行逆向行驶。这个时候,如果能听到亲友的声音,哪怕是一句最平常的问候,也许比一袋面包更有分量,更能抚平内心的焦虑。

是谁在亲人睡着了之后,没有吱声,轻轻关上门,又匆匆地下了楼。

这是一种出发的方式。八百多名抢修工人,就这样,连夜出发了。他们在暴风雪中奔向八百多个通讯基站和数以万计的电线杆、铁塔,为确保通讯畅通,永州移动公司下了死命令,核心机房二十四小时全天候现场值班,同时为全市各级维护抢修人员配备了应急通信手机号码,要求二十四小时不得关机。不管暴风雪的力量有多大,人类也一定会找到应对办法。狂风,吹得人双腿发软,身体发硬。有人听见自己身体内什么在咔咔响,那是骨头在响,冻僵了的骨头。为了抢通阳明山沿线停运的移动基站,抢修突击队在冰冻的山路上艰难跋涉了六个多小时。这里是湘西南有名的风口,而指挥长下达的严酷命令是:我只给你们三天,三天,必须在三天内抢通!

我后来问过,这道命令是不是下得有点不近人情?

他们用浓重的湘西南土话回答我,冇办法,我们就是呷这碗饭的。

夜黑,风急,山高,路陡,一棵棵倒在路上的大树已被冰雪捂得严严实实,不仔细看还以为是一道山梁子。还有的地方桥塌了,只能敲碎冰凌,蹚着冰水过去。无边的荒野里,那晃着的微弱的光芒,是照着山野的几只手电,一下一下地晃着,一条冰雪之路,也仿佛一下一下地晃着,抬眼还能看清楚,一低头又不见了。那晚,他们在雪夜里摸索着,赶到阳明山时,已经是凌晨3点了。

很快,一台抬上山来的柴油发电机在黑魆魆的山岭上轰鸣起来。一张张黑暗中的脸庞被照亮了,寒冷、饥饿和疲惫的神色,连同冻伤,充满了每一张粗糙的脸孔,但每个人的眼睛都特别亮。顾不上歇口气抽根烟、啃一口冻硬了的冷馒头,他们又抬着沉重的抢修设备爬上了山顶,可钻进机房,一检查,大伙儿突然都呆住了,一个个支着身子在那儿发愣,故障比他们预料的要严重数倍,连接基站的光缆已经倒杆,传输线路中断了。怎么办?——还能怎么办,下山,回去背电线杆,背线缆,然后,再爬一次山。这天,正是湘西南第四次强降雪,这雪像是下上了瘾似的。这样的大雪天,每个人的衣服却都汗得拧得出水来。没人去拧,每一只手都小心地护着设备,像是护着自己的性命。

终于,他们又一次爬上了山顶的基站,然后,分段,包干到人,抢修。头儿发话了,谁先干完自己的活,谁先回去搂着老婆孩子睡热炕头!喝酒,吃年糕,喝米酒,美死你了。想一想也美死你了。一个人在铁塔上、电线杆上这样一干就是十多个小时,你心里还真得有点念想。没那些耍笔杆子的想的那样高尚,就这么实在,老婆、孩子、热炕头、年糕、米酒,你心里没这些个暖和的东西,你抗不过这冰雪。线路,一截一截地抽动着,冰雪,被一点点地敲掉,每个人身上,被冰雪,层层叠叠地覆盖,除了冰雪,你已经看不见人了。三天,哦,三天不到,他们就把线路抢通了,信号恢复了。

那些提前干完活的,也没谁提前下山,像干上了瘾似的,又开始替别人干。不是别人,是兄弟。奶奶的,干完了,头儿开始点人头,来来回回数着,像数上了瘾似的,数着一个个人,从天上下来的,一身冰雪——雪人;在烂泥巴里滚过的,一身烂泥——泥猴,奶奶的,但一个都没少,好!就不知道你这鬼样子你老婆孩子还认不认得。撒!像打了一个嗝似的。然后,你看见那一个个雪人、泥猴,形同一具具躯壳地行走着。他们不是雪人也不是泥猴,他们已经完全成了冰雪与山泥的躯壳。

很真实的画面,很真实。

我一直在努力还原某种真实。不知怎的,我突然想起了一部老电影的名字——《永不消逝的电波》。我想起来了,其实很多人都想起来了。这是一种久违的感觉,一种英雄主义的浪漫。人是需要这样一种精神的,哪怕再普通的人。我一直在猜测这些中国工人,这些最普通的人,为什么能熬过那些超越生命极限的日子。现在,我多少明白了一点。

——看见吗,那个瘦小的汉子,他叫陈永光,冷水滩移动公司一个电源班的小班长。嘿嘿。他爱笑,笑得特自信。秤砣虽小压千斤,瘦小怎么了,可精扎呢。永州人管结实叫精扎。而发电,平时算个闲活,一到非常时期,就跟打仗似的,养兵千日,用兵一时。1月24日晚,冷水滩全城停电,他一下子就条件反射般地跳起身,从家里奔向机房。抢险如抢火。停电,就意味着通讯中断。他火速发动了自备发电机。这时,他才发现自己刚才这一路奔过来,棉衣棉裤,一身从里到外全都湿透了,但他顾不得回家换,一直坚守在这里,像一个战士坚守着自己的阵地。这电一停就是五天五夜,这一守就是五天五夜。这次阳明山抢修,头儿不许他来,他太累了。可你别看这小子瘦小,脾气还挺大,头儿拗不过他的倔脾气,只好让他上了。看上去,他还是挺精扎,但这些天那样日夜熬着,那样大的体力透支,再精扎,也是强打出来的。果不其然,他在比膝盖还深的积雪里吃力地向山岭上攀爬时,终于吃不住劲了,一个趔趄,绊倒在一棵倒塌了又被冰雪捂住的树干上,身子朝后仰倒,这一摔有多重,他没说,也没叫喊一声。谁都以为他没事,谁都不知道他是怎样强忍着疼痛,三天三夜,一直坚持为基站发电。

还是回来后,大伙儿看他脚没重心地直晃荡,发现某种异样,也不管他再怎么固执,连背带抬地把他弄进医院。

——没事。他后来说,还是一口湘音浓重的永州话,你听起来,就像没死。

死是没死,只是肋骨摔断了一根。

穿越风雪的邮路

对中国人,或许别的国家别的民族真是很难理解的。你不知道他们为什么如此坚韧,如此顽强,如此能承受压力与痛苦。你从一个很普通的电力工人身上,从一个很普通的邮递员身上,都能发现那么坚毅、执着的性格,你不知道到底是一种怎样的信念在支撑着他们。

狂风在怒吼,雪花飞扬。连日的雨雪冰冻天气覆盖了城市和乡村的每一条道路,中国南方的邮路时断时续,许多邮运车辆和其他车辆一样也被堵在了高速公路上,国家邮政局和湖南省邮政公司几乎同时启动了应急预案,竭尽全力保证邮政运输系统的正常运转,年关将至,邮件投递的高峰期几乎是伴随着暴风雪一起来临,为了以最快的速度把那些重要报刊、机要邮件和特快专递送到每一个用户的手中,无数像侯玉娥一样的普通投递员在白茫茫的天地间奔走。

侯玉娥,张家界市邮政局投递分局的一个普通投递员,如果说她有什么不普通,那就是,她是局里唯一一个女投递员。跑投递,是苦活、累活,汉子们干的活。但侯玉娥一跑就是五年,五年来没听她说过一个"苦"字,没见她请过假。每天,你都可以看见这样一个身影,骑着一辆电动摩托车,满载着数百斤的信函、报刊、包裹,在张家界城区的大街小巷里穿梭。这是一个我非常熟悉的山城,那里的街巷曲里拐弯上坡下岭,哪怕天晴的日子也不容易走,而在这样大的暴风雪中,风大得要把每一样东西都刮倒,又是冰,又是雪,哪怕走路都十分艰难。车是没法骑了,只有走,不停地走。几百斤重的邮件,原来有摩托车驮着,现在你只能自己背着。湘西土家人有自己特有的工具背篓。这背篓土家人用来背柴米油盐,背他们的生活,女人还用它来背她们的孩子。一个背着邮件的女人,就像在风雪中背着她的娃啊,一趟背不了那么多,就分作两趟、三趟,邮件多时要背上四五趟。每一步陷下去的脚印都很深。这个叫侯玉娥的女人，可能是在这场冰雪中留下脚印最多的女人。

我有时候不忍写这些，我真的感到有些残酷。这样一个女人，一个妻子，一个母亲，或许更应该待在温馨的家里，暖洋洋地烤着炭火，操持着属于女人的那一份寻常的家务，享受着那种寻常、质朴的家的快乐。在家里，她也是个又能干又勤快的好妻子、好母亲。而就在这场雪灾中，她婆婆刚去世，很多老人在这个寒冷的冬天都没熬过来，都去世了。一个老人死了，该有多少事情等着她来操持，再加上，马上就要过大年了，家里要办年货，要打年糕，一边是要赶紧投递的邮件，一边是忙不完的家务事，而对于她来说，几乎根本不存在犹豫和选择，天一亮，她就出门了，跑投递，回家，才能安排操持一家老小的生活。

这样的严寒，是每一个投递员都绕不过去的，老天爷可不会因为你是个女人就对你格外开恩，而这样长时间在暴风雪中奔波，脸冻伤了，你只能把围巾往上再拉拉，手上长满了冻疮也只能戴上手套，这些东西根本抵御不了严寒，但可以遮掩自己的伤口，别让那些好心人看见了难受，心疼。不过，哪怕你把脸遮挡得严严实实，还是有人会认得你，也许他们不知道你叫什么名字，但知道你是投递员。在茫茫的冰雪中，你能看见一个女人迈着艰难的步履背着背篓踉踉跄跄地向你走来了，在她背后的背篓里，里面可能有你渴望的邮件。

有这样一个叫张海青的老红军，已是八十高寿，在大雪后的一早起来，突然看不见街边上的十来棵大树了，一夜冰雪，这些树全被压倒了。他以为给他送信送报的那个女投递员这天不会再来了，他正围着火炉烤火时，门上传来了熟悉的敲门声，她来了！一天，又一天，风雪没停过，冰越来越厚，但每天，你都能看见她背着背篓，拖着满脚的雪泥，照常来了。每次从她手里接过报纸和包裹单时，老人都很感动，甚至很生气："闺女，这么大的雪啊，我叫你别来了，你怎么还要来啊？"她只是笑笑，不敢太张嘴，一张嘴冻伤了的嘴唇上就有血流出来。这让老人看了心疼啊："——看你啊看你啊，一身的雪啊，到家里歇会儿，烤烤火吧。"此时，一个站在冰雪中的女人，望着屋里蓬

第四章　生死时速　099

勃地燃着的炭火,那是连望一眼也备感温暖的。但望一眼也就足够了,把背篓朝两只肩膀的中间挪挪,她只能把脚尖转向冰雪。还有多少人等着她送去的邮件呢。等到把所有的邮件都送完了,天就黑了,该回家了。

其实,像侯玉娥这样的投递员,或许你身边就有,只是你平时很少注意,很少在心里记住他们。在岳阳市邮政局投递分局,有一个我很长时间都不知道姓名的女投递员,几年来,都是她负责给我投递邮件。每次她来了,清点好给我的邮件、报刊,然后,签收,然后,她便骑着单车匆忙地走了。然后,一切似乎都再也与我无关。人与人,哪怕每天都打交道,也是隔离的,这个隔着的距离,是人心的距离。如果没有这一场暴风雪,我可能一直都不会注意到这样一个人的存在,一种与人生有关的存在。我关心的只是属于我的那些邮件。但在这场持续二十多天的冰雪中,我仿佛才第一次发现,一个人存在的意义和价值。

冰雪太深,单车根本骑不动,而邮件太重,她一个女人也背不起来,每次,看见她从很深的积雪中走来,我都看见她耷拉着脑袋,推着单车,车两边是装满了邮件的搭袋,听到车轮在很深的冰凌中吱嘎吱嘎地尖叫。她费劲地推着,逆着风,仿佛在使劲地推着一扇无形的门,你看见她推了好久,才推出很短的距离,而这一条条邮路她要这样推着走完。那么多狭窄的巷子,上坡,下岭,你不知道她要走多长的时间,也许要用她的一生。很多的投递员,一辈子就是这样过来的,直到,再也推不动了,就该退休了。但这个女投递员看起来才刚刚人到中年,也许她的实际年龄比她看上去还要年轻,她还有漫长的路要走。

一次,我看见她明显是感冒了,一只手扶着车把,在风中直打哆嗦。

你看着她,更觉得天气真冷,心里直发抖。

她说,没事,吃点感冒药,挺一挺就过去了。

然后,看见她,嘴里哈出白色的热气,转过身,这热气又飘到了身后。她已经走得离我老远了,老远了还能看见那飘摇在冰雪中的白色热气……

后来我听说,她不但没因为感冒而请假休息,还主动要求取消公休。她说,好些人都冻伤了,一个人要顶几个人用,哪还有休息的时间。她这样平常地说着,平常地笑着,但我心里非常清楚,她手上、脚底,肯定少不了冻伤,也可能是摔伤的。在这场暴风雪中,不知有多少投递员摔倒了,摔伤了。她也说,她最怕的不是积雪太深,而是道路结冰,太滑,有好些人都摔断了手,摔断了腿。摔断了腿就没办法了,有摔断了手的投递员,手臂上上着夹板,还照样投递邮件。而为了防滑,他们几乎想了一切可以想到的办法,有人把稻草、纤维带捆在脚上,甚至还有把家里不要的破衣烂衫捆到脚上的,还有在鞋子上套上一双棉布袜子的,现在邮政部门也面临着激烈竞争,可能效益不太好,我真想给他们提个建议,再困难,也应该给每个投递员买一双防滑鞋啊。她没说她是否摔过,她不说我也知道那路有多滑,多危险,我也摔过,出了三次门,就摔了三跤。我还是个老爷们,还是空手空脚地走,想想这样一个女人,在冰雪中走过的路,心里,便充满了难以言状的惭愧。

我说,这么冷的天气,你就不要送了,也没有什么太重要的东西,你以后补送就可以了。——这不是矫情,看着一个女人每天在风雪中还要这样跑,我心里真的过意不去。

我想,这样一个女人,肯定也和侯玉娥一样,在家里,也是个好妻子,好母亲。年关将近,肯定也有忙不完的家务事,但她只能把脚尖转向冰雪。而我,又看着她把一辆原本不该属于女人的载重单车,推上了一条寒风凛冽的长街……

我后来知道了这个我之前一直都不知道名字的女投递员,刘爱群。

我甚至觉得,这不仅是一个人的名字,还代表着一个行业的形象。

天将降大任于斯人也。我知道,对于这些最普通的劳动者来说,也许很难说是一种大任,更多的是一种责任。而所谓大任,说到底,又何尝不是一种责任。

第五章　中国式总理

老爷子

老爷子。很多人都私下里、在心里这样叫他。

在这样一个权力依然扮演着重要角色的国度,中国人还很少这样叫一位身居高位的领导人,一位共和国总理。他的平民化,他家常而质朴的亲切,他温和的声音,他微笑的眼神,很容易让你忘掉他的身份,甚至会不知不觉把一些与他本身无关的东西从心底里悄然抹去。老爷子,这称呼里透着一种亲昵,一种怜惜,你更像叫自己的一个亲人,甚至就是叫自己家里的一口人,一个长者。

老爷子,已经快六十六岁了啊。

他还在到处奔波,在一切最需要他的地方。当他突然出现在你的面前时,你可能一点都不会吃惊,这是一个你很可能从未亲眼见过但却非常熟悉的身影。而在这个并不伟岸的身影的背后,或许是惊涛骇浪的浑浊洪水,或许是SARS魔影在无影灯下徘徊的医院,或许是汶川大地震的废墟,或许是在我正在追踪的这样一场罕见的暴风雪中……

他来了,以不可抗拒的方式。黑暗的夜空,有什么东西在发出一闪一闪的光亮。在南方的无数机场被迫关闭之后,还有一架飞机,也许是唯一的飞机,在夜空深处,在暴风雪中,顽强地穿越。黑压压的乱云布满天空,而它将要降落在哪里?又有哪里可以降落?武汉,长沙,南昌?强大的冷气团让机身为之颤抖,还有冰块碎裂时在机身上发出的沙沙声。这感觉我曾体验过一次,有一年我从烟台飞武汉,半空中遭遇强大的冷气流,飞机不得不迫降在徐州。而那时的气候还远远没有此时恶劣,但我迄今还有死过一次的感觉。我想人类永远不可能完全免疫恐惧,如果你是人,不是神。当共和国总理,在这样一个暴风雪肆虐的夜晚,飞向南方,你不能不感觉到一个老人此行的悲壮。

他,必须来。这是他的职责。

老天保佑,飞机在武汉天河机场降落成功。而从武汉到长沙,这可能是中国南方两个距离最近的省会,如果在平时走京珠高速,也就两三个小时。然而这条路已经走不通了,连总理都走不通了。想想,灾情严重到了什么程度。老爷子说,有什么车就坐什么车,只要能让他以最快的速度赶到长沙。后来听说,总理登上火车时,那车还没来得及打扫好卫生,连打扫卫生的工作人员还没来得及下车,火车就急忙向长沙进发了。风雪路上,他很累,却全无睡意,两眼一路盯着窗外,在铅灰色的夜色中,那白茫茫的,无边无际的,是雪。它仿佛憋足了劲,一次比一次强大和真实。一个六十六岁的老人,是否经历过这样的暴风雪?但他心里有数。还在飞机上,在多少人为他捏着一把汗时,他就摊开了地图,他的铅笔紧贴着地图缓慢移动,而笔尖,最终指向了一个重灾区,湖南。他后来说,湖南的位置非常重要,灾情非常严重,湖南的问题解决了,将对全国产生重大影响……

他来了。我们是来解决问题的!这是他到长沙说的第一句话。

然后,你就会看到一个个迅速切换的画面——

国家电网,湖南电力公司调度控制中心。他的身影在你的背后出现了。后来,我听一些职工说,开始,你没看见他。但你感觉到了他的目光,觉得颈后热乎乎一片。然后,你听见一个略显沙哑的声音,他详细询问着,躬着身子,生怕漏掉了一句话,哪怕是个最普通职工的一句话。最严重的故障发生在哪里?哪儿的损失最严重?怎么才能迅速解决?我能做什么?他想要听到的是你的实话。他能做什么呢?他是总理,不是电工,他能做的,应该是一个电工、一个国家电网的老总、一个省委书记和省长都无法做到的事情,他,必须做。这是他的职责。

换了一个地方。花圈。黑纱。遗像。你走到了这里,你感觉这里是最后一天。周景华。罗长明。罗海文。这三名在长沙县沙坪变电站除冰抢险中不幸殉职的电力职工,他们都是合同工。听着哀乐,仿佛听着一种恍若隔世的莫名倾诉。你看见一个六十六岁的老人,共和国总理,他在此为三个电力工人长久地默哀,长久地无言,长久地,老人沉浸在生命离去的悲恸中,他悲戚的神情和他隐含的热泪——我在电视中看见的那一刻,我低下了头,眼睛潮湿了。我一生中,从未感到这样伤感。我看见了那个失去了儿子的苍老的父亲,还有那些失去了丈夫的年轻妻子和那个抱在怀里咧嘴笑着的娃儿,这样的笑脸是那么纯洁天真,娃儿不知道,从此他已没有了父亲。

我听见他在说,三位烈士都是人民的好儿子,他们是为抢修电网而牺牲的,是为人民的利益而牺牲的,我就希望你们能更好地生活,继承他们的遗志,把自己的本职工作做好,把家庭安排好,把子女教育好。湖南电网战线的职工忘不了他们,湖南全体人民也忘不了他们,全国人民也忘不了他们……

我听见他在说,我听见了,也看见了,他是在凭着他的灵魂和良心在说——今天面对你们,我无法用更多的言语来表示安慰,我给你们鞠个躬吧!

他的声音都变了。在他有些哽咽的声音里,我看见了一个向人民深深地弯下去的身影。

我的心在颤动。我说过,像我这样一个人是轻易不会感动的。但我感觉,共和国总理的这一番话,说出了我最想说的话,扣动了我的心弦,深深地。

对逝者的缅怀,更多的是为了对生者的关爱。

长沙火车站。这里和我曾经反复描述过的广州站一样,挤满了无数绝望而情绪越来越失控的旅客。老爷子来了。没人吭声,没人惊讶,都瞪大双眼看着他,你依然能感觉到那眼神里的空洞。他们需要的不是安抚,而是实在的能够填补他们眼神里那种空洞的东西。他们没想到,总理的第一句话不是安抚,而是深深地鞠躬,以总理的名义,中央政府的名义,像他的人民道歉,拜年,——春节快到了,我给大家拜个早年。你们被困在火车站无法按时赶回家过年,我表示深深的歉意……

但无数双眼睛依然看着他。那眼神不再空洞,而是充满了期待。

他拉起一个人的手,家是哪儿的呀?

别着急,很快就能回家了,一定能回家过个好年……

老人,弯着腰,一个挨着一个问过去。

他的谦卑,他那温和真挚的眼睛,甚至还有深深的歉疚,或许只有离他最近的人,才能看见他眼里布满了血丝,如果更近一些,还能听到总理心脏跳动的声音。他们充满期待地看着总理时,总理说出了让他们充满了期待的一句话,现在我们正在想尽一切办法抢修,一定把大家送回家过春节……

湘潭,某学院。寒假中的校园,被冰雪覆盖着,显得格外空旷。这里是京珠高速公路滞留人员的临时安置点,学校腾出了近百间学生公寓房,共安置受困群众五百多人。一个熟悉的身影走了进来,熟悉得让你神情恍惚。老天,这不是在做梦吧,总理,这个只在电视里见过的总理怎么到这儿来了?那个身影越来越近了。他走进一间间宿舍,而他的微笑,那种亲切的你已经多次见过的微笑,又让你不再恍惚和疑惑,是他,温家宝总理。总理已经把手伸过来了,他握住你的手,眼睛在房间里的每一个角落里转悠,茶缸、杯子、毛巾、开水瓶、饭碗和筷子……他想看看这里还缺少什么。他没有忽视生活的任何一个细节。当他看见为婴儿准备的奶粉和奶瓶时,他满意地点点头。很周到,湖南人很周到,湘潭人很周到,这是毛主席家乡的人民啊。

在这里生活怎么样啊?他问,还有什么困难没有?

他捏一捏被褥是否干燥。冷不冷啊?身体都还好吧?

他走进厨房,那里放着一瓶瓶为旅客免费提供的开水,大师傅正在锅里捞着热腾腾的面条。很香啊。浓得化不开的香气和热气。总理紧皱着的眉头已经完全舒展了。他走进了医务室,走进临时建立的安全保卫室,他在点头,频频点头。看得出,他很满意。然后,他走进了专门为妇女儿童配置的房间里,一个十二岁的湖北小女孩,一下子就认出了总理,她激动叫了一声爷爷,温爷爷!眼泪一下涌了出来。小姑娘多懂事啊。总理走过去了,当他

第五章 中国式总理

听说这丫头是和年过古稀的老奶奶一起去广东看望打工的父亲,总理拉着她的小手说:"别哭,啊,要把奶奶照顾好!要安心,不要着急,路一通,很快就可以见到你的爸爸了,很快了……"

他的目光是平视的,哪怕看着一个小孩子,他也会下意识地把身体降低,保持一种平视的目光。他俯身向她,头发灰白,像慈祥的老爷爷一般,而那个小女孩也慢慢靠近了他,微倚着他的臂膀。我觉得这不是一个刹那捕捉到的镜头,而是一个象征……

总理突然站住了,抬头看着什么

京珠高速,马家河地段。一条刚够车辆驶过的路是临时从冰雪中铲出来的。茫茫雪野中的山坳,一些零星散落的房子,山岭上的铁塔,路边上,一树树透亮的冰凌,瘫痪的公路上,一辆辆被堵的车辆……这一切,依次掠过,仿佛早已凝固的冰雕。一个六十六岁的老人在坑坑洼洼的满是冰凌疙瘩的路上向前走着。这是湖南绝对温度最冷的时间,寒冷刺骨,哪怕一个二十六岁的人往这冰天雪地里一走,浑身就像上了镣铐一样僵硬。你看见总理消瘦的身影,狂风追逐着雪花,猛烈地冲击着他。他的衣服被寒风吹得紧贴在身上。他一步一步,从容不迫地走着,抬着头,脸色镇静坚定。这里,不但是堵车最严重的一条路,这里也是输电线路受损最惨重的地段,七十五座铁塔中,有十二座相继倒塌。

总理突然站住了,抬头看着什么。

老人的视线停在了一座座被冰雪压塌的高压电线铁塔上。

冰雪默默地罩在世界一切看得见的形体上,抹去了所有事物原有的轮廓。

忽然,一个谁也想不到的情景出现了。总理没有沿着覆冰已被清除的既定路线前行,而是突然跨过了中间的隔离带。这一出人意料的急切举动,让所有的人都一愣。老爷子想干什么?你看见他的脚步突然加快了。危险,总理!狂风吹着半空中那些被冰雪厚厚覆盖着的电线,这让每个人的喉咙眼都缩得紧紧的,那五十米高空的冰凌,随时都有可能坠落下来,而厚厚的积雪,每走一步都要让老人用力拔脚。但他的脚步没停,一直走到了那座倒塌的五十万伏高压铁塔前,老人的脚步才停下,人们这才发现,总理是想近距离看看那座倒塌的铁塔,他看了一座,又看了一座,这一刻,你才感觉到了共和国总理那种不加掩饰的焦虑。他仔细观察着铁塔的断裂处,冰雪覆盖的厚度。他无疑在最近的距离观察到了灾难的强度。这么大的灾,真让人不敢相信啊。他脸色严峻,嗓子沙沙的,带着鼻音,他说:"在这场灾难面前,湖南三万多电力职工经受了考验,你们不仅尽力保住了电网,而且支援了贵州……"

他的话让在场的人惊奇地微微一愣。这无疑是共和国总理对湖南省前段时间抗冰救灾的充分肯定。老爷子轻易是不会发出这样的赞叹的,尤其对下级。但对于人民,老百姓,也就是那些在《现代汉语词典》中被解释为政府工作人员之外的芸芸众生,他从来不吝啬自己的感激和赞美。你看见他握住一个又一个在路上铲冰的工人的手,他和他们的手握得那么紧,他抚摸着他们手上皲裂的伤口,深情地凝视他们沾着冰雪的白毛毛的眉眼,冻伤了的脸颊,他的声音哽咽了:"我……感谢你们,谢谢……"

京珠高速。株洲段。那是暴风雪中难得一见的阴天。在冻硬了的凸起的冰雪路上,有人突然发现了什么。或许处在冰天雪地中的人们,他们的眼睛雪亮得异常。

那是总理,总理来了!远远的,他们就看见了,但他们没有发出兴奋的喊叫。

总理的到来,反而让他们的心情更加沉重。他们看见了总理,仿佛才明白这场灾难严重到了什么程度。连总理都惊动了啊!

你们从哪儿来呀?

被堵在这里几天了?

吃饭,喝水都没有问题吧?……

所有的人都看着总理。总理仿佛一夜之间就苍老了,头发白了那么多。总理的眉毛上,嘴边上,围着一圈白色的凝雪。他们看见了总理伸过来的手。他们慌忙想要把手擦干净。但他们还没来得及擦,总理的手已经紧握着他们了。总理的手其实也不温暖,也是冰凉的,但他们一下就感到了总理内心的滚烫,他们被这样一双冰凉的手无言地一握,立马感到内心里热乎了。

在那场暴风雪中,有多少人的手跟共和国总理的手紧握在一起!

后来有一个人告诉了我很真实的感觉,我在前面提到的那个开大挂车的哈尔滨司机何师傅。他这么一截一截地堵过来,他感到堵得最厉害的是心里。而此时,总理的手跟他握在一起,他感到突如其来的一阵惊惶不安。但总理关切的眼神和贴心的问候很快让他的心安静下来了,这是一张他在电视里经常看见的熟悉的面孔,而现在,却那么真实地呈现在他的面前,在他堵了许多天的心里,有什么东西悄然滑过,这一种暖流是他从未体验过的。这位倔强的东北汉子,不知咋的,一双眼瞬间就模糊了。没出息不是?总理问他什么,他一句也答不上。还是旁边的另一个师傅告诉总理,路还没通,但高速公路沿线都有救助站,吃饭,喝水都没有问题了,生病了也有人管,总理您放心吧!

这就是我们的人民,世界上最通情达理的人民。

总理说过多少遍了,让我最感动的是人民!

临别时,老爷子动情地说:"同志们,我来看望你们,你们受苦了,这些天是多年不遇的大冰雪灾害,造成道路堵塞,车开不了,人也走不了,给你们带来很多困难,我心里很惦记你们。我听说有的司乘人员在这里待了好些天了,天气冷,待在车里头容易生病,希望大家能够保重身体。现在,路面正在加紧清障,我相信,用不了多久,这条路就会畅通。我的心情,和大家的一样,希望你们早日到达目的地,希望你们早日回家……"

他握住了一个战士的手。他低声跟他说着什么,叮咛着什么……

这一幕,我后来在汶川大地震的废墟上看见了,年过花甲的总理看着那么多被掩埋在废墟下的生命,他已经哭得不成样子了。那一刻,总理也是这样握住一个武警战士的手,总理说:"我就一句话,是人民在养你们,你们看着办!"

无数中国人,甚至整个世界,都听见了,都被这句话深深地打动了。

你会发现,他其实是一个不善于表达的人。他的话很简短,也很简单。你也许会觉得,这些充满焦虑的片言只语,更适合埋藏在心里,而他却一下子说出来了,他不但说出真话,而且同时也在说出某些真理。是人民在养你们!我们这个社会的某些本质,一下子就被揭示出来了,应该被这句话触动的,不仅是我们的军队、我们的武警官兵,更应该是我们的公务员,那些靠纳税人养活的大大小小的政府官员,那些掌握着权力资源的人,应该从总理发出这样的声音开始,变得更加清醒。

我就一句话,是人民在养你们,你们自己看着办……

这句话我想重复一千遍!

肝胆皆冰雪

除了这句话,我们应该记住的,还有很多。

他说,一定要做最坏的打算……

他说,目前灾情还在继续发展,我们要做好应对最困难局面的准备,组织各方面的力量,用最短的时间基本解决湖南的灾害问题。我们有这个信心,也有这个能力……

他说,我可以向你们保证……

这不仅是对人民的承诺,也意味着,这每一个承诺,都是透明的,像冰雪一样透明的,他能否兑现,已经不仅关乎一个共和国总理的人格,更重要的是,它关乎着中国政府的公信力和执行力。说实话,他每说出这样一句话,我都为我打心眼里敬重的这位老人捏了一把汗。而对于中国南方的这场突如其来的暴风雪,西方一些舆论早已从他们习惯性的思维和视角,从政治体制的层面,对中国政府予以极狭隘的也不友善的揶揄、挖苦和冷嘲热讽,渗透了某种意识形态的阴沉和粗鲁。可惜,他们除了猜疑,几乎没有提到任何一个真实的细节,如果他们对中国怀着真正的同情,我觉得他们应该走得离中国近一点,也许不一定要像我们的总理这样近,但至少也不应该像置身于另一个世界那样遥远。

假如你看不清中国,至少看得见美国。在2005年卡特里娜飓风袭击美国的那场灾难中,一场无论从规模和持续的时间、影响的范围都远不及中国南方暴风雪的气象灾难,美国政府是否做出了像中国政府一样有力的承诺?乔治·布什总统是否像温家宝总理一样,走得离他的人民这样近,离灾难的现场这样近?而他们的那些固若金汤的永久性建筑,他们自诩为世界上优越得无与伦比的制度,为什么也会在卡特里娜飓风中脆弱得不堪一击?——这里,我没有一丝幸灾乐祸的意思。坦诚地说,作为一个普世价值的信仰者,我对美利坚合众国从来没有偏见。这里,我只想提醒真正关心中国的人们注意到一个事实,在巨大的灾难面前,无论多么优越的制度都有局限性,这个局限性不属于制度而属于人类,尤其是那些超越了人类不可抗力的灾难。譬如说2004年底以印尼为中心的太平洋大海啸,又譬如说西欧因暴风雨而陷入交通和供电混乱状态的发达国家,他们的总统或总理在第一时间就会以不可抗力向他们的人民做出真诚的解释。——这的确是理由,而非借口。每一个国家的政府能够做到的,也只能在有限的、力所能及的范围内去做出应对。当你已经竭尽全力了之后,你只能向你的人民做出透明的解释,希望人民能够明白这一点,从而对自己的政府和领导人做出情有可原的体谅。

而具体到灾难中的应变能力,在基础设施远不如西方发达国家的前提下,中国的行政系统却在危机处理中显得更加坚强有力。这也的确是我们在制度上的优势,它具有强大的动员能力和组织能力,可以让整个国家机器迅速高效地围绕着某一非常时期的核心事件和一套既定又明确的责任制度而高速运转。——我想,这也就是温家宝总理所说的综观全局。这场冰冻灾害影响最大的是湖南,国务院决定集中力量解决湖南的问题,而湖南要重点解决四个问题:一是抢修遭受破坏的输电设备,保障电网正常运行;二是加快公路除冰除障进度,尽快恢复铁路输电,尽早疏通京广线铁路、京珠线公路大动脉,保证南北通道畅通;三是解决煤源供应和运输问题。要积极组织生产,加强安全管理,确保煤炭生产安全,确保煤炭供应,畅通煤炭运输的交通要道。对高耗能的企业要严格限电,在用电极为紧张的地区要坚决停止用电;四是要保持社会正常秩序,维护社会稳定。今年冰雪灾害恰好与春节碰头,给春运带来的困难更大。要安排好群众生活,对堵塞在路途上的乘客司机,要保障他们能够喝上水、吃上饭、不受冻、有病能就医。春节快到了,要做好市场供应,稳定市场物价,集中力量解决煤、电、油、粮等问题,确保人民群众生命安全,确保经济社会平稳运行,确保大家过一个祥和安宁的春节……

他扳着一根根指头,这早已成了他的一种习惯。

该想到的都想到了,这就是一个大国总理和中央政府所制订的最详细的预案。

后来有人说,在应对巨大的灾难面前,美欧发达国家与中国比差远了!

总理说,湖南的灾害不解除,我就不回北京;

湖南冰冻灾害不解除,中央应急小组就不撤离!

或许,你又清楚地看到了总理的眼神,沉郁而坚毅。他的坚定给人一种安定的力量。

而此时,最能让人心安定的,最迫在眉睫的还是电。2月2日清晨,温家宝总理第一个要去的是湘潭电厂。从长沙到湘潭,温家宝总理先乘火车南下,抵达株洲后再改乘汽车绕道到湘潭电厂。这说明我们的铁路和公路仍然处在堵塞和断裂状态,很短的一段路,断断续续,就像某些不慎撕毁的篇章。总理也只能想办法穿插。湘电是湖南最大的发电厂,是长株潭的主要电源。总理从一楼车间,爬上三楼车间,走到每一个操作台前,和这些天来一直坚守在岗位上的职工们一一握手,刚从外面进来,他的手是冰冷的,他深陷的双眼却亮得灼人。电!电在此时是多么重要啊。随后,他又走进了电厂集中控制室,他急切地问,电煤怎么样?供得上吗?当他听说基本上能够保证后,他才松了一口气,作为纵观全局的总理,他比谁都清楚,电力恢复是让一切运转起来的关键环节,现在的任务,第一是保证发电,第二是千方百计增加电煤的库存。

没有一句多余的话,很干脆,两只眼睛依然亮得灼人。

或许只有在那些最困难的老百姓家里,他才会是另一种眼神,一种温存低语的说话方式。郴州,冰雪重灾区。七十六岁的张庚英老婆婆这辈子做梦都没想到,会有这样一个人走进她家里。总理爬上三楼,一进门就看见桌上燃着的蜡烛,他的神情再次变得悲戚了。他想到的还是拿什么来照亮这昏暗的屋子,没电,就意味着没水,没有任何温暖。在这如冰窖一样的屋子里,总理伸过来的手,让老婆婆颤颤巍巍地小声哭了起来。老婆婆说,政府没扔下他们不管,政府和气象部门在冰冻前给居民发了预警信息,她提前买了些米、油和腊肉,吃喝不愁,现在虽然停电了,但是城里的超市还在开业,东西也不贵,也没乱涨价,水呢,每天早晚都有消防车送水……

但总理似乎还有些不放心,又走进老婆婆的厨房,看见鱼、肉、豆腐啥的还不少,水缸里有水,米缸里有米,还放着一盆盆湖南人爱吃的卤菜,他这才稍微放心了,看来当地的政府部门对老百姓的生活安排还挺周到。停了,他又细心地问老婆婆,猪肉多少钱一斤?排骨贵不贵?小菜好不好买?当听说这些菜的价格都有小幅度上涨时,他马上告诉老婆婆,我们已经从外地调来了大量物资,很快就会运到郴州,很快了,只要物资多了,物价就会慢慢回落的。电呢,我们正加紧抢修电网,力争过年前通上电。老人家,天气冷可要保重身体啊!老婆婆连连点头,泪水在眼眶里打转。

这其实不是感激,而是对政府的一种理解,一种深深的信任……

在火车上,温家宝总理情不自禁地反复念叨着,这次雪灾让我最感动的是人民,我常听到群众自发地说出对政府的感谢,但我认为真正应该感谢的,还是人民啊!

很多事情的复杂,要超乎我们想象。而温家宝总理的两下湖南,奔赴在救灾的第一线,指挥,调度,慰问,你简直不相信他已六十六岁了,你看到他到处奔波的身影,他往哪里一站,你感觉他依然结实得像一块岩石。而一个大国总理的形象,在中国特定的社会环境之下,除了提高政府的执行力,督促地方官员、现场拍板解决必须由中央政府解决的重大问题之外,无疑还有一种凝聚全国民心、稳定社会的巨大精神力量。而一个领导人的主要力量,不在于他说了什么,而在于他给你呈现了什么。中国总理这个职位,自周恩来时代开始,甚至从更久远的诸葛亮开始,就被赋予了忠诚和信仰的强烈色彩,他们忘了劳累,忘了自己,他们一生都在完善自己的人格,最终完成了一个只属于中国的兢兢业业、鞠躬尽瘁、死而后已的国家形象。而这样的一个形象,已经成了我们这个古老民族对领导者人格的一种潜意识里的道德标尺。

诚如有人说,中国式总理,无法复制! 大国之父——言念君子,温其如玉。

这是一种只可能在生命中确立的人格魅力。

这样的一个总理,在中国之外,在中华民族的文化背景之外,你是无法找到的。他的确具有不可复制性。

一天天过去了,风雪依然无休无止,但共和国总理的承诺,中国政府的承诺,正在一桩桩地落实,兑现……

当2008年这个非常的除夕夜来临时,总理的承诺到了最好兑现的时间,这也许是令世界瞩目的一天,也是神奇的一天,那些聚集在北京、广州、上海、武汉和重庆等主要交通枢纽的旅客,令人难以置信地奇迹般地消失了。广州火车站,在那里滞留多日的三百多万名旅客,也都在2月5日之前,几乎都坐上了开往家乡的火车,在一夜之间消失得无影无踪。春节前,除了极少数边远山区外,在广西、贵州、江西和湖南等重灾区,电通了,水通了,路通了,被暴风雪阻挡了二十五天的中国南方,又驶上了畅通无阻的快车道。这是奇迹。中国,在经受了洪水、非典等重大灾害之后,中国应对突发灾难的动员能力、指挥能力、资源调配能力以及国民的承受能力和心态,再次经受了严峻的考验。

从中南海,到最边远山坳里的那些瑶村、苗寨,终于,可以松一口气了。

然而,还没让人稍微喘息一下,就在我追踪采访冰灾的途中,中国被一场更惨重的灾难震撼了——汶川大地震!

我在追踪采访一场灾难的同时,也无时无刻不在关注我不能不关注的另一场灾难。

老爷子的身影第一时间又出现在地震废墟的现场。共和国总理的身影无处不在。

　　我一次次想到与信仰有关的问题。而他瘦削的身体里所蕴藏的深情而不知疲倦的力量,你只能到信仰中去找。一切以人民利益为着眼点,为出发点,为落脚点。这是他说过的话,也无疑具有信仰的意义。如果没有这种坚韧信仰的支撑,你很难想象一个六十六岁的老人,可以这样日夜奔波。这其中有多少值得我们深度诠释的东西。现在,还是让我们的目光紧随着他的背影来到地震现场,他踩着暴雨后的泥泞,废墟上黑沉沉的瓦砾,在夏季潮湿闷热的气候里,在他旁边,到处是裸露着的钢筋,扭曲着,却依然锋芒毕露。一个六十六岁的老人,共和国总理,他摔倒了!当时,一个在现场的记者说,如果你看见老爷子当时的样子,你什么都不会想,你马上就会哭。他的手臂受伤了,但他把赶过来的医生推开了。你看见他做了一个手势,指着一个方向——那里有太多的等待救援和治疗的受难者。

　　又是一片废墟,又一个刻骨铭心的场景,半透明的昏昧的苍穹,已是暴雨来临之前的颜色。余震中,一声声尖叫掠空而过。——他在跑,绝对是在跑。你看见他浑身都在抖动,抖动的不是他,而是大地。他站住了。老爷子看到抢险人员正在解救两名困在废墟下的孩子,一个个瘦削的身影深深地弯了下去。有个孩子从瓦砾中探出了小脑袋,一双童年的眼睛射出的却是人类最后的光芒。老爷子哽咽了,泪从他的眼里流出来了。他不善于掩饰自己,或许根本就不想掩饰自己。他用颤抖的声音说:"我是温家宝爷爷,好孩子,你们一定要挺住,挺住,你们一定会得救……"

　　后来,很偶然的,我读到了这样一首诗:

　　　　如果我有一个爷爷,在最困难的时刻,我会叫他待在家里面,
　　　　不忍心看着他头戴安全帽,蹒跚而疲惫地走过满目疮痍。
　　　　如果我有一个爷爷,在最危险的时刻,我要叫他站在我身后,
　　　　不忍心看着他忧心忡忡地奔走,为人间的苦难操劳哭泣。
　　　　可是你是那么大的一个家庭的爷爷,这个家有着九百六十万平方
　　　公里土地,

饥寒温饱、民族大义、江南塞北、江河土地……每一样,你都无法丢弃,

　　所以我什么也不能为你做,只能这样深深地,深深地,看着你……

　　　　　　　　——摘自《献给一个叫温家宝的国家公务员》

　　从纯粹的艺术而言,这不是多么好的一首诗,然而那种来自肺腑的真实抒发,却让我一直萦绕于怀。这让我迷惑,真实是否比艺术更重要？或者说,我们的艺术已经无法完成扣人心弦的真实？

　　在我动笔写作这部作品时,我的一位有些愤世嫉俗的朋友非常吃惊,他在跟我交流时说,我们已经有太多关于灾难的书写与记录,他看了很多很多这样的文字,但严格地说,那些大都不是针对受难者的书写与记录,而是针对救难者的书写与记录。其中,灾难成了救世主的背景,死难者成了一组抽象的数字。能够激起情感反应的画面上大多是救难者的感人形象而不是生命遭到毁灭的惨烈相。这样的话语正在不知不觉中将全社会对受难者的关注引向了对救难者的感激与膜拜……

　　朋友,这是你说话的权利,我不想跟你争辩。但我想要说的,或许,我看见了的,你也和我一样看见了,他是共和国的一个公务员。他从来没把自己当作救世主,他也不是救苦救难的菩萨,他如挣扎般的艰难的前行恰好证明了他的局限性,他是总理,也是人,而且是一个六十六岁的老人。这是他和我们一样,和所有的人一样,作为一个个体生命的局限性。然而,我依然有理由深信,多年之后,中国人对这个名字的认知和感触也许会远远超过今日。还没有哪一个人能像他这样走得离人民这么近。他最坚定的支持者也许不是那些所谓精英,而是处在我们这个时代最底层的那些人,最弱势的群体。他是一个敬业的、忠诚履职的公务员,在履行作为共和国总理的职责。

　　这也是我以我这样一个自由写作者的基本精神所特别强调的。

　　不必念咒语,我一直是我内心深处的主人。

　　很早就听说,老爷子爱看书,据说他最爱看的是马可·奥勒留的《沉思录》,这本书天天放在他的床头,读了有一百遍了。这本书很多人都爱读,克

第五章　中国式总理　　115

林顿除了读《圣经》之外就是这本马可·奥勒留的《沉思录》。这本书我也拜读过,很多人把它看作智慧之学,其实它并不深奥,而是以细节的方式来表明一个责任承担者所应秉持的谦卑、果断、虔诚、仁爱、事必躬亲……这些其实都是人类一些最基本的价值——普世价值。但一个人必须用心灵去理解它们。

而在我追踪这个老人在冰雪中的身影时,总要油然想起我喜爱的一首宋词,张孝祥的《念奴娇·过洞庭》——

> 洞庭青草,近中秋、更无一点风色。玉鉴琼田三万顷,着我扁舟一叶。素月分辉,银河共舞,表里俱澄澈。悠然心会,好处难与君说。
> 应念岭海经年,孤光自照,肝胆皆冰雪。短发萧疏襟袖冷,稳泛沧浪空阔。尽挹西江,细斟北斗,万象为宾客。扣弦独啸,不知今夕何夕。

尽管和唐诗比较,宋词少了一些大气,但它似乎更能体现高洁的情操。而这首词的作者张孝祥也不愧为一名品行高洁、冰雪肝胆的忠臣,在他的这首词中,不难看出他高洁的情操,表里俱澄澈,肝胆皆冰雪,这是多么高洁的人生境界啊。这样的境界是没有国界的。

第六章　一些人，或一些身影

执政能力和公务员

要搞清楚什么是公务员，或许应该先搞清楚人民和政府是什么关系。共和国的政府实际上是执政者与人民订约的产物，人民和人民政府是一种契约关系。人民是政府的出资者，人民用纳税的方式养着政府和组成政府的各种人员，而政府必须效力于人民，也服从人民的意志，人民的意志就是政府的唯一意志。而国家公务员，指各级行政机关中依法代表行政机关，从事行政公务的除工勤人员以外的一切工作人员。从国家主席、国务院总理，到省委书记、省长，到最底层的乡一级的政府工作人员，他们的职责，很简单，就是效力于人民，服从人民的意志。这是常识，但必须强调。而从凡俗的角度来看，这些公务员和我们通常所说的老百姓是相对应的。人民的意义也许过于繁复，简而言之，所谓人民，就是指公务员和军警之外的一切人，也就是我们通常说的老百姓。而所谓执政能力，就是如何效力，是否能够竭尽全力，是否具有坚定的意志、智慧和对人民的忠诚，这样的忠诚度意味着你对人民意志服从的程度。

在这里，我寄望于在通过对一场灾难进行审视的同时，对这些公务员也进行反复审视。而以前我们其实并不了解他们，他们却在决定我们的命运。请原谅我，首先我必须提到一件与冰灾无关的事，但与公务员有关。我甚至觉得这是2008年的一个事件。

四川，都江堰市，一个秀美得曾一度令我想要迁居的山城。但我现在无心于那里的山水风光,我关注的是那些公务员。在汶川大地震发生后,作为都江堰市的第一号公务员,或者通俗地用咱们老百姓的话来说,作为都江堰市的当家人,市委书记刘俊林无论是在地震发生时的应急反应,还是面对灾后重建的严峻挑战,应该说他都无愧于一个忠诚履职的公务员。他知道自己的岗位在哪里。——这其实并非一件简单的事。当地震发生时,为了尽快赶到自己的岗位上,他迎着扑面而来的漫天灰尘,驱车赶在余震不断的路上。当时,那些幸存者都在可怕的喧嚣声中慌不择路地逃奔,好像要永远逃离地球似的,整个世界都在摇晃,车根本开不快。沿途,刘俊林看到无数的民房垮塌,还有无数恐慌、尖叫、无助的群众,那已经不是人类的声音,那是受惊灵魂的呼号。他坐在车上,一边临阵指挥,一边在心里激烈冲突,甚至是挣扎,身为市委书记,在这样一个生死抉择的时刻他该如何抉择?是沿途停车下来救援老百姓,还是在第一时间赶到自己的岗位上去指挥?

最终,他还是赶到指挥中心。时间很短,而对于他的一生,也许是一个最漫长的时刻。他一辈子都应该为自己的选择感到庆幸,他的选择是对的。——他说:"因为我应该在更重要的位置上。"

但并不是每个公务员都像他这样清醒,知道自己的岗位在哪里,就是知道了,也未必能够赶到并且坚守在自己的岗位上。5月18日,在刘俊林异常坚决的主导下,都江堰市以最迅速、最严厉的方式对四名救灾不力的干部予以火线免职!随后,四川省纪委正式对他们进行了通报。而在熬了二十多个不眠之夜后,刘俊林第一次公开袒露他的心迹。他很疲惫,脸还是灰的,还留有强烈阳光的灼伤,额头上还有一道很明显的伤痕。他说:"这是一场我们毫无心理准备的考试,但是换来了我们共同面对困难的积极心态。我们一定能浴火重生,凤凰涅槃!我们这里既是重灾区,又是进入四川各灾区的交通要道,这里最早迎来温家宝总理的脚步,救援部队最早挺进这里……"

他声音嘶哑但充满了感情,然后,他话锋一转,尖锐地直指个别在灾难降临时临阵逃脱的公务员。他有些悲愤又有些无奈地说:"也是在这里,我们最早对那些救灾不力的干部火线免职!"——火线免职!他使用了这样一个词语。这无疑是一种充满了危机意识的处分。看得出他还很激动,他宽阔的胸脯一起一伏,他说:"在特大灾难面前,每个人有不同的价值观,我们有一个干部,在灾难发生时第一时间不是到工作岗位,而是为了自家人的安危,赶紧回家,举家搬到比较安全的邻县。如果出于人性,我们可以理解。但你不是普通的老百姓,你是国家公务员,更严重的是,我们与他取得联系后,让他回到工作岗位上来,他还不肯回来,这就丧失了公务人员最基本的道德水准!"

"但我要说,这根本就不是价值观的问题,全世界都没有这样的价值观。这也与道德无关,作为老百姓,或许你可能是一个孝子,一个慈父,一个负责任的丈夫,而作为国家公务员,就已经无法对你的这一身份做狭隘的人性的描述。你是公务员,这是你的神圣职责,是人民在节衣缩食地养着你,让你一辈子吃香的喝辣的,你的生活待遇已经远远超过绝大多数的人民,而在应该为人民效力的关键时刻,在人民最需要你的时刻,你第一个想到的却是救自家的那几口人,这不是人性,而是极端的冷酷、残忍和自私。当然,公务员也是人,可在这样的一个非常时刻,你已经不是作为个体生命也不是作为一般人而存在的人,你是行政机关中依法代表行政机关从事行政公务的工作人员。如果你是一个普通老百姓,你这样做,甚至是一种可以鼓励的自救方式。哪怕你见死不救,也只是遭到我们道义上的谴责和你自己良心的折磨,如果你还有一点良心。但你不是,你是公务员!我想提醒你一千遍!"

我不禁又一次想到了温家宝总理说过的那句话:"我就一句话,是人民在养你们,你们自己看着办!"

应该说,在这场罕见的暴风雪中,从国家主席、国务院总理,到省委书记、省长,这些国家公务员所表现出来的忠诚履职和凝聚人心的力量,已经远远大于象征意义。很多的细节都是人们以前没有看到过的,突然之间,那些你原本觉得跟你的生活没有丝毫联系的人,都一个个出现在你的面前,他们离你从来没有这样近过。在某种意义上,他们已成为一种载体,承载了国民对现实存在和未来希望的诉求。这无疑激发了人们对新政治理念的渴求。从他们身上,你感觉到了一种开创未来的历史感。我想,越是在艰难时期,人们越是渴望着一种新的当家人——这个比喻也许不太合适,但我找不到更确切的词语了。我想,随着公务员制度的实施,谁都希望中国的制度以一种新的方式诞生。

而在我对南方暴风雪的追踪采访过程中,从一开始,我就一直紧盯着我们的公务员。

很庆幸,甚至有些侥幸,听湖南省委书记张春贤说,在这场暴风雪中,湖南没有一个干部因玩忽职守而被问责。张春贤把这称为湖南抗灾的奇迹之一。

但我还是更相信自己的眼睛和耳朵。我想看看,他们在这场暴风雪中干了什么。

认识一个人的方式

认识这个人,是在他流泪的时候。

后来,很多人都说,没想到一个省委书记也会哭。

那是 2008 年 2 月 5 日,晚上,湖南卫视。这个浪漫时尚的、以娱乐天下而闻名的电视台,却在以一种极少有的悲戚而又分外压抑的方式举行一场《爱心大融冰———我们一起过年》大型赈灾文艺晚会。而这样一台晚会,也不同于以往任何精心排练的晚会。晚会接近后半场,灯光闪亮之处,一个戴眼镜的瘦长汉子,身披充满喜庆吉祥色彩的大红围巾,出现了。他的出现让人们眼前一亮,张春贤,湖南省委书记张春贤!

我们已经见惯了这个人的形象,那个披一件军大衣奔走在暴风雪中的形象。而现在我们仿佛还有些不敢相信,他就像变了一个人一样,会以这样一副充满了喜庆的也很随意的形象出现在晚会现场。还记得,当时我一愣,忽然就明白了,那场暴风雪终于过去了,此时,满地的积雪尚未化尽,我的目光移向窗外,夜空已露出了迷人的蓝色。看得出,老张还一脸的疲倦与憔悴。哦,我叫他老张,很多老百姓都这样叫他。我甚至觉得不这样叫他有些对不住他。是的,他很随意,没有导演的彩排,没有事先的准备,也没有秘书早已写好的讲稿,而下边将会发生什么事,你毫无准备。

你听见了,从话筒里传出的已不是一个领导经典的讲话,他说:"我一直在感动,面对冰灾,钢铸的铁塔倒下了,三湘儿女没有倒下;冰雪把高速公路阻断了,却没有阻断湖南人民的真情。我代表全省人民,真情地感谢党中央、国务院,真情地感谢中央各部委和所有从四面八方赶来支援湖南的人。我还要特别感谢全省的广大军民和干部职工,感谢他们的理解、他们的拼搏、他们的努力……我情感不能自制,请大家原谅,我的心始终不能调整,在我省抗冰救灾战斗中,有十四位在岗人员牺牲了,五名是劳累死的,我很怀念在抗灾中牺牲的这些烈士。我常在想啊,他们昨天还在岗位上……对这些牺牲的人民一律要追为烈士,对他们的家人要给予厚待,为他们的子女创造好的条件让他们上最好的学校,在这里,我代表人民、家人向这些英雄鞠躬,算是给他们送行……"

从话筒里传出的是一阵抽噎声。他的手颤抖得几乎握不住话筒。

然后,是久久的安静。而眼泪,无数人的眼泪,安静地,滑过了脸庞。

每个人都看见了,这汉子眼里满盈着泪花,此时,你感觉他就是一个普通人,很普通的人。没一句官腔,没一句套话。最令人吃惊的便是他的真实。因为懂得,所以慈悲;因为慈悲,所以感恩。我想,这就是老张当时的心情。总理说过的那句话,又再次在我的耳边响起:"我就一句话,是人民在养你们,你们自己看着办!"你发现,从共和国总理,到湖南省委书记,我们的领导人已经越来越没有了城府,没有了套路。他们的每一句话都出自真情、发自肺腑,而也只有出自真情才如此真切动人,只有发自肺腑才能感人肺腑。性情中国!在他们的背后,我仿佛看到中国越来越人性化了。

还记得在这场暴风雪之前,一个牛皮哄哄的刚被提拔的副县级的小官跟我交谈时,他满嘴的官腔格外刺耳。而他还以嘲弄的口气说我不懂套路。什么套路?我后来多少看见了一点他的套路,他在老百姓面前那种像戏子一样的表演,作秀,让我一阵阵头皮发麻,浑身都起了鸡皮疙瘩。他显然还生活在一种时代的错位和错觉中,这样一个时代早已远非那种愚民同时也愚弄自己的年代。以今天中国老百姓的成熟度、当家做主的意识,仅仅靠一点小恩小惠小把戏小手段显然已经无法奏效了,你对咱们老百姓是真心诚意还是假惺惺的,任谁都能一眼看穿。我也劝他算了吧,要是全中国的大官小僚都像你这个鸟样子,这个国家绝对完蛋了。真的,当时我就是这么说的。如果一个国家的政治平台,真的变成了小丑作秀的滑稽舞台,那将是比一场突发性暴风雪更为巨大的灾难。

要看清楚一个人,或曰,认识一个人的方式,是细节。

最真实的人性,在细节中无所不在地流露。它无法掩饰,也无法假装。一个官员可能会为自己设计出一种深刻的、严谨得令人敬畏的官场逻辑,也就是所谓的套路,但他绝对无法塑造出源于生命与人性的真实细节。

这些天来的很多事在我的脑海中不断闪回,眼前总是晃着这样一个身影:老张穿着那件军大衣几乎天天在路上跑,雪,不是在落,几乎是,直直地盖下来的。而这个长期在哈尔滨生活的北方汉子,也从未感觉到冰雪无底的深,深不见底。他走到哪里,哪里都是夜以继日工作的破冰队伍。这本身就构成了一部悲壮的史诗。事实上,在京珠高速成功实施大分流之后,在第二通道、第三通道相继开辟出来之后,湖南的交通在1月30日前就基本恢复畅通。然而,无论人类如何抗争,都无法抗拒灾难释放出来的力量,一种可以压倒一切命运的可怕力量。人类千辛万苦刚疏通了一条出路,随即又遭遇了一场更大的暴风雪,我都不知怎么形容才好,对于灾难,任何形容都是危险的,你的笔力根本形容不出它原本的力量,这一场大雪比第一场雪来得更大、更猛烈。一夜之间,三湘四水之间的无数道路在原有的冰雪上又一次严重覆冰。这就像还没愈合的伤口,又一次被撕裂了一个更惨烈的口子。那些堵在京珠高速临长段的车辆好不容易行驶到京珠高速耒宜段,却又一次被堵在了这里。然后,一片雪白,一片死寂。以天空为背景,已经看不见车辆了,只能看见,一个个被冰雪覆盖的汽车的形状。一眼望开去,都是这样累累的冰疙瘩。

在这种希望与失望的巨大落差之下,许多人都伤心地恸哭起来。

老张踏过一个一个的雪堆,一件宽大的黄军大衣,连扣子也忘了扣。

你可能早已知道,在来湖南之前,老张是共和国交通部长。应该说,整个中国的交通路网,他心里都有谱,而一旦京广铁路和京珠高速这两条南北主干线阻塞了以后,瘫痪的不仅是南方,而且是大半个中国,甚至全国。而在这样复杂、无常、旷日持久的罕见灾害面前,你却感到抉择的艰难。怎样才能考虑得更协调、更前瞻、更成熟? 一方面,在这样的极端天气影响下,安全是第一位的,事实上我们的相关部门也是这样考虑的,我在前文也曾提到过,自 1 月中旬以来,全国二十多个省(市)的大部分高速公路都相继被交通管制,很多条高速公路一度全线关闭。而在整个社会对此次恶劣天气还没有足够估计的初期,我们的交警部门对高速公路实施交通管制,应该说是对人民生命财产高度负责的。然而,随着灾难的持续发展,新的问题,或新的争论也开始出现了,很多人都这样问,安全与畅通,孰轻孰重? 人有左脚和右脚,走路的时候,哪个在前,哪个在后? 这对于执政者,尤其是各地的第一责任人来说,是严峻的考验。1 月 22 日,在第二场大雪铺天盖地般降下来后,张春贤明确提出,要尽可能少封路,第一位的就是要保障运输安全畅通。这无疑是个极大胆的决策,显示出了一种非同寻常的勇气,非常时期,非常决策!

那些天,他十二个多小时甚至是没日没夜地连轴转,没有休息,没来得及吃碗热饭,他从耒阳连夜沿京珠高速南下冰灾极地的郴州,又从郴州奔赴良田。暴风雪中,你看见,那个披一件军大衣的汉子奔走的身影,实施着他一系列雷厉风行的动作。他出现在哪里,你看见的都是众志成城破冰除雪的壮烈场面,一批又一批的志愿者、武警部队、军队,开进了雪域,雪域就是战场。

时针指向晚上 11 点了。夜深了。良田,灾难中一个高频率出现的小地名。这里由于特殊的地理位置,气温明显要比周边地区低许多。老张找来了这里第一线的指挥员,他问:"衡枣高速公路目前分流的情况怎么样? 107 国道的压力大不大? 设备、人员够不够? 还有哪些困难? ……"一连串的疑问。由于连日奋战,许多人已是几天几夜没合眼了,许多人的嗓音都是嘶哑的。老张看着他的干部、群众、战士,他也心疼啊,可这里是战场,他没有多余的话,只有军令:力争在 2 月 3 日晚之前,打赢京珠高速湖南段破冰保畅通最后的攻坚战！除冰装备不足,广州军区的装甲清障车来了;除冰人手不够,广州军区某部三千多名解放军指战员火速驰援;武警战士来了,公安民警来了,机关干部职工也来了……在这严寒的夜晚,每个人全身的汗都在奔涌而出,汗水滴在地上,瞬间就变成了冰珠子,四处散落……

　　有多少人在这个地方战斗过？你也许不知道他们,但他们肯定知道,这里雪更大,冰更厚,广东境内与郴州交界的地区已是冰雪消融,而这里的路面还结着一层厚冰。那冰有多硬,一镐下去火星四溅,震得虎口都是麻的。但时间一长,就没感觉了,感觉不到天气刺骨的寒冷,感觉不到冰的硬度,只不停地,日夜不停地,把冰雪铲起来,甩向路边。就这样,无数人日夜在不停地破冰,但还是滞留了许多车辆,其中大部分是大货车。这里成了京珠高速湖南段由北往南方向最拥堵的路段,要想打通京珠高速湖南段,必须从这里下手,这里是决战点,这也是一场硬仗。

　　这是一个应该被我们记住的时刻,2008年2月3日,晚上6点,比张春贤规定的时间还提前了不少,良田破冰战取得最终胜利。也许胜利是抽象的,你可以再看看那条路,是什么力量,让人类把一条路,整个儿地翻转了过来！这意味着京珠高速公路湖南段全线贯通！由北往南,一辆辆滞留在高速公路上的汽车,陆续响起了发动机的轰鸣声,车流开始慢慢地动起来。一些司机还没有发动汽车,还眯瞪着,这时张春贤走到他们的车窗前,冲他们打出一个手势,一个叫他们深信不疑的手势——路通了！

　　路通了？老天,路真的通了？他们一个个瞪大了眼。那吃惊而又迷迷瞪瞪的眼神,就像一个个从极度遥远的梦魇世界中回归的人。

　　老张说,师傅,快回家吧,回家过个好年,一路平安啊！

　　那无疑是这场暴风雪以来最激动人心的一幕。醒过来神的司机们纷纷摇下车窗,这里头就有我前面提到的那个哈尔滨来的何师傅,说到这些司机,其实也都是些显得火暴又很性情的汉子。他们曾经咒骂狂风、冰雪、严寒,而此时,他们不约而同地拉响了汽笛,打亮了车灯,那是一种重生般的悲喜交集的释放方式,也是一种致敬的方式,向湖南人民,像这些浑身还结着一层冰壳子的冰人、雪人,表达他们的敬意。车上,路上,多少双眼睛都泪汪汪的。眼泪,不会结冰……

他是条汉子!这是后来许多司机对老张直截了当的评价。

奇迹!这是张春贤对湖南抗冰救灾的评价。他说,这样的暴风雪在全世界历史上都难得一遇;他说,湖南这次抗冰救灾是个奇迹,在全世界都很罕见。他说,这奇迹有三个标志:第一个是冰灾、春节和春运三碰头,在这种情况下,湖南做到了让滞留人员顺利回家过年的承诺,完成了不可能完成的任务;第二个是湖南电网面临垮网,因为湖南缺煤,一旦垮网将比其他地区更为严重,但湖南在各方支援下力保电网不垮;第三个是,在世界罕见的冰灾中,湖南没有冻死人也没有饿死人。这是很经典的一次战役……在多个场合,他都用了这个字眼,奇迹!他对湖南、湖南人,充满了毫不掩饰的赞叹,但他从不提自己。桃李不言,下自成蹊,他也是这个奇迹的创造者。

——现在,让我们再次回到晚会现场。我想,无数人都像我一样,看见了老张眼里满盈的热泪。一个来自福建的气象专家——八十岁的黄行全老人递上来一张纸条,老人说,他在电视上看张春贤书记在冰天雪地里指挥抗冰救灾时,把他自己的大衣脱给了一个冻得瑟瑟发抖的司机,这样的一个小细节让老人很感动,他通过这样一个细节看到了一个省委书记的浓浓的人情味,这也让黄行全老人家一直在心里十分牵挂,他递上这样一张纸条,要老张也回家看看……

这张纸条,一下触动了老张内心里最柔软的部分。在突然的寂静中,他站在那里,一时间百感交集。是啊,无论是谁,都有普通人的质朴亲情。老张既是省委书记,也是血肉之躯啊,尤其到过年的时候,想到父母亲、妻子、孩子,更是别有一番滋味。他没有掩饰自己,他颤声说:"明天是除夕,我也很挂念我的父母。我的父亲已经九十多了,我母亲也九十多了……但是因为工作的原因……我不能陪伴他们,我只能把三湘人民当作自己的父母来孝敬,把湖南的兄弟姐妹当作自己的兄弟姐妹,我要用这份情,用工作中的夙夜在公、恪尽职守,来奉献给湖南人民!"

说到这里,老张哽咽了,那一直饱含着的泪水,闪亮地流了下来。

对于父母,对于亲人,那无疑是充满了愧疚的。

一个省委书记当众落泪,没有纸巾,他慌忙用手擦干了眼泪。而他向人民鞠躬时那一弯腰的深情像他的泪水一样真实。还是那句亘古未变的老话,男儿有泪不轻弹,只因未到伤心处。我承认,当一个官员以俯视的目光来看老百姓时,我也早已习惯用审视的目光去看他。但一个省委书记的泪水和泪水中流露出的朴实的本性,让我莫名地感动至今。

泪水,成了我认识一个人的方式。

看见的,或看不见的

我经常寻思,中国成千上万的公务员,是否应该更多地在成千上万个瞬间来确立他们的形象?中国人自古以来就寄望于他们的官员成为以身作则、身先士卒的楷模,哪怕在西方现代体制下,他们的选民也同样对自己投票选出来的官员有着超越社会一般水准的角色期待。这里,我不想忽略就发生在我身边的一些事。我居住的城市——岳阳,这座城市无疑是我生活的现实。但从某种意义上说,我和这座城市又没有别的任何关系,我只是这里的一个常住人口,一个全凭自己诚实的劳动维持生计的自由职业者。但在这场暴风雪中,我一直在打量着他们——这个城市的官员,公务员,我诚实地记录一些用自己的眼睛看到的人和事,以一个普通市民的视角。

做梦也没有想到,一场在电视电影里也从未见过的暴风雪,突然就实实在在地发生在我们的眼前,但我有一个感觉,在这场暴风雪中,岳阳可能被有意或无意地忽略了。这里,作为京广线、京珠高速和 107 国道进入湖南的第一道门户,八百里洞庭无遮无拦,暴风雪从四面八方席卷着这座洞庭湖平原上毫无屏障的秀美城市。应该说,无论在危机处理还是应急反应上,岳阳既是首当其冲的,也是反应神速的。

在第一场大雪降临之后,市委书记易炼红、市长黄兰香、常务副市长郭振斌在紧急会商后迅速做出部署,全市上下立即如一台加足了马力的机器一样流畅地运转起来。在第一时间,易炼红就连夜奔赴京珠高速临长线岳阳段,在这里,暴风雪带着对人类的一种恶意的嘲笑,仿佛要把所有人都撕成碎片。这个看上去有几分儒雅的戴一副眼镜的市委书记，一下凸显出了他雷厉风行的风格，不但速度快，准备得也非常充分，他从不打无准备之仗。他来了，那些急需救援的物资都运上来了，缺水就送水，缺被子就送被子，缺食品就送食品。而这一路上，他调兵遣将，每一个车辆堵塞的路段，都是他的指挥岗位。当然，这都是他应该做的，但你必须注意到，在他的身影走过之后，在陷入绝望的一派冷酷的白色中，一个个救助站、临时医疗站、伙食供应站，都在第一时间建起来了。一炉炉旺火烧起来了，沿线各县市、各乡镇都迅速行动起来，沿途的老百姓都纷纷上路了，他们烧好热水，打开房门，或在自己家里，或在路边临时搭起来的棚子里，把柴火烧得旺旺的，把房子烤得热乎乎的。在烧开水、下面条、熬姜汤的白腾腾的热气中，雪继续下着，一路上你都能听见被冰雪抽打的声响，但你肯定再也没有那种被人间抛弃的感觉了，这沿途都是伸向你的一双双滚烫的手。哪怕你真的陷入了深渊，也会有人把你重新拽起来。一碗碗滚烫的姜汤，递在了那一双双冻僵的手里。

易炼红只有一双手，但在他身后有一百多万双手。而如此快捷的行动，又何尝不是一种人格魅力的无声召唤？在冷峻的行政命令之中，隐含着无形的人性升华……

当人们下意识地把目光投向京珠高速和107国道时，黄兰香把敏感的眼光转向了华能岳阳电厂、洞庭湖大桥和君山区。尤其是洞庭湖大桥，这里是湘鄂两省的重要交通枢纽，而桥面比公路更容易结冰，也更容易出险情。往桥上一走，狂风和大雪突然被放大，这里是湘北的冰灾极地，暴风雪可以无遮无拦地长驱直入。冷风从洞庭湖上吹上来，每个人都冷得瑟瑟发抖。在桥上，黄兰香还是那样，她抓着栏杆，眼看着被狂风猛烈掀起的浪头，神态自若。这位和我同龄的女市长，她在灾难中表现出来的每一个细节，都很成熟，也很干练。没人知道，她正患着严重的伤风感冒，刚拔掉吊针。当黄兰香深一脚浅一脚地在暴风雪中走着，当她看见桥面上撒满了厚厚的沙层和盐层，每隔六米远还有一个沙堆时，当她看见桥上的大小车辆都在不紧不慢地通行时，你才看见她脸色发生了微妙的变化，她从容自若的神态里分明多了一丝欣慰。

第六章 一些人，或一些身影

一个市长的神态,有时候就是一个城市的表情。

在岳阳有一句老话,有事莫胆小,无事莫胆大。再大的灾难一旦发生就已注定,你只有坦然去应对,你的应对就是改变这场灾难的变数。作为一个市长,也并非一定就是那种把眼睛熬得通红的人,无论多么忙碌,多么有危机感,你都只能冷静地应对,从容自若地把每一件事安排好。而我发现,在这场暴风雪中,岳阳人表现出来的那种从容自若,是别的城市里少有的,从市长,到每一个普通的市民,都冷静地干着他们该干的一切,从上街扫雪,到上路除冰,从冰雪中的捐款,到后来汶川大地震中的献血,一切都是在有条不紊中展开的。一个社会最持久的机制,都不是建立在危机中,更不是建立在一种激情与狂热的情绪化之上。在人类面对灾难时,也许更重要的是以理性的态度来对待,以理性的方式来化解灾难中的一切。

说说老郭——岳阳市常务副市长郭振斌,他还有另外一个临时性但非常重要的职务,岳阳市冰雪灾害应急指挥部指挥长。老郭身为指挥长,既要坐镇指挥部,对全市抗冰救灾工作进行统一调度,还要随时奔赴第一线,去处理那些随时都可能发生的危机。电话,是那段日子谁都不想接却又离身边最近的东西,近得就放在枕头边,耳朵旁。雪夜的寂静是深沉的,电话显得特别响。1月26日凌晨,劳累了一整天的老郭刚缓慢地沉入睡眠之中,一个电话打来,京珠高速临长段陷入瘫痪!郭振斌在第一时间便率领交通、交警等部门及临湘市主要负责人,赶赴临长高速公路。他的速度,代表了一个政府的速度,从接到电话到赶到现场,半个小时。

后来,我听他的许多部下说,老郭的速度,是打仗的速度,甚至是冲锋的速度。那晚,郭振斌整整花了七个小时,在人类几乎都无法抵抗的凛冽严寒中才走完临长高速岳阳段。他在猛烈扑来的暴风雪中走着,而在这样的冰雪路上,我摔过三跤,我真的为他担心,我比他年轻,而他看上去虽然很壮实,但他的脚有残疾。这是一个秘密,很多人看他走得这样稳健,都不知道。我想他肯定摔过,但即使摔倒了,你看见的肯定还是他处变不惊的神态,这神态几乎成了他的标志。他腿脚不太方便,但他像个年轻小伙子一样,几乎每一辆车他都要爬上去看看。

在京珠高速被堵路段,岳阳是最早打通的。有这样一个高速快捷的指挥长,你肯定不会感到意外。1月30日,下午6点前,京珠高速岳阳段全线贯通!一条高速公路,路两边还堆满了积雪,但已清理出两条笔直的通道,乌黑的路面显得锃亮,每一个路标都清晰可见,叫人看了眼前一亮。你感觉不是无数堵住的车辆发动了,而是一条高速公路重新发动了。但很多人还迟疑着,似乎还堵在那里,还冰冻在路上。他们似乎还没有力气,使自己完全从内心的堵塞里走出来。

无数车灯,将一个闪亮的身影映照得好大。

让外地车辆先走,本地车辆一律不能上京珠高速!

这是郭振斌指挥长发出的一道强硬的甚至有些残忍的命令,它体现的是一个城市的大爱。

有这样一个细节,一辆外地桑塔纳小车滑到了前面的大货车屁股底下,暖气没有了,车开不动了,车上五个人冻得直打哆嗦。

"快下来,坐我们的车!"老郭说。这五个人被迅速带离了困境……

这是很小的一件事,连老郭自己也忘了,人在长长的一生里,每时每刻都处在不断遗忘的状态。但这样一个细节,又可能与那五个人一辈子的记忆神秘地牵连在一起,甚至在潜意识里影响着他们的一生。那些被老郭带离困境的人可能不知道,最终把他们带离困境的这个人是谁,但他们会记住这样一个地方——岳阳,还有这个地方的人——岳阳人。后来,我在采访中时常碰到在岳阳被困的司机,一听我是岳阳人,他们都对我都充满了感激,岳阳太好了,岳阳人对我们太好了!

为此我倍感荣幸,我居住的城市给人们留下了这样一个美好的印象,我要说,这种无形的看不见的城市形象,比修一座标志性的大楼,打造一个闪亮的城市景观更可贵和持久,它属于一个城市灵魂中永恒性的东西,更远胜于我们津津乐道的一切风景。

那个山头就是你的岗位

  我来到这里时正下着暴雨。桃源县西南,一个叫西安的山地小镇。雨水大得人可以在里面扎猛子。我不知道大自然为什么要这样一次次地给人类以如此凶狠的教训。我一直在想,我们是不是以某种方式犯了打破宇宙和谐的罪过?

  这里是山区,有时候暴雨本身并不是灾难,但由暴雨引发的山洪与泥石流,由气象灾害引发的地质灾害,则是这里世代的隐患。在这样的雨季你在镇政府里是找不到人的。20世纪80年代末,我也曾到乡里挂职深入生活,对乡镇一级政权的运作机制多少知道一些,每到危急关头,或有重要行动,乡镇干部都要分头下到村组。

  乡谚说,一只白鹤守一个山头。那个山头就是你的岗位。

  在今年的暴风雪中,西安镇副镇长鄢志刚就在他守着的山头上献出了生命,他还不到三十岁。在他死去数月之后,我来到这里,在大山深处,寻找他的踪迹。这里的山说不上有多高,但很大,连绵起伏,山林茂密。有一条路,从山里通向邻县沅陵的三渡水国道口,这条路当时有四十多处弯道被连日来的大雪堆积成了一座座冰山,外人看了也许会觉得奇怪,但山里就是这样,山坳,山峰,形成了奇怪的小气候和风向,越是在道路拐弯的地方,冰雪越大,在不断的堆积下,逐渐形成了冰山。而路下就是悬崖。这样的路,别说行车,就是徒步行走也寸步难行。为了抢通这条进山出山的唯一通道,鄢志刚带着西安村和桥塘村的青壮劳力上路了。他查看地形后,决定从两头夹击,向中间靠拢,这样更有利于劳力在狭窄的山道上摆开,可以放开手脚。

  此时,我就走在他们数月前抢通的这条路上。浑浊的暗红色山洪,从两边的山岭奔突而下,发出难以言状的吼叫声,感觉到每一座山都在咆哮。一条山路洪水漫溢,我尽量靠着山岭边上走,生怕一不小心就被冲到山崖下面。而那个我根本不敢靠近的深渊,却是一个副镇长,最基层的公务员必须面对的,如履薄冰,如临深渊,对于很多人来说不过是对危险处境的一个比喻,而对于鄢志刚,还有他带领的那些老百姓,那是真正的命悬一线。你真正应该走得离他们更近一些。就是在这条路上,他们把头使劲埋下,这样才能顶住恶狠狠地扑上来的刺骨的寒风,而唯一可以抵御严寒的,就是拼命挥动手里的铁镐,让生命本身发出热量。有一个我不想隐瞒的细节,他们干了几个小时之后,有的人实在受不了了,想要溜走,鄢志刚吼叫一声,他的嗓子早已沙哑了,哪怕是在吼叫,也发不出多大的声音。可你一看他脸上那严峻的表情,你立刻就被镇住了,他是副镇长,如果这里是前线,他就是这里的指挥员,这一刻你才明白他手里掌握的权力,他不能放弃自己的权力而撒手不管。

我找到了那天上路铲雪的一个中年汉子,他说他还是第一次看见小鄢发那么大火。他说:"这小鄢可是个好小伙,一个热情侠义的好小伙,但平时挺和气的,根本不像个镇上的干部,见了谁都热乎乎笑呵呵地凑上来打招呼,跟咱们老百姓挺对味儿。可到了关节眼上,你还别说,能镇住人。他凭什么能镇住你?就凭他也跟你在一块干,就凭他干得一样也不比你少,就凭他站的那个地方比你更危险。你受不了,他又能受得了?他这样拼命干为了啥?还不是为了老百姓?路不通,连盐巴都运不进来,这日子怎么过?马上就要过年了,你总得打点年货吧,可没路,你就只能背着背篓走几十里山路,翻山越岭到山下去背,你以为这比挖一天冰雪容易?……"听了这黑脸汉子的话,我又一次发现,我们的老百姓真是通情达理的老百姓,他们也许没我们想象的那种觉悟,但他们善于做出感性的对比,用很感性的甚至很简单的方式得出真理。

那是怎样艰难的一天,这不是我在时隔数月后可以想象的。这也让我在追踪采访的过程中,总是有一种深深的挫败感。我的文字总是显得如此苍白无力,它无法承载这样一场巨大的灾难和灾难中的人类。我只能记下这些事实,鄢志刚和他率领的老百姓从大清早一直干到天快黑,渴了,就吃几口积雪;渴了,就吃几口积雪;饿了,就啃一个年粑。年粑是桃源人最爱吃的,可那早已冻得硬邦邦的冰冷的年粑,啃起来就像啃冰冻的石头。这一天下来,他们硬是用人类最原始的工具,把这四十多座冰山拦腰劈去一半,铲出了半边路,但哪怕这半边路,也是一条通道,车辆可以小心地通过了。鄢志刚原本是打算第二天再来接着铲,把整条路都铲通的,他不知道,在这半边路上,他将走完自己的一生。他很累,很饿,很冷。但是在昏蒙蒙的夜色中,没人看清他的脸色。能够看见的,是一个疲惫不堪的模糊身影,慢慢地朝镇子走去。而镇子,还在十多里外。这十多里路,他是怎么走过来的,或许只有他自己知道。一踏进家门,他就软绵绵地靠在了椅子上。他很累,很饿,很冷。他想扒几口热饭,想喝口热汤,但刚一喝下去就哇地吐了出来。他浑身发抖,浑身都被冷汗湿透了。家人很快叫来了医生,但镇上的医生用尽了各种办法也没能让他好起来——他已经不可能好起来了,这是命中注定的。他很累,很饿,很冷。这时夜深了,已经是凌晨三点左右了,他的呼吸越来越急促。镇党委书记于惠平和镇长康少兵赶紧安排车辆,将他急送县人民医院,车还在半道上,鄢志刚就停止了呼吸。他很累,很饿,很冷。一直到最后,他干渴的嘴唇都是微微咧开的。

那些还等着他,等着上路铲雪的老百姓,突然听说他走了,他们开始一个个死瞪着眼,突然间,失声痛哭。

整个西安镇,都在哭泣。连绵起伏的山峦,还有悬在它头上的漫长岁月,一片雪白……

然后,一切归于平静。人生莫过如此,灾难、抗争、活着与死亡,还有眼泪,一切都是转瞬即逝的东西。而我依然在这里漫长地回望,四面八方都是山雨发出的空洞的回声。而这条路,和这个人的一生,其实都不漫长。

他是一个公务员,中国最底层的公务员之一。

他以自己短暂的一生和一生中的最后一天,完成了对自己身份的定义。

冰闪,一个偶然事件

冰闪,一个偶然事件,让我知道了株洲市常务副市长王群的名字。换句话说,在王群遭受罕见的冰闪袭击之前,我从未听说过在这个世界上,还有冰闪这种危险的存在。

依然是无穷无尽的雪线。依然是向冰雪不断挺进的队伍。那是1月30日,清晨,王群和株洲市军分区司令黄跃一起,率公安、武警挺进京珠高速株洲段。这是一支精锐的队伍,他们要打一场硬仗。而此时,王群已经连续六天坚守在一线。让时间倒回到1月25日,王群已两天一夜没有合眼了,凌晨两点,他刚从抗灾现场回来,一进家门,他就扑到在床上,太困了,他想眯一会儿。刺耳的电话声遽然响起,就像拉响的防空警报。他一下子清醒了。在这个非常时期,每一个电话都在传递生命攸关的信息。果然,这是省政府打来的一个紧急电话,京珠高速株洲段四百多台汽车和三千多名旅客被困……

下面的话也许根本就不用再说了,一个常务副市长,一个抗灾指挥部常务副指挥长,一个公务员,立即知道他要干什么。

救援,紧急救援!

从那一刻起,王群就一直坚持在京珠高速抗灾第一线,调度,指挥,除冰,分流……这没什么,在那些日子,几乎所有像王群这样的公务员都是夜以继日地连轴转。然而具体到每一个人,疲劳则是属于自己的具体感觉。他沿着被堵车辆一辆一辆地查看。他跌跌撞撞却一直挺直着腰杆。不是为了强打精神,而是必须有一种力量支撑起疲惫不堪的身体。也许没人知道他是公务员,但他知道这都是老百姓。或许,每一个生命的意义和价值,还从未像在这次灾难中一样得到过正视和关注。关于战胜冰灾的话语很多,但最让我感动的是,不让一个被困老百姓冻死,饿死!这话,被无数公务员挂在嘴边,被一次次地强调,放大,成了灾难中最宏大的一个声音。这意味着,那些最柔弱的生命,譬如说那些妇女和孩子,更加受到我们政权和制度的呵护与珍惜。它的意义已无关个人的道德,而是政权与制度的人性。

有一个细节,很平常的细节——在被困车流中,王群发现两个带小孩的妇女,她们一个来自重庆,一个来自永州,其中一小孩刚出生四个月,小脸小鼻子冻得通红,不住地打喷嚏。王群立即将这一对母女安排到了自己车上,赶快送到火车站,给她们买好车票,把她们送上了火车。是的,这只是一个很小的细节,你没必要为此感动,这是一个常务副市长、一个抗灾指挥部常务副指挥长、一个公务员在忠诚履职,同时也在兑现着他们对人民的承诺。

救援,紧急救援!

要赶紧把这条路打通。而在道路打通之前,你必须救援这些又冻又饿的被困人员,他们也许在骂你,也许根本就不听你的调度指挥,但你必须救援他们,给他们送上吃的、喝的,甚至把自己的衣服脱给他们。不让一个人冻死,饿死!

记住这一天,1月28日,在京珠高速株洲段受困人员达到最高峰时,王群的忙碌与疲劳也达到了最高峰,他从晚上9点起就到一线发放食品,直到次日早上6点,前后二十多个小时没有休息。而此时,离他遭遇冰闪袭击的时间已经越来越近了,而他自己还一点也不知道。而你也许正在渐渐明白,一个非常罕见的偶然事件,是怎样一步一步被推至必然的境地的。

株洲县,伞铺路段,这里是厚冰覆盖得最厉害的区域,也是车辆在株洲境内堵塞最严重的路段。从1月30日早晨到下午2点,这里的冰雪终于被铲除,而在铲除之后,你才能发现冰雪的深度。而无论有多深,一条路终于被打通了,有多少人在盼望、等待这一时刻的到来啊。但王群还有些不放心,又开始沿路仔细巡查。没事,什么事也没有。突然的喊叫。突如其来的猛地一击。一个人被击倒在地上。很多人一下还没反应过来,等到反应过来时,他们跑去扶起他,一个叫王群的公务员,是什么击中了他的生命?而同时被击中的,还有离王群几步远的小车,车上的玻璃被击得粉碎。

后来我们知道,这是冰闪。这种罕见的冰闪,是因为恶劣的雨雪天气造成部分输变电设备绝缘子和导线上形成挂霜、覆冰和冰柱现象,然后才会出现的。我说过,我还是第一次听说冰闪,罕见的冰闪,它被一个国家公务员用生命去亲身体验过,验证过。不幸中的万幸,王群当时穿一双绝缘军用皮靴,这才死里逃生。据他的主治医生解释,这种冰闪威力很大,王群头部受伤较重,需要治疗,更需要休息。现在,他终于可以躺下了,休息了。可他怎么也睡不着。他躺在病床上,头部贴着胶布,想着的还是那条高速路,那些被困车辆和群众,那些还在一线的战友……

他还知道自己叫王群。他的脑子还很清醒。而我们也应该为一个公务员一直能够保持如此清醒的头脑而庆幸,而祈祷……

又是一个偶然事件

又是一个偶然事件,非常突然地发生了,车祸。

安徽,庐江,泥河镇。我知道它,是因为一个叫徐翠萍的女人。

这里和2008年暴风雪的重灾区湖南一样,从今年1月12日开始,连续遭受五十多年以来最大规模的暴雪、冰冻、寒流,积雪深度超过四十厘米,冰层厚度达三十厘米,如果数字过于抽象,你可以随便做个实验。如果你觉得这有点多余了,你可以看看有多少倒塌的房屋、被摧折的树木和被堵在路上的车辆……

在白花花的一片派嘶嘶乱响的雪花中,有一个叫徐翠萍的女人跟跟跄跄地走来了。

徐翠萍是谁?一个四十多岁的中年妇女,一个女儿,一个妻子,一个母亲。然而,她还有另一个身份,她是国家公务员,庐江县泥河镇分管交通和民政的副镇长。这是她不同于一般女性的身份,也是她不能尽心尽情做女儿、妻子和母亲的唯一理由,这样的角色她已经永远不可能再扮演了,她踏上了一条不归路,然而那也是她必然要走的路。

她说:"我分管交通啊,我当然要上!"

是的,当然,理所当然。这并非豪言壮语。她从一开始,甚至还没开始就有非常清醒的角色意识,她知道自己的岗位在哪里。你不能不承认,对于自己的公务员身份,她有充分的责任感。在那个风雪交加的夜晚,她上路了,那是积雪最深、冰块清除难度最大的一段路。她说:"我分管交通啊,理所当然要上困难的路段!"——这有时候让人觉得,公务员这种特定的身份,对于一个女人而言太残忍。但她没这样的感觉,她可能根本就没想过这些,在她心里,灾情就是命令,一分钟也不能等。她很有召唤力,沙溪村的四百多名群众迅速被她召集起来,又马上到路上开始行动。狂暴的雪,无边无际的雪。无数铁镐、雪铲开始挥动。这里面有一个女人,她将干到她的生命结束。是的,一切已在命中注定。

听沙溪村治保主任老吴后来说,徐翠萍每天在这条路上来回要跑七八趟,看见哪里的积雪还没有彻底清除,她把手一伸,她一伸手你就知道她要什么——铁镐!

"我不上谁上!"这是她挂在嘴边的一句话。

在越来越大的风雪中,你看见她挥着铁镐的样子,你心里肯定很难受,非常难受。她一个四十多岁的女人,其实并非我们想象的那种女强人,多病,而且羸弱。然而就是这样一个女人,从上一线抗灾开始,到2月4日晚,她殉难的那个夜晚,她已在抗雪救灾第一线连续奋战了九天九夜。这并非汉语言中常见的虚数,而是一个实际的时间长度。在她牺牲前这九天里,徐翠萍每天都是早上天没亮就起床,夜里直到凌晨以后才回家。她是副镇长,也是女人,但女人的形象,在大雪的背景中消失了,她从头到脚都是白色的,几乎是一个雪人了。你听见她在咳嗽,劳累、风寒、感冒、发烧,都不可能让她停住脚步,她不可能躺在属于女人的质朴而温暖的房子里,她只能在这样让人冷得浑身发抖的天气里一天又一天地坚持。在她的身后,是一条刚铲掉一层冰雪旋即又被冰雪覆盖的路……

她太急了,有一种想把事情一下子全干完的渴望。不急不行啊,那么多车被堵在路上,那么多老百姓被堵在山沟里。

很多同事看她冻得浑身发抖,都劝她不要来了,这不是女人干的活。

她说:"我是分管镇长,我不来谁来?"

听她女儿说,徐翠萍并不是我们想象的那种女强人,她体质很虚弱,经常患感冒,在上路铲雪之前还在医院输液,可还没等第二瓶药输完,一个电话打来,她就拔掉针头,急忙赶往现场。一天中午,她从家门口匆匆路过,她是真正过家门而不入,她都已经走过去了,忽然,又回来了。她很急切地告诉女儿:"妈妈只有十分钟的时间,就十分钟,你赶快帮妈妈装一杯水,要用大杯子……"

但她出门时,没忘了叮嘱女儿,不要老是吃盒饭,要学会煮饭、炒菜。油焖肉下锅前要先用开水烫一烫,不然煮不烂……

她其实很会炒菜,很细心。她只是没有时间。

她又匆匆忙忙走了,一头乱发在风中飘荡。

这也是她最疼爱的女儿最后一次见到母亲。在母亲站过的地方,有一摊烂泥般的积雪,许久未化。

很多事,原本都是逐渐被渐渐过去的时间淡忘了的,后来又被人们追忆起来。2月4日上午,这时离她生命的尽头已经越来越近了,她的生命已进入倒计时。此时,泥河镇路段的高速终于打通了,但徐翠萍在来回查看之后,发现一处桥面上还有冰块没有清除掉。有人说:"这里不属于我们镇的清理范围。"徐翠萍说:"不管是我们镇的,还是别的镇的,只要冰块还在,安全隐患就没有消除,更不能因为这一块冰疙瘩影响整个道路的畅通啊!"她把手一挥,这是一个不可抗拒的手势。很快,在她的带领下,十几把铁镐一起挥动,那块最坚硬的冰疙瘩很快就被清除掉。然而,谁也没想到,就在她用生命中的九天九夜终于打通的这条路上,一辆车正鬼使神差地对着她开来,她摇晃了一下,或许是躲闪了一下,轻飘飘地一头栽倒在她刚刚铲除冰雪的路上,脚上还穿着那种男式的笨重雨靴。

一个女人四十多岁的生命,瞬间,静止。一切都处于静止的状态。

瞬间,连天上飘过的雪云也是静止着的。

徐翠萍分管的另一项工作是乡镇工作中最婆婆妈妈的民政。她常说:"老百姓的困难,我不能不问。"这不是套话,而是她的职责。在她走后,无数人都在追忆与她有关的往事。在她离去的那天,她还一直在念叨着老百姓的房屋倒塌了多少,年货准备得好不好,五保户、特困户的生活不知怎样了。她原本是打算在把路打通了之后,就去看望那些老百姓的。她的心里永远有无数牵挂。很多老百姓也许还记得,第一场大雪刚落下来的时候,她就急着去看望那些老百姓。暴风雪中,车不能前行,走路,又太远。随行的同事看见她身体虚弱,就劝她:"你跟村里通个电话,让村干部就近去看看吧。"她说:"这怎么行?不到现场,怎么能了解情况?"听口气,她都有点生气了。就这样,她拖着病恹恹的身子,在冰雪中走了十多里路,把救灾款挨家挨户送到了那些特困户的手里。其中还不知道有多少钱是从她自己的口袋里掏的。

　　人到中年,上有老,下有小,家里还有多少事等着一个主妇操劳。而对于她,家里的事再大都是小事。这个家,可能是泥河镇上最简陋的一个家,墙上还抹着裸露的灰泥,墙壁上还有一块块水渍。很多东西都好像许久没用过了,锈迹斑斑。听泥河镇上的居民说,徐翠萍家里是没有锅的,她一心扑在工作上,几乎没有时间做饭。当然,这话有些夸张。不是没有锅,只是徐翠萍太忙,没有时间烧饭做菜。近年来,泥河镇集镇建设力度大,矛盾调解问题多,她管民政,婆婆妈妈的事,剪不断,理还乱,中午1点多,还在苦口婆心地跟群众磨嘴皮子,常常是老倌子拎着盒饭来给她充饥,夜里呢,天不黑透莫想归家,有时候还要把群众带到家里去,还得管吃,管住。女儿徐颖,是徐翠萍生命里最大的骄傲。前年,她女儿考上重点大学,因丈夫工作忙,抽不开身,她只身一人陪同女儿到西安报到入学,刚下火车就接到镇里打来的电话:有急事要她赶到北京。她二话未说立即乘飞机赶赴北京,到现在,连孩子的校门还从未踏进去过。就说这场冰灾中,孩子腊月十九回家,徐翠萍没为孩子做过一顿可口的饭菜,全家人还没有在一起吃一顿团圆饭。她还时常教育孩子,家里的事再大都是小事,本职工作再小都是大事。你说她这个人,跟孩子也讲这些,少见不是。谁让她是公务员,这是她的本职。她可能是太进入自己的角色了。都说,现在想考个公务员不容易,而在你打算投考公务员的时候,你是否已经准备好,要做一个合格的、忠诚履职的公务员,要进入一种角色,有多难?

　　我怎么也不能相信,她就这么走了。徐翠萍的丈夫哽咽着说,要是我顶替了她,也就不会……

　　这是个很心疼妻子的丈夫,多少日子过去了,他仍沉浸在深深的痛苦与悔恨中。2月1日,这是他一辈子也忘不了的日子,一大早,依然是遍地冰雪,泛着刺眼的银光。他一听说妻子要到高速公路上破冰铲雪,压根儿就没想,就要顶替瘦小体弱的妻子上一线。他悔恨的泪水,就在为这一根本不可能实现的愿望而流。以徐翠萍作为公务员的那种强烈的身份认知和价值认知,绝不可能答应丈夫。事实上她也没有答应,她说,我是分管副镇长,在这种关键时刻,我怎么能退缩?!

徐颖,徐翠萍的女儿,在母亲走后,她红润的脸蛋就已变得雪白了,那是真正的像雪一样白,泪水涟涟的仿佛从来就没有干过,她一边抽泣一边诉说:"妈妈太忙了,太忙了啊,我就想再跟她在一起吃一顿饭,一家人在一起吃顿团圆饭……"

一个脚步声越来越近,她一下就站起来了,去开门。她以为是妈妈回来了……

但妈妈没有回来,妈妈刚走到门口,好像又悄然溜走了。

也许你不能那么简单地用幻觉来解释一切。在女儿心里,她母亲永远是真实的,真实地活着。

很难忘记徐翠萍生命静止的那个日子,2月4日,很多人好像突然意识到,这一天是立春,是春天了啊!再过两天,就是大年三十了啊。第二天,腊月二十九,她的亲人们,她的战友们,选择这样一个日子来为她送行。赶来的,除了意料中的泥河镇所有的机关干部,还有意料之外的数百名群众,追悼会上,哭得最伤心的是十多个困难户,或许从他们的哭声中,你才更加懂得公务员的含义,他们并非来表达自己的感激,而是来为自己的女儿送行。到了晚上,山坳里燃起了一小堆一小堆的火焰,那是老百姓在为一个离去的亡灵烧化纸钱,而这样的祭奠仪式原本只属于最亲的亲人。你看着那透过天地间的一片漆黑闪烁着的微弱火苗,下意识的,就觉得这是一名最底层的公务员在零星小事情里一点一点地释放出来的,诠释出来的……

一个中国的小公务员之死

又一个人离我们而去。他叫王勇。我选择这样一个人来作为叙述对象,从一开始,就有一种复杂的、连自己也说不清楚的不安。

这与他过于平庸甚至有些窝囊的经历有关。这个人20世纪90年代初从部队转业到安徽省全椒县交通局工作。在默默无闻地干了八年后,他开始任县交通局政秘股股长,正股级。对中国行政系列略有所知的人都知道,这样的股级干部还够不上称领导干部,你最少得干到副科级才算个官儿。在其后几年的岗位变动里,他是换岗不换级,始终是个正股级。而他生前担任的最后一个职务,安徽省全椒县交通局工会副主任,工会主任才是副科级,副主任,还是正股级。这时他已经四十八岁,即使不死,在这样一个位置上,也不可能还有什么政治前途。按现在县一级的退线机制,五十二岁一刀切,他已经是可快要退线的人了,不可能再有可能提拔。王勇就是这样一个黯然无光的人,一个多少让人感到悲哀甚至怜悯的小公务员。他已经是奔五十的人了,四十不惑,五十而知天命,他还有什么想不通的呢?在错失了他一生中的最后一次机遇后,他很快调整好自己的情绪,一心一意干他的工会副主任了,大约是为了安慰他,局里明确他是主持工作的工会副主任。而这个工会,上无将,下无兵,就他一个光杆司令,他不主持工作,又让谁主持呢?这是严肃官场的黑色幽默。他的日子可以算到头了,还有四年,他也许就可以回家养花种草抱孙子了。如果不是这场暴风雪,这是一个注定会以默默无闻的存在方式走过一生的人。而命运,似乎早已安排好,我们必然要经历这样一场灾难,也必然要铭记这样一个普通得不能再普通的名字,王勇。

凡命中注定要发生的事,躲是躲不过的。

一场遽然袭来的暴风雪,让每个地方的交通部门首当其冲并一下成了众人瞩目的焦点。年近半百的王勇是第一批冲上第一线的,而此时你好像突然才想到,这是个军人,哪怕早已退伍了多年,他也还是一个退伍老兵。这一上就是七十多个小时。几天几夜,雪没停过,一直落,从脚背落到膝盖,上苍好像一定要所有的人,要让整个人类深陷在大雪中。很多人都是在这场暴风雪中完成了自我认知。面对大自然的神力,那些个级别,官位,突然一下就变得毫无意义了,每个人都开始重新认识自己,确定自己,寻求认同最高价值的实现,那就是活着,不让一个人冻死,饿死,这也是无数人重复过无数次的话。我必须忠实地记录和复述。我感觉我自始至终,都在对这场暴风雪进行复写。下面,又是你无数次看见过的场景,三千多辆过境车被堵在这里,全县十多个乡镇的交通全部中断,合宁(合肥—南京)高速公路封闭,被分流下来的车辆,形成长长的车龙。还有两千多放假要回家的学生,一千多返乡民工……一场暴风雪,把全县交通推上绝境。自然,这仅仅是站在一个县的角度看灾难。而你的岗位就在这个县里,你必须这样确定自己。

从1月26日到1月29日,这是王勇生命中的最后四天。他的一生好像就只有这四个日夜。让我们列出这样一张日程表,看看他这四天在干什么——

26日,安徽省全椒县遭遇强降雪后的第一天,他奉命穿梭在全椒境内的S206、S331省道和县乡公路上,旋即又和路政及运政执法人员一起冒着大雪上了合宁高速公路,他这么上下来回地奔波,是为了协同公安交警把过境车辆引导、分流到当时还具有通行能力的省道和县乡干道上。当然,那时人们还不知道这个叫王勇的人,更不知道他的喊叫与手势会成为一个深刻的永恒的形象。他的手势那么凌厉,他的声音在黑暗里那么洪亮而威严。这些,他自己可能也不知道。这一干就是半夜,但这一天还没完,对那些确实无法分流的,他还得给他们在县城里找停车场,车停下了,还得把人员就近安排住进旅馆。还有一部分不愿下车就宿的外地民工,你还得给他送去吃的喝的,还得管拉管撒,而最重要的是别让他们冻死了。终于,这一切总算干完了,转钟了,已经是又一天凌晨了。你别看这个人平时言语不多,见了谁都是面带笑容,但真干起事来,一个黯然无光的小公务员瞬间便转换成了一个特别能战斗、随时准备战斗的军人形象,那属于军人的雷厉风行的风格一下就显现出来。而看他这一天干的事,你也许不会再觉得这个人很平庸,这个人很能干,这么多千头万绪错综复杂的事情处理下来有条不紊,你还真得打心眼里佩服。

27日,一大早,也不知道他这晚睡没睡觉,睡了多久,你看见他和几个同事早早就来到县客运站,开始组织民工、学生返乡,还要苦口婆心地劝他们不要坐那些个安全没保障的黑车,还要给每辆车装上防滑链……这可是个平时不大吭声的人,他给人的印象,是笑容比话多,可这天,他在一片闹哄哄的喧嚣声中镇静地、指挥若定地屹立着,那绝不是一个小公务员的形象,他分明有一种大将风度。也有人冲上来,想突破他守卫的那道防线,他没有后退,只用神色严峻而专注的眼睛瞪着你,而那一动也不动地挺着腰板耸立的样子,立刻就让你想到了一个站岗的哨兵。慢慢地,那些闹成一团数也数不清的人,在他的指挥下,慢慢便有了秩序,有了方向,到最后,你看见他嘴唇在动,嗓子却发不出声了。终于,夜色不可抗拒地缓缓来临,以为可以歇歇了,可以扒拉几口饭了,刚端饭碗,一个电话打来,路上又堵车了,运送学生的客运车回不了城。王勇丢下饭碗就跑了,这一去,又是连续几个小时的疏导,路通了,他还得继续安排民工流和学生流的运送。

28日,又是一大早,他和同事们开始铲除单位门前道路上的积雪。下午,雪小了一点,他惦记着那些雪上加霜的困难户,这是他最本职的工作。交通局不大,但交通系统却是全县最庞大的,那些客运站、车船码头下岗失业的困难职工也是全县最多的。每到春节,都是王勇这位主持工作的工会副主任一年来最忙的时刻,可这场暴风雪偏偏在这时候把他的工作节奏打乱了。必须赶紧把帮扶困难户的名单造出来,当晚,王勇就找了几个同事一起加夜班,到夜深时,他看见一名同事很疲惫了,王勇劝他回家休息,而他自己一个通宵都没合眼。

29日,依然是一大早,王勇来到局长办公室,随后便跟着局领导去探望了那些特困户。没人感觉有什么异样,王勇自己也没觉得有什么异样。累,很累。有些人这么多天累下来已经垮了,他看上去没啥事,还特地刮了胡子,换了身挺精神的衣服。没下雪,天阴沉沉的,道路也特别泥泞。他们穿梭在强劲的寒风和各个特困户家里。大约9点,王勇在看望过一个特困户后下楼时,眼睛开始奇异地发光,他下意识地抓住了楼梯扶手,他感觉楼梯突然颤抖起来。这是他生命最后的感觉。老王……老王你怎么了?随行的同事吃惊地叫喊着,眼睁睁地看着他突然瘫倒在楼梯旁。——等到救护车和急救医生赶来时,晚了,完了,王勇的心脏停止了跳动。他的心口还是热的。在紧贴着心口的地方,还揣着没来得及送给特困难职工的慰问金。

医院诊断,王勇系过度劳累导致心脏病突发。

简单说——他是累死的。

这就是中国的一个小公务员一生中的最后四天,而这一切又都源于人们点点滴滴的追忆。而善良的人们总是以这样善良的方式来完成一个逝者最后的形象。我觉得其实没必要把这样一个人追认为烈士，而应该给这样一个在正股级岗位上默默无闻地工作了十个年头、默默无闻地尽着自己分内职责的小公务员授予共和国最合格的公务员称号，而且不应该在他死后，而应该在他生前。正是因为有了这些合格的而且活着的公务员，我们的国家机器和现实社会制度，才能在非常时期经受住考验，也能在平常的日子正常运转。这其实也是所有公务员寻求认同的最高价值的实现——执政能力！而对于他死后哀荣备至的荣誉，我觉得对一个忠诚履职的公务员而言，其实并不重要，甚至是多余的。

第七章　天空的主人

上帝说要有光

光从不可估量的高空
俯视着人类历史的长河

——摘自艾青《光的赞歌》

　　天空和大地深处，旷野中的无数电线杆和密如蛛网的电线。这不是风景。寂静，充满了不祥的气息。或许只有上帝在梦中凝视着黑暗无边的东方之夜。

　　如果没有经过一场灾难，你甚至很少注意到，意识到，它们的存在与你之间有什么关系。然而，突然在某一天，你真实地感觉到自己一下被赶出了这个世界，你一下陷入了冰冷而黑暗的空间，仿佛进入了另一个世界……

　　我随便说个数字，南方十个城市，如果在一夜之间突然停电了，那会是怎样的情形？

　　我只是随便说说，这很残酷，但不是假设。一条线路中断，十个城市不是在一夜之间，而是在一瞬间，就会同时陷入一片黑暗。现代战争把攻击的目标对准输电线，的确是最致命攻击。而美国人攻击伊拉克的石墨炸弹，说到底，还不及中国南方一场小规模的冰雪。牢骚太盛防肠断，还是先别埋怨我们的电力部门。那种无所不在无孔不入的攻击，除了大自然，人类还真没这个力量。也许，人类的确应该对自身的行为做出深刻的反省，那就是，自然界里没有一样你可以轻视或不值得关切的。让一辆巨大的喷气式飞机失事的可能是一只小鸟,而让一座城市在瞬间完全陷入黑暗的可能就是一块冰凌。

从长沙往南走,几乎每个城市都陷入了这样的黑暗。而对于黑暗的陷阱郴州,我将用一个专章来叙述,这里暂且不表。

如果把眼光放得更宽一些,你会发现,在那场暴风雪中,根本就不是几个城市十几个城市停电的问题,整个中国南方都在水银柱的不断下降形势下迫近黑暗的深渊。1月18日,桂北境内开始大面积降雪和霜冻,在这样的大雪天居然会有霜冻,这令我匪夷所思。而正是这样长时间不化的霜冻给暴雪打下了底子。从这天起,兴安、灌阳、全州、资源这桂北四县的供电线路危机四伏。桂林供电局在第一时间迅即派出线路维护人员进行线路巡查和抢修。这样的速度可谓神速!但你再快,也追不上老天爷的脚步。等你赶到山下时,你发现根本就上不了山。在弥漫的风雪中,桂北山地的能见度已不足二十米,地面覆冰竟达到八十毫米的绝对值,你可以在自己的身上量一下,看是怎样的一个深度。运输施工的车辆根本走不了,更别说上到故障发生的地点。连人也上不去。上不去也得上,但那些抢修工具和电缆怎么办?只能靠人力采取最原始的肩挑手拽的方式。

那惊心动魄的场面你后来可能通过间接的方式也看到了,譬如说在电视里,在山间的浓雾和冰雪中,你看见那些电力工人和武警战士用血肉之躯抬着重达千斤的电线杆摸索前行;你看见一个人一个人拽着电缆线,喊着号子,笨拙地而又精疲力竭地,把一根巨长的电缆线朝同一个方向拽着,拼命拽着,他们的身体都朝着一个方向倾斜,在你视野的尽头,依稀可见一座铁塔。厚厚的冰雪,翻腾成泥浆,你看见一个人倒在了泥浆里,又看见一个人从烂泥里爬起来,从那被弄污的嘴巴里吐出一口泥渣,捏住缆索,继续往上拽。而那号子声,变成了粗暴而嘶哑的号叫声。

这无疑是人类当时唯一可以采取的最笨拙也最艰难的方式。你看见了人的力量,人的力量是何其渺小!

这里插叙一下,我后来在采访的过程中,每和一个工人师傅握手,总能立刻感觉到他们手上的力量,他们也许只是很轻地同我握一下,一下就让我脸色灰白。而当这样一只手摊开,你也立刻就知道这是一个电力工人的手,粗糙,手板上有很深的凹痕,这是他们的特征。而这是我以前不了解的。一说到电,我的脑海里立刻就会条件反射般闪出三个字,电老虎。而现在,很多东西似乎都在改变。在我走近他们的同时,我也在接近他们真实的形象。这也许是多余的话。

很多细节都是我这个以虚构为生的人无法想象的。

有些师傅在冰天雪地里奋战了半个多月,双脚长满了冻疮,原本穿四十码的鞋,现在只能穿四十二码。这种大码鞋能减少摩擦,虽然不太方便,但能减少疼痛,跟上抢修的节奏。上,上不着天,爬上这样一座铁塔,最少要两三个小时,他们在铁塔上一干就是十几个小时;下,下不着地,上去一次不容易,下来一次更不容易,有时候比上去的时间更长,人也处于更疲劳的状态,铁塔也处于更危险的状态。这意味着,只要你上去了,不把一座铁塔上的冰雪彻底除掉,不把那些故障和险情彻底排除掉,他们有时候一整天都不会下来,用一个师傅的话说,不修好就不舍得下来!而这十几个小时干下来,差不多要准备好十多副手套,一副手套不到一个小时就会磨烂,如不及时更换,手很快就会冻伤。肚子饿了,就啃几口冻得比石头还坚硬的馒头,渴了,就在铁塔上撬块冰含着。

要命的,是在那半天云里,有时内急,只能将屎尿撒在裤裆里。你可能会感觉到脏,甚至恶心,那是因为你是旁观者。而对于他们,却别无选择,他们不可能为解决一次大小便的问题上上下下在铁塔上爬六个小时,等你爬完这五六个小时早拉在裤子里了,那还不如直接拉在裤子里。有道是,冷尿饿屁,天气越冷,反倒更加内急,那裤子打湿了弄脏了的感觉,说不出来,说出来太残忍。他们无疑已经降低到了人之所以为人的底线,连他们自己也说,比畜生都不如了,他们甚至不希望我写这些事,好丑的,丑死人了。采访中,也无不感到这些师傅天性中的可爱,他们滑稽地给我模仿着在五十多米的高空怎样撒尿,拉屎,伴随着滑稽的笑声,震颤的笑声,深沉的笑声,却突然,是比哭还难听的笑声,一个个浓眉大眼的粗糙汉子,忽然间,不知怎么眼圈就红了,泪流满面了。说实话,他们不让我写,其实我也不想写,我是一个有洁癖的人。多少年来,我一直想让我的文字保持纯粹和干净,不被脏字眼污染,但我还是要写,如果不知道一个人的生存本能之低,你就无法知道一个普通人的人生境界之高……

然而,他们必须经历的又岂止是这些,他们还要经历冰天雪地的严寒,还要面对山体滑坡、泥石流等自然地质灾害。这样一天干下来之后,夜深了,还不能下来。寂静的山谷里,风一吹便发出空洞的嗡嗡声。这时你已经看不见高耸的铁塔和电杆、电线,半空中,隐约可见那微弱的如星光闪烁的一点亮光,混杂在团团黑影中。这微弱的亮光不是来自天上,而是来自人类,他们要通过自己早已冻僵的双手重新制造出一个光辉灿烂的世界。

终于,可以下来在山坳里搭起来的临时拱棚里躺下了,但也不能睡死了,他们的手机都不敢关,怕有突击性抢险任务。除了身体的超负荷劳累,精神也时时刻刻处于高度紧张的状态。

他娘的,那真不是人过的日子,一位师傅这样冲我说,还一脸的余悸。

还是让我们回到现场。终于,他们把这一切该搬上去的都搬上去了,而时间,也许过去了一整天,天突然黑了,那无边的黑暗已随着夜色一起降临了。而随后的天气更加恶劣,山区道路覆冰进一步恶化,能见度越来越低,两个人隔着几步路彼此都看不清楚谁是谁了。就这样,他们从未想过要放弃,他们全力以赴地抢修断了的线路或别的什么故障,他们甚至为此付出了生命的代价,然而,一条线路刚刚抢通,另一条线路又出了险情。如果这时你在家里,你看见电灯亮了,突然又灭了,你一定会大骂那些该死的电工,电老虎!我承认,我曾经这样骂过。这让我后来每次面对他们,都想做一次忏悔。

伤口,一次次被撕裂。这是令人心酸的悲剧。无论你怎样努力,最终还是没能挽救桂北与桂林电网完全解裂,大面积停电发生了。沉浸在黑暗中的人们,或许并没有那些气力已经用尽的人绝望。在黑暗的背后,他们一直就没停止过行动,黑暗,它并非你以坐以待毙的方式发生的,而是在你使出了各种手段甚至为此付出了生命的代价时发生的。这也是我在采访过程中最深刻的感受,当我走在那些荆棘丛生的小路上,当我喘着粗气爬上一个看上去并不高的山岭,我有一个感受,那就是,人类可以战胜自己,人类决不能战胜大自然。人定胜天?! 这是一个多么绝对而又虚妄的命题啊!

而就在湘南、桂北变得暗无天日时,黑暗也笼罩了贵州黔东南广袤的山地,湘黔线,这条贵州开往华南、华东、华北唯一通道遽然中断,上万旅客滞留贵阳火车站。瘫痪的不只是交通,铁道,机场,通讯,还有人类的全部生活。每个地方,电一停,多米诺骨牌效应便发生了,湖南、湖北、安徽、河南、贵州、重庆、江西的无数座城市在大面积停电的同时开始大面积长时间停水,还有不少城市的液化气供应也中断了。

我想到《圣经》中的一句话,上帝说要有光!

或许只有经历过黑暗的人,才那么渴望光明。而我们的上帝,是人民,老百姓。

在众多的城市陷入黑暗和瘫痪时,长沙成了一个奇迹,它同样处在冰雪袭击的重灾区,却一直没有陷入大面积停电以及由此而引发的次生灾变。你不能不说这是一个奇迹。而在这个奇迹的背后,正是我要揭示的某种真实。

天空的主人

让我们回到开端,2008 年 5 月 12 日,星期一。下午 2 点左右,我来到了这里,湖南望城县桥驿镇力田村,这个让我感到震撼的地方。那天天气非常晴朗,阳光继续照耀着人间的一切,每一片树叶都在阳光下闪闪烁烁。那种诗意、阳光和美的感觉,是很容易触动我这种人的。如果不仔细看,无论是在路上,还是在山上,你根本不知道就在数月前这里曾发生过灾难,真的,一切都像什么也没发生过一样。

如果人类没有记忆该有多好。其实我并未亲眼看见那悲惨的一幕,然而,哪怕来自间接的记忆,我也下意识地把目光投向天空,我以这样的方式,搜寻着那些天空的主人,还有那三个人的身影。如果不是因为他们的坠落,你是不会知道那三个具体的人的。

那三个人，还有那三个人背后的无数身影……不是三个人，是三千多人。从 1 月 13 日到 27 日，湖南省电网冰灾险情一次次升级，大自然仿佛要释放出它压抑了许久的所有的寒冷的力量，暴风雪，冰凌，冻雨，或一起发力，或轮番发作，一条条高压输电线，被冰凌凝结成了比胳膊还粗的漫长冰棍，那些高压绝缘瓷瓶上，结出的一个个冰疙瘩，比篮球足球还大，而在各地的变电站，那些绝缘瓷套也都变成了一个个大冰柱，几乎所有绝缘设备都在冰凌中失效，倒杆，倒塔，断线，蓝光，死亡之光，因电线短路而频繁迸射……灾情最严重时，湖南电网与华中电网，仅靠一条 500 千伏线路相联运行，省内 500 千伏线路受灾停运十八条，几乎瘫痪了一大半。1 月 19 日，湖南省电力公司被迫启动除冰护网紧急预案，这是非常时期的非常措施，是迫不得已。这些天来，他们采取了多种技术性措施，也请了许多专家会诊，试图通过输电线路自身融冰，这是目前国际上通行的方式，但最终还是无法通过输电线路自身融冰。现在，唯一的办法，只能依靠人工将绝缘瓷瓶的冰层敲掉。而完成一个铁塔除冰，后来有人统计过，最快也需要三个小时。可以说，这是他们最不愿意采取的措施，但你别无选择。而这沉重的除冰任务，最终只能沉重地落到省送变电建设公司三千多名电力工人的头上。他们中的绝大多数都是合同工。而我将反复提到的这三个人，周景华、罗海文和罗长明，他们也都是合同工。

不是没有感觉到危险，对于这些有十多年外线建设维护经验的电力工人，根本不需要什么预感，只凭这么多年的经验，他们就知道，在这样恶劣的天气条件下，铁塔、电线、绝缘瓷瓶如此严重覆冰，他们爬上去的每一座铁塔，随时都有倒塌的危险。但这连接电线和铁塔的绝缘瓷瓶上的冰层不得不除，如果覆冰过多，冰凌就变成了电的导体，电流通过瓷瓶上的冰柱向铁塔输电，将致使线路跳闸停运，造成电网崩溃和大面积停电。他们没有丝毫犹豫——这里我又一次强调，他们知道自己的岗位在哪里。

这支接到紧急命令的队伍，一个也没落下，他们毅然登上了开往抢险一线的车辆，几乎在紧急预案启动的第一时间就出发了。他们从湘中的娄底、五强溪一路查险、除冰。那冰冻的高压线,在暴风雪的肆意揉搓下,真的就像一位伟人所形容的那样——山舞银蛇。但你已无法感觉它的美,你感觉到的是一种银蛇般的令你直打寒战的阴沉寒彻。连日来,他们每天就这样爬上一个个山岭,登上一座座铁塔,把坚硬的冰凌一点一点地敲碎。雪一直不停地下。一个电力工人后来告诉我,你在雪中待上十来分钟,没什么感觉,你待上半个钟头后,这轻飘飘的雪花,打在身上,就跟铁片子打在身上似的,那个感觉,他不停地摇头,不堪回首的样子,而他脸上,还有冻伤后落下的瘢痕……

他不是英雄,他只是那三千多个电力工人中极普通的一个。他对没人记住他的名字,没人提到他的名字感到万分侥幸。没人知道你,才是最幸运的。谁也不想成为被我们怀念和铭记的一个名字,一个英雄。这三千多个工人师傅,包括那些成了英雄的,都不想。而你一旦成了英雄,就是命中注定了的。

这让我又一次想到了与命运有关的话题。所谓命运,就是一旦发生,一切就改变了,无可挽回了。命运从来就不是过程,而是以偶然的方式完成的一种必然的结果,甚至是唯一的结果。但对于命运,按昆德拉的说法,一个享乐主义者总是避免使自己的生活被改变成命运。可见,命运是完全可以回避的,在最关键的时刻,最需要你的时刻,你使用各种手段予以回避。但这三千多个工人师傅,没有一个回避这种可能的命运的,可能性很大。他们都不想成为英雄,他们都知道那意味什么。但他们每个人成为英雄的可能性都很大。

换一种眼光看,他们都是英雄。

事实上,把你往最危险的地方一拉,你根本就不会想这样多。哪有工夫想啊。连日来,他们没睡过一个安稳觉,没吃过一顿热饭。困了,就在临时搭起来的雪棚子里眯眼打个盹,一粘眼皮就睡死了,你哪还有工夫想。饿了,随手抓把雪,啃几口干粮,啃得满嘴血,牙缝里是血,嘴皮上是血,舌头也枯得流血,你哪还有工夫想,唯一的感觉就是疼痛,钻心般的疼。而当你站在几十米的高空,用铁锤、木棒,清除一串串瓷瓶上的冰凌,你的整个注意力都集中在一点上,你哪还有工夫想?

命运,是与命运无关的人后来才想到的。

后来,在我采访回来之后,我时常跟一些愤世嫉俗的朋友解释,事实并非像他们所想象的那样,那铁塔并不是他们想当然的豆腐渣,那除冰的工作也不是可以通过什么更科学的办法可以解决的——这些人其实并不懂得科学,他们对科学已经到了迷信的程度,只要一提到科学,他们以为一切问题都可以轻而易举地迅速解决。而以人类目前所掌握的科学技术水平,在对于大自然的不可抗力上,还那么微弱。这种人习惯坐在茶馆酒楼里,端着腿,悠闲地喝着茶,品着酒,然后面红耳赤地表达他们对这个社会一切的不满。这情景,换了以前我只是笑笑,我早已习惯了。然而,现在我觉得我不应该沉默了,我必须说出我看到的真相,我亲眼看见的不仅只有在暴风雪中倒塌的铁塔,还有很多生长了千年的参天大树。它们天生地长了一千年,该经历过多少风霜雨雪电闪雷劈,但没倒下,这次却倒下了。如果说铁塔有假的,是伪劣产品,难道这些参天大树也是假的,是伪劣产品?我不想跟谁争辩,只是解释。内心里,我也是个愤世嫉俗的人,但我越来越觉得,许多我熟悉的或不熟悉的人在表现他们的愤世嫉俗时已经开始失去最起码的正义理性,变成了非理性的恶劣情绪的宣泄。他们和现实存在的感觉如此隔然,他们不能这样拿着纳税人的钱成天泡在茶楼酒肆里,他们应该走得离我们的生活现场和底层人民更近一些,睁大了眼去看一看……

路,很难走。我是说在那场暴风雪中。那些高压输电线路上的铁塔,几乎全都矗立在人迹罕至的地方,有的地方根本没有路,天晴时去那里都要翻山越岭,而在这样恶劣的气候下,你只能相互拉扯着挣扎着往上爬。这不是比喻,你真的就是在雪地上爬行。他们就是这样爬着,挣扎着,把湘中一带的电网上的冰块敲掉了。他们拖着劳顿的身子,终于可以坐在雪地上,歇一歇了。但这些工人师傅还没来得及松一口气,突然接到指挥部的紧急命令——他们又连夜从娄底赶往长沙。华沙线告急!这里,也许必须提到华沙线(华电长沙电厂至长沙沙坪变电站)的重要性,它是长沙电厂电能送出的唯一通道,也是长沙城区的重要供电线路。全长近三十二公里,共有八十七座铁塔。这些线路、铁塔、绝缘瓷瓶因连续雨雪冰冻,覆冰严重,导致线路跳闸停运。长沙电厂的电送不出去,长沙城区已经面临停电的危险。而这里作为一省的政治、经济、交通和文化中心,其重要性是根本不用多说的。路,真的很难走,从娄底到长沙,原本只需两个多小时的路程,他们竟然颠簸了十多个小时。他们赶到目的地时已是1月23日中午。又是连续三天没日没夜地爬着,挣扎着,我不想简单地使用这个词:奋战,我觉得这无法描绘出那种过程的漫长艰辛。1月26日清晨,罗海文、罗长明、周景华三人,被派往望城县桥驿镇力田村。

是的,他们已经走到了我现在站着的这个山岭。

他们,已经逼近了他们生命的宿命之地。

他们三人一组,开始攀爬43号铁塔。这时候,他们已经一天一夜没合眼了。但他们都异常清醒。他们先要用锤子、棒子一坎一坎地敲掉铁塔上的冰块,才能爬上去。我在此仰望。我看见他们一步一步朝天上爬去。他们都很小心,他们都想活着爬上去,然后,活着爬下来。他们是天空的主人,我只能仰望。我已经快要看不见他们了。

幻听出现了。天空传来咔嚓咔嚓的冰块碎裂声。是谁在叩击天空?

我的脑海里不知怎么回荡起了屈原的《天问》:

遂古之初,谁传道之?
上下未形,何由考之?
冥昭瞢暗,谁能极之?
冯翼惟象,何以识之?
明明暗暗,惟时何为?
阴阳三合,何本何化?……

每次读到这样的诗句,我都想哭。世人皆云,《天问》是屈原思想学说的精粹,他叩问的都是上古传说中人类不可理喻的天地万象之理,存亡兴废之端,贤凶善恶之报,神奇鬼怪之说,他渴望通过这样的追问求得一个解答,找出一个因果，而这不是他一个人的追问，而是春秋、战国时代的许多学人的探究与追问，诸子百家几乎都在探讨。而所谓天，泛指一切高于人、远于人、古于人，人所不能了解、不能施为的事与物，天，是一种统摄。对物质界说，又有本始、本质、本原的意思。《天问》没有给予人类任何一个回答，它伟大的光辉和价值就在于它的追问，它以穷追不舍的叩问来呈现人类和天地之间隐秘而未知的存在关系。两千多年过去了，它所叩问的一切，我们是否能够对它叩问的每一个问题做出确切的回答？不能，永远不能。它所触及的是人类的根本价值所在，是我们永恒的母题。所谓永恒，意味着在人类灭亡之前，我们也不可能把这个世界上的一切搞清楚。你必须承认，人类是有大限的。

我对高度一直保持敬畏，这无疑与我的恐高症有关。但我想，他们徒手爬上这一座座四十多米高的被厚厚的冰凌包裹的铁塔，这是十几层楼的高度，他们就没一点畏惧吗？更何况，还有那么厚的冰，又溜又滑，你可以想象那样的危险，这不难想象。而一个人，还在这铁塔下站着时，或许就开始胆寒，腿肚子发软。然而，你看见那每一个人都爬上去了，不只是那三个人，这一支队伍，一个都不落地爬上去了。他们开始挥动手中的木棒，他们必须用这种人类最原始的劳动工具把电线上、瓷瓶上厚厚的冰层一点一点地敲掉。结冰的不仅有铁塔，还有电线，这驮着沉重冰凌的电线，在狂风的吹刮下大幅度摆动，你看见它在摆动，但你可能不知道它产生的力量足以拉倒重达几十吨的铁塔。而我后来听国家电网的老专家说，大风还不是唯一的原因，由于导线严重冰冻而出现大幅度舞动将产生共振效应，这种现象足以拉倒几十吨重的钢塔，险情随时可能发生。这是科学给予的判定。可见，每一个人在暴风雪中能爬上这样的铁塔，都是英雄，都已经是在挑战生命的极限了。而能够让你挑战这样极限的，只有钢铁般的意志。然而，这样的意志可以让你超越自身，却无法超越命运。

那必将被反复呈现在人类面前的一幕，终于拉开了。

生命的全部悲哀与壮烈都存在这一幕中。

"危险，下来！赶快下来！"一个声音在暴风雪中呼喊。

下午,1点。这个时间是一只停摆的手表指针指向的一个精确刻度,以凝固的方式。第一个发出呼喊的是省送变电建设公司送电三公司302队副队长文武,当时他正在44号铁塔下执行除冰安监任务。他后来慢慢地而且多次回想起这一幕。他突然发现,吊在铁塔上的绝缘瓷瓶出现异常,原本处于垂直状态的瓷瓶开始向一边倾斜。致命的倾斜!这个已有十八年外线维护经验的老师傅浑身一挺,几乎是本能地喊了起来,不好,塔要倒了!快撤!……他们刚刚撤下来,就听见很沉闷的一声,那声音并不太响,但非常刺耳,仿佛是一个滚过天空的喑哑闷雷,抬眼看时,一座四十多米高的铁塔已经拦腰折断了。这需要多大的力量,才能把一座铁拦腰折断?你根本没有时间去想,万分侥幸地死里逃生的文师傅,已经把目光迅疾地瞄向了五百米远的另一座山头上,那是罗海文、罗长明、周景华三人小组负责除冰的43号铁塔,五百米,一华里,这么远的距离,在风雪弥漫中,用肉眼能看清楚吗?文师傅后来说,他看清楚了,就在他们的44号铁塔折断的时刻,43号铁塔也几乎同时折断。文师傅一边打电话向指挥部求援,一边赶紧招呼身边死里逃生的几个师傅,救人,赶快过去救人!

他们向43号铁塔奔去。他们都不知道自己跑得有多快。五百米,就五百米,他们跑了四十多分钟后,终于在丛林中爬到43号铁塔旁。爬!不是跑,是爬。在那种齐膝深的雪地里,你根本不可能跑,你感觉你在跑,拼命跑,在心里跑。但事实上你只是在拼命地爬着,挣扎着。

现场之一。他们终于爬到了第一个坠落的人身边。没有人看清楚他们是怎么坠落的,看见的是,当时周景华仰面倒在雪地里,安全帽还紧扣在头上,被铁塔割断的保险带松散地系在腰间。老周!老周!他们呼唤着他。但周景华脸色惨白,白得像个死人。事实上,在坠落下的那一刻,他就死了,他已经永远听不见他们的呼唤了。后来,在他被抬走之后,人们更清楚地看见了一个生命落下来在深深的积雪上砸出的一个坑,还保持着一个生命完整的形状。谁也不知道他是什么时候离我们而去的。在某一个不为人知的时刻,他完成了生命最后的挣扎。

现场之二。那座四十多米的铁塔从四分之三处断裂,折断的塔体无力地斜挂在残塔上,像一只折断了翅膀的老鹰。这是一个不能改变的事实。它以这样的姿势清晰地记录了事情在那一刹那发生的过程。你一下就知道三个人是怎么坠落下来的了。不知是折断的铁塔,还是摔下来的人,把四周的一大片粗壮的松树全部压断了,但你还可以看见大拇指粗的电缆仅残有一点儿尾线扭曲地连接在电塔固定螺帽上,电缆线已滑到山下去了。触目惊心的是地上仍散落着四顶安全帽、一只鞋、一根敲冰木棍和一个黑色的工具包。在他们四周被鲜血染红了的冰雪仿佛散落一地的血色玛瑙。我还从未见过血会变得如此晶莹,透亮……

——这个画面后来被反复回放。

一位电工师傅指着塔尖断裂位置说,那些缺口,就是电缆线割断的。自从冰冻后,电缆的重量是以前的三倍,电塔无法承受,就这么被电缆硬生生地拽下扯倒。他说,这种情况还是他干电工十年来头一次遇到,啊,头一次……但愿没有第二次。

现场之三。除周景华躺在冰地上外,罗海文、罗长明还被高高地吊在断裂的电缆瓷瓶上。没等谁吩咐,这十来个救援的同事便迅速分成两组,一组爬上铁塔去救罗海文和罗长明。那铁塔,倾斜的、折断的铁塔,随时都有可能再次折断或彻底倒塌,但没人想过这有多危险,也压根没去想。只有一个念头,救人!还有一组,在冰雪中砍伐树枝,做担架。应该说,他们的抢救一分钟也没耽搁,但他们注定拽不回这两位战友的生命了。

几位同事花了一个多小时,才用绳子将奄奄一息的罗海文从塔上吊到地面,他们怕伤着了已经伤势惨重的罗海文。罗海文被救下来时已一身冰凉……冷……好冷……他当时还有意识,他不停地说冷,他喉咙里发出微弱的呻吟。快,烧火!他们很快就搂来一抱树枝,但根本点不着火,这树枝差不多都被冻成了冰棍,敲掉一层,里面还有一层,连心都冰透了。不知是谁,突然解开了棉袄,把罗海文冻僵了的身体一下抱到了自己的胸口上,他要用自己的身体焐热战友垂危的生命。大伙也都纷纷揭开棉衣,轮流用身体给罗海文取暖。但罗海文的体温还是在迅速地下降,这是每个人用心感觉到的。罗海文的声音越来越微弱了,给我水……水……他想喝口水,但当时情况紧急,这些从各个铁塔赶来的工友,都没人带水,没来得及带水。看着周海文干渴地翕动的嘴唇,他们只好在雪地里捡了块干净点的冰让他含着。后来,我从一位医生的口中得知,每一个生命在弥留之际,都会有异常干渴的感觉。水是生命的唯一源泉,只有在有水的星球上,才可能有人类的存在。而一个弥留的生命对水的渴望,也意味着他对生命的渴望……

从罗海文的一个师兄那里证实,罗海文是一个对生命非常珍惜的人,他不想死,为了防止有什么闪失,哪怕在平时的日子,他也非常踏实细心,上塔施工时,他一定要反复确认双保险,所谓双保险,一是要挂好安全绳,二是要系好安全带。但这一次,这双重的保险也没能保住这位师弟的性命……

而我,总是能从这些工人师傅的眼神中看到那种万般无奈又无助的神情。

当时,他们眼看着战友的生命温度即将降到冰点,他们并未手忙脚乱,而是一边向指挥部求助,一边由四名队员赶紧小心翼翼地用树枝做成的担架抬起罗海文和罗长明,一步一滑地下山。那种无助的感觉也不是没人伸出援手,急救车也开到了山下,省送变电建设公司的救援队伍也迅速赶到了,还有,四周的群众纷纷赶来了,自发地加入了营救的队伍。我甚至觉得,这是2008年暴风雪中最感人的情景,有一种无形的力量,把无数彼此毫无联系的人心连心地凝聚在了一起。这些农民兄弟也许帮不上什么忙,但这么多的脚步至少可以从冰雪中踩踏出一条路来。

应该说,谁也没有给生命留下一秒钟的耽搁时间,让他们无助,让所有人无助的还是这场暴风雪,严重的冰冻阻碍加上山里地形复杂,救援车辆不可能开到山上来,而那条冰冻山路其实不长,还不到一公里,换了平时,一口气就下去了。可在这样的暴风雪里,一直到下午5点,两名伤者才被抬下山,送上急救车,立即被送往离出险地点最近的解放军163医院。抢救!抢救!然而,这两个年轻的生命终因伤势过重,永远地停止了心跳。他们的面孔被白幕一样的被单遮住了,每一个医生都低垂着头,一副心中有愧的模样,为他们最终无法救回这些血已流尽的生命。

英雄挽歌

  他们走得都十分安详,是真正的安息。他们也实在太累了。而对于他们的亲人来说,则是噩梦的开端。让我们记住母亲、父亲、妻子和孩子,他们是比这些殉难者受伤更深的受难者。

  罗海文的妻子谢志红,一听到丈夫的噩耗就昏倒了,被紧急送往医院抢救。

  他骗了我啊……罗海文的母亲一边哭一边喊,她没有想到,她这个一向诚实的儿子罗海文,这个老实疙瘩,从小就没对大人撒过谎啊,这一次竟对她撒谎了。儿啊,你不是说这次只出门三天吗?你干吗要骗娘啊?……人生最大的不幸,莫过于老年丧子。伤心过度的黄桂英老人早已哭得没有力气坐起来。她绝望地躺在床上,用被子蒙住脸,被子已经被泪水湿透了。但她还迷迷糊糊,似乎还不敢相信,她儿子海文就这样永远地走了,就再也不能回家了……

  而对罗海文的父亲,一个风烛残年的老人,你根本就不敢告诉他儿子的死讯。但老人似乎觉察到了什么,老人连声问,海文……出什么事了?……出什么事了?家人只好告诉他,海文出了点事,摔断了手……

  在太平间里,石爱英深情地抚摸着丈夫周景华的脸。这是个无比坚强的女人,她一直没哭,她好像要将内心里更深的东西以这样的方式传递给身体早已冰冷的丈夫。她的双手在颤抖。她的抚摸,让她感到丈夫的身体在动,还在动。她在心里轻声呼唤,景华,起来吧,别睡了,我们一起回家了……

  但每一个人都听见了,她没哭,她身后的人,都在抽泣,在流泪。

  后来我听说,周景华这次出事,并不是他的第一次坠落。在这次出事的几年前,他就从电线杆上摔下来过一次,摔成了重伤。家人都劝他别干这一行了,但他伤愈之后,还是继续干,一直干。为了不让家里人担心,每次,问他在哪做事时,他总是说,干我们这行的,还不是经常在荒郊野外里跑,哪有个固定场所。

女人说,老周每次出门都会跟她打声招呼,可这次他走得实在太匆忙,连个告别的话也没有说,就这么走了。两口子结婚十年了,那时穷,穷得拍不起一张结婚照,他们原本是打算过了年就去补拍一张的,可现在,他就这么走了……她还记得,那天一大早,老周着急忙慌地要走,着急忙慌地从内衣口袋里掏出两百块钱,让她打点年货。她问他还有钱用吗,他说身上还有一百多块钱,出来做工赚钱,够了。是够了啊!女人终于忍不住悲恸,一下哭出声来。她仿佛要以最激烈的方式,倾吐她一生的悲伤与无尽的遗憾。而这时,他们两岁的小女儿萱萱,她红润的小脸蛋上,还有父亲吻别时,热烈的滚烫的暖意。许多事情,就像刚刚过去的事情,那个父亲,他没想到自己是去赴死。他根本就没想过。而对于这个每天晚上都要抱着爸爸睡的小萱萱,这时只是睁着两只纯净的天真无邪的眼睛,静静地注视着这一切。她还根本不可能知道,这个家里发生了天塌地陷的事情。在爸爸离开的这几天里,她总是睡不习惯。乖乖,用不了多久,爸爸就回家了,爸爸要买好多好多糖,我们一家四口就可以好好过个年了。这是妈妈哄她的话,她当然不知道这是妈妈在哄她。而一旦她知道这是妈妈在哄她,她可能已经是个挺懂事的小丫头了,而她对父亲的印象将是一片空白。人类最早的记忆,是从三岁开始。她还只有两岁。

对于未来的萱萱,父亲可能是伴随她一生的一个传说。

在太平间,还有个美丽而悲伤的哑女。这是罗长明的妻子。她看着丈夫的尸体,一下子就瘫倒在地上。1月26日,是罗长明三十二岁的生日。在出事之前的几个小时,他没忘用刚买的手机给涟源老丈人家里打个电话。妻子是听不见他的电话的,但他可以通过亲人的手势来传递对妻子的思念。接电话的是岳母娘。岳母娘问他,现在哪里?冷不冷啊?为了不让家人担心,他撒谎说,这几天没有做事,一直在坐车。他一直在撒谎,而她一直在梦中。而现在,梦醒了。

他其实是在瞒我们啊!——他可怜的岳母娘悲愤地哭喊着。

是的,他们都在瞒着自己的亲人,因为他们早就知道他们处境的危险。

然而,这是处境,也是岗位。骨子里,他们都是很普通很平凡的人,他们从未有过超越自身的想法,但他们最终都以超越自身的方式完成了自己。

我说过,我不想轻易使用"英雄"这个词。死亡,是偶然的;成为英雄,是偶然的。而一如既往地投入自己的工作,以诚实的、敬业的精神去履行自己的职责,才是必然的。他们只是邂逅了甚至是遭遇了超越他们生命的命运。如果没有这样的坠落,他们还会继续爬到四十多米高的天空,站到那铁塔顶上,这是他们的岗位,与别的一切其实无关。也许,如果换一种方式,这三个人每个人短暂的一生都可以写一部真实的传记,而他们一直扮演的也不是主角,而是原型。

湖南省会,在冰雪中迷迷糊糊醒来的长沙,一个让人情不自禁的城市。尽管天空中飘着大团大团的雪花,但所有的马路两边,依然挤满了围观的人群。记住这个日子,1月30日,三个烈士要走了,有多少人来为他们送行?你无法统计。你看见灵车缓慢驶过的道路两边,站满了人。——看到那抱着孩子的新寡的女人,凝视着他们幽暗的背景上挂着的遗照的,此时周围的人和时间正一如既往地往前飞奔,而他们的生命却永远凝固在那不幸的时刻。那种痛失至亲至爱生离死别之情,那种内心淌血和生命破碎的感觉,人同此心,心同此理啊!

而在不久前——我听一位在省委大院工作的公务员说,当时长沙城里还到处都是积雪,如果不是各单位和社区发动,这雪根本就没人清扫。此时,你看见路上这些狼藉的积雪仿佛在一夜之间就被清扫掉了,这一夜之间有多少人自发地上街扫雪,这一路上有多少人是自发地赶来的,你无法统计。而在送行的车队里,还有很多的士、私家车,它们从不同的路上开来,然后,调头,转身,以潜移默化的方式和一个共同的方向,默默地加入了这缓慢前行的队伍……

对于一座城市,无数人,这是一次没有任何号召的沉默响应,是一次悲壮的转身。而在他们的背后,还有无数电力工人的身影,继续向暴风雪中那一座座高耸的铁塔爬去……

牺牲,甚至成了一种最大的可能

爸爸,你不会牺牲吧? 一个幼小的女儿这样问他的父亲。

回想起这句话那天从女儿的嘴里说出来,那么轻柔,他却感到心口被猛地撞了一下。

他,株洲电业局线路所副主任王密。1月28日傍晚,下着大雪。他正患着重感冒,高烧,头晕。他突然接到220千伏郦叶线避雷线断线的告急电话,他的脑子一下就清醒了,这条线连接湘东和湘南电力的输电网,必须用最快的速度抢通。就在他拔腿迈出门槛时,女儿突然问了他这样一句话,他愣住了,看着女儿,发呆。那样小的一个丫头,脸上竟挂着两串晶莹的泪珠。他有点迈不出这一道门槛了。但最终,一咬牙,他还是带着十三个弟兄一阵风似的扑入了茫茫黑夜。整整一天一夜的抢修,线路终于抢通了,女儿湿漉漉的小脸蛋又浮现在眼前。他好想立马奔回家里,给女儿一个惊喜,看看,爸爸回来了,爸爸没有牺牲,爸爸是活着回来的。然而,他还来不及回家安抚幼小的女儿,又马不停蹄地赶往下一个抢修现场……

在2008年的暴风雪中,有多少个这样的王师傅,他们在春节之前,从山东、河南、山西、湖北、从全国各地、从四面八方赶来,这上万名电力职工,自带抢修器材和设备,纷纷赶来支援湖南重灾区,又迅速分赴长沙、湘潭、株洲、衡阳……在他们的身后有多少亲人,脸上挂着泪,默默地祈祷着,也牵挂着这些远行的亲人……你不会牺牲吧?也许没人敢说出口,而在无数亲人的心里,这又何尝不是他们最大的担心。

随便选一个现场,都有无处不在的危险——

贵州,凯里,一座山岗上,山顶上光秃秃的,但山坡上还有几棵毛竹。这个位置正处在一个风口上,狂风猛烈地刮着,只听竹节爆裂的声音毕剥作响。从灰暗的天边一直延伸而来的电线,上面的冰雪不时被风吹下来,打在他们的头盔上,反弹,迸裂,四下飞溅。这没什么。还有更多的冰块,惊天动地地砸在他们的身旁,一下就在雪地上砸出一个深坑。你从来没感觉危险离你这样近,却没一个人躲闪。仿佛早已习惯了,它真要砸着你,想躲也躲不掉。就在这样的危险中,他们日夜抢修着线路。或许只有李明华这样的电工才能感觉到,一条电线断了,就会将一座城市和一大片人与世界隔绝开。抢修,把每一条断线重新接上,是每一个电工坚守的信念。天快黑时,李明华收到新婚妻子的一条短信:我做了好吃的,晚上能回来吃饭吗?你已经连续工作了几天,累不累?汉子看着,新婚妻子的大眼睛在风雪中浮现在他眼前。一个看上去像铁打的汉子,脸色还是阴沉冷硬的,但眼眶慢慢湿润了。1月19日是他结婚的日子,但第二天清晨他就撇下新婚妻子奔赴抗冰抢险第一线。对他来说,这新婚蜜月就是在冰天雪地中和电线杆、电线一起度过的。想到刚一结婚就丢下妻子一个人在家,哪怕是铁石心肠的汉子心里也会有种深深的歉疚感。

他用冻僵的手指哆哆嗦嗦发出一条短信,回不来了,你自己先吃吧,我正在抢修呢……

匆匆发出短信后,他的注意力又高度集中,更加专心致志地忙着开始处理被覆冰压落在地的架空地线了。他必须忘记新婚的妻子,忘记家,甚至忘记自己。他的手里,脑子里,只有电线,冰雪,故障……天色渐暗,山里的能见度也越来越低。撒线、放线、拉线……杆上杆下还一片繁忙。为了提高抢修进度,他和工友还要借着应急探照灯的一点光亮,继续抢修,除冰,那是怎样的坚冰啊,你用喷灯灼烧冰块,上面的一层烧化了,下面的很快又结了冰。

你一定要安全回来,我等你!

这是一条一直保存在李明华手机上的短信。

这条短信每天他都要翻出来看几次,他甚至觉得这不是一条短信,而是一个信念,活着,这是亲人的信念。他感觉他现在就是为了这条短信而活着,靠这条短信支撑着,保佑着。危险是随时都会发生的。一次,在他奔赴另一个抢修现场时,车子突然滑向了一道冰凌的悬崖,唰——急刹车,车轮发出惊讶又恐惧的尖叫声,那一刻,他感觉命悬一线,但也感到出奇的冷静。在倾斜的车斗里,他给妻子回了一条短信:我还活着!

这一次,他的手指没有哆嗦。

看到短信,妻子哭了。

还有多少像这样的人和事,多少我不忍割舍的细节,我只能这样,从广博的生活中打捞出一些相同的或不同的片断来组合成一个主题。在此,我以复写的方式列出一篇篇我所知道的但还很不完整的冰雪日志——

1月26日,就在三位烈士坠落的同一天,贵州省沿河县供电局泉坝管理站,一位叫陈斌的农电工在抗冰救灾第一线连续奋战了十三天后,为了抢救一个被电线杆砸倒的老人,倒在了他三十九岁的生命尽头。

1月27日,广东省韶关始兴供电局职工刘焕松在抗冰复电工作中,电线杆突然折断,老刘随着折断的水泥电线杆摔在坚硬的雪堆上,以身殉职。

1月28日,湖南衡阳市工商银行水电临时工杨如告在义务清除人行道旁树上的冰雪时,不幸摔落地面,因伤势过重,不治身亡;而在同一天,湖南郴州嘉禾县供电公司职工肖建华在抢修供电线路时,也是由于电线杆断裂,从十多米高的杆上摔下,永远地闭上了眼睛;这天,还有四川省筠连县双腾供电所职工彭显松在风雪中抢修电路时,由于布满了冰雪的电线杆异常冰冷湿滑,左手冻僵的他从电杆上滑下,头部重重地撞在变压器台两米多高的红砖堆上,等到医生赶到时,他已停止了呼吸;在这个被死亡气息笼罩的日子,还有在抗冰保电一线连续奋战了十六个昼夜的郴州电业局线路管理所检修二班副班长曹响林,在为郴州主网110千伏塘高线架空地线执行恢复供电作业时,因劳累过度引发心肌梗死,倒在了二十多米高的铁塔上。

1月31日,湖北省利川市电力开发公司十名抢险队员紧急赶到拆塔施工现场,林泽艳、任佑兴等三人登塔作业除冰,铁塔拉线螺栓突然意外断裂脱落,三名抢险队员随铁塔倒地。林泽艳、任佑兴两人因伤势过重,不幸献出了年轻的生命;同日,广东省清远阳山供电局附城供电所的黄伟明在吊装电线杆时,吊车突然侧翻,压向地面堆放的1万伏线路铁塔架,黄伟明被压在驾驶室与铁塔之间,因公殉职。

2月6日,广西送变电建设公司一分公司职工蒙笑,在超负荷工作十多天后因劳累过度,在大年初一凌晨,无数人都在守岁的时间,刚刚四十出头的他心脏骤停。而在他离去的前夕,110千伏挡道线终于抢修贯通,桂北三县黑暗的除夕之夜刚刚被万千灯火照亮。

还有,辰溪县电力公司外线工人孙春华,在登杆高空作业排除故障过程中,脚部被电线杆打伤,重伤;怀化市电力公司副经理李小兵,在抢修线路过程中手部骨折,摔伤;郴电国际宜章分公司职工蒋卫国,在抗冰抢险过程中脊椎断裂,重伤;该公司另一位职工陈路石,在抗冰抢险过程中四肢粉碎性骨折。

还有……我的手已软得再也写不成一个句子……

这一篇篇悲壮的日志,记载着随时都有可能牺牲。

牺牲,成了一种最大的可能,也成了亲人们最担心的事情。

很多人都把他们当作英雄。尽管我们这个时代急需这种英雄主义色彩,但我对这个词的使用,还是非常小心,谨慎。我觉得,我们这个时代最基本的社会框架,应该是被另一种更普遍的力量所支撑的。

深深地吸了一口气,脖子硬得有些发酸。

我在此仰望。我只是陌生而且遥远地注视着他们。——他们是天空的主人。

然后,我感到了很真实的震撼。

附记:是的,你已经知道,这与我内心的感觉无关,它原本就是现实中很真实的震撼。2008年5月12日14时28分40秒,四川汶川县发生8.0级大地震。它的余震波及了整个湖南,我有明显的震感。但那时我还不知道这是地震,更不知道它的准确时间和强度。我以为是那三位烈士在想象中坠落时给我带来的冲击。当天晚上,我收到了西部散文家杨献平发来的短信,作家李西闽在这场地震中被困,要我在网上发帖呼吁予以营救。而我手边没有电脑,我迅速将这一短信转发给几位在网络上非常活跃的文友,然后,在天涯等著名网站,便有了这样的帖子:作家李西闽被困彭州龙门山镇九峰村一组鑫海山庄,具体位置:距彭州市区55公里,距银厂沟山门2公里。作家陈启文恭请各位网上发帖呼吁,施予援助!

这是我在采访途中的一个插曲,它也许与我这次的采访和记录无关,但它再次有力地拉近了我与灾难和生命之间的真实距离。

第八章　雪白的丰碑

生命的极限

数天来,我一直在一条曾经过分残忍的黑暗的道路上奔走。每当我走在一条道上,或面对一个人,就会想到一些别的道路,别的面孔。我没有刻意去寻找那些在危难之中挺身而出的好汉,我一直在捕捉我们这个社会很小的但足以让我们感到惊喜的进步,不管他们是谁,只看他们做了什么。

漫长的冬夜,风雪苍茫。纷纷扬扬的大雪或天地一色的昏昧笼罩了一切。在没有车辆驶过的寂静的夜晚,一切仿佛都已交给了死神,在这样的夜晚你会感到莫名的害怕。黑暗中,只有交警涂着荧光条纹的马甲在黑暗中闪烁着。那白色的身形似乎是被冰雪勾勒出来的,有如闪闪发光的冰雕。在夜色中,你看见一个雪人,一个冰雕,如果不仔细看,你还真以为是个雪人,是个冰雕。但你分明看见,他正眼睛很亮地看着你。

这是一个司机后来跟我说的。他是无数司机中的一个。而他看见的,也是无数雪人或冰雕中的一个。这些站在路边的雪人或冰雕,从京珠高速,到107国道,每隔不远就有一个。他们就像一座座雪白的丰碑——我觉得这样更准确,以超越生命极限的坚忍,咬着牙,在那些寒风刺骨的冰雪之夜,伫立为一座座雪白的丰碑。

那是怎样的寒冷啊,你看见那些像冰雕一样冻死在电线上、树杈上的小鸟,你就知道,什么叫冷。而南方的寒冷,我已多次描述过,尤其是湖湘一带的那种严寒,那是比北方那种零下三十度的干冷更难以忍受的。那种冷就像冻雨,一粘到身上,就会朝骨子里渗透。寒彻到骨头缝里。而你看见的这些人,他们必须伫立在这里,守望着缓慢行驶的车辆。半个小时,一个小时,雪就把他们裹住了,慢慢地,整个身体都包裹在冰雪里。哪怕在他们走动甚至是奔跑时,这一身的冰雪都不会抖落,就像穿着一身冰凌的铠甲,发出咔咔的响声。而他们的眼睛是雪亮的,很远很远,你突然看见了那逼人的闪射出一片冰凉的光芒。

一个人能在这样的冰天雪地连续坚持多久?一个叫江小平的交警验证过的,他创造的极限值是七十多个小时。时间是1月22日凌晨至25日早上8时,地点在322国道。而证据,是他的手脚全部被冻伤,最终因体力不支,昏倒在雪地里。但他没死,被抢救过来了。他不能死,否则这个极限就不是极限了,而一切生命的极限都是在生死之间完成的。半个多月来,这位衡南县交警大队谭子山中队的中队长,一直站在一个风口上,但凡在道路转弯的地方,一般都是最容易出险情的地方,也差不多都是风穿过的地方。而在以前,我都不知道坐过多少车,走过多少路,但我对道路一无所知。对于一个旅人来说,你关心的永远都是路况、速度、时间、目的地。你不会去管在这一条条路上,还有多少站在风口上的守望者。

可惜,我错过了一次好机会,我的采访路线,有一段路是从衡阳到祁阳,途经衡南和祁东两座县城。但在衡南我没下车,这是我后来很后悔的一件事。

一个交警,为什么在连续执勤七十多个小时后还下不了路?

带着这样的疑问,我给谭子山交警中队打过电话,但没联系上一个交警。接电话的是一个炊事员,他说,全都上路了,哪有人留在家里啊,他马上也要上路呢。——交警太少了,警力严重不足,这是我在采访中随时都会听到的苦衷,他们冲我倒苦水,埋怨,当然不是埋怨我。他们说,平常日子人手都不够,还要在财政拨款之外请协警员,而财政不拨款,就意味要自己解决,自己怎么解决,罚款。这是很危险的事情,它直接威胁到了制度的安全。而社会对交警部门长期存在的敌意,无疑也与这种弊端有关。而制度上的漏洞,只能靠制度本身去弥补,但这么多年来,却一直未能得到根本性解决。

掏句心窝子里的话,我更多感受到的不是悲壮,而是悲怆。想想,在这场暴风雪中,有多少人都是超过了生命极限的非正常死亡?他们有的就是活活累死的。这种非正常的死亡,意味着我们这个社会还有太多的东西处于非正常的状态……

检点带血的足迹是必要的。但到了最危急的时刻,这一切又都必须抛到脑后。你不可能再想别的,你只能上。真的,我有这样一个感受,在我们这个国度,成为英雄的概率要远胜于别的国家。成为英雄的艰辛也要远胜于别的国家。回到江小平身上,那天,我经过了他昏倒的路段,那个风口。想象一个年轻的灼热的躯体,就在这里坚守了七十多个小时,一身警服慢慢被大雪落白,一身骨骼慢慢被冰凌冻僵,那渐渐冷却的身体,开始在黑暗中发出神秘的白色光辉,而要让血管里的血一直不被冰冻,这需要多么巨大的热情,而且必须长时间地保持一种恒定的状态。没人知道,他一个人是怎么挺过来的。你不能以平常心视之,你只能以一个英雄超常的毅力去理解他。

这是我们对英雄人物试图去理解的唯一方式。

在同一辆车上,有从衡南上车的旅客,我问他们知不知道有一个叫江小平的交警,知不知道他昏倒在哪儿?这种即兴式采访是我惯用的伎俩。它比那些有关部门交给我的那些材料更真实,而且是一种原生态的真实。我看见他们在摇头,连开车的司机也摇头。我就坐在司机的背后。他是一直在这条路上跑的,但他不知道有个叫江小平的交警在雪地里执勤时昏倒了。他说,哎呀,那时候,那时候还不都这样,好多呢!他浓重的衡南方言不太好懂,但我听明白了,他是说,那时好多交警都昏倒过,一个交警站在路边,你看见他直挺挺地站着,眨眼间,你看见他头一栽,就栽倒在雪地里了。

有当即摔昏过去的,也有摔伤的,伤筋动骨,粉碎性骨折,胯骨摔裂。有的会流血,有时候根本看不见血,甚至看不见伤口在哪里。

谁又不是这样啊!

说到江小平,许多人都说,谁不是这样啊!

陈锋,湖南省交警总队高速支队的交警,他和江小平一样,也是1月12日上路执勤的,十多天时间里,一直连轴转,每天只睡三四个小时,而在道路结冰发出最高级别的红色预警之后,就根本无法再用小时来计算睡眠时间了。只能说,有空了,眯下眼,哪怕眯着,也处在高度警觉的状态。除了执勤,还要随时排除险情,还要救助被困群众。有些事情说起来真的很残忍,一些被堵在路上的司机最初把矛头都是指向交警的,盲目的惊慌使他们情绪失控是很普遍的现象,而越是在这样的情景下,交警越是要把自己的形象保持到最后。这个最后,有时候就是昏倒,甚至在昏倒后还有人踢你一脚。

不知道陈锋被人踢过没有,哪怕踢过,他也不会说。后来,我听说,他一个人在几天内就救助了五百多名被困群众,而这么多的群众作出什么样的反应都有可能。但无论你遭遇到了怎样的委屈,你都应该看到,你的恪守最终会得到群众的理解,被困的群众越多,他们就该知道那路上的情况越来越糟糕,也就慢慢会有一种理解的方式。

陈锋创造的生命极限甚至超过了江小平,他是在连续执勤十多天后突然昏倒在执勤现场的。那是一个富有表情的姿势——后来有人告诉我,他看见陈锋刚打出一个手势,那是一个标准的交警手势,然后就倒下了。他不知道他是昏倒了,陈锋自己也不知道,他遽然感觉到一阵剧痛猛地推了他一下,只一下,就特别舒服了。

他知道自己昏倒了是在医院里,病房里。

而所谓突然,永远都只是我们这些旁观者的感觉。天气如此寒冷,在暴风雪中如此连续作战,昏倒其实是非常正常的,不昏倒才是不正常的。而昏倒的感觉,对于他们,竟是一种特别舒服的感觉。陈锋被确诊为左肩胛骨骨折,他终于得到了休息的机会,但简单地处理了一下伤,看不见伤口的伤,他又上路了。真的,他不是想逞英雄,走了一个人,就缺了一个口,警力严重不足,连个顶替的人都没有。他后来说,谁又不是这样啊?! 又是两天的坚守,他再次疼昏在执勤现场,又一次被送进了医院。但这次,医生开始骂人了,你还要不要命? 你这样的人,再送来,我们可就不收了! 他很老实,老实地躺下了,脸伏在枕头上,假装睡着了,可等医生一转身,他一下从病床上爬起来,赶快溜出医院,上路了。他那狼狈的样子就像个逃兵,为的却是逃向战场。那感觉,真的就跟上前线似的。他急忙穿上的警服里,还套着没来得及脱下的条纹病号服。那种伤筋动骨的痛,疼得实在受不了。不过,倒也有一个好处,那就是可以分散刺骨的冷冽。感觉没那样冷了。

诚实地说,我对交警,以及所有处于强势状态的执法者都有一种敬而远之的本能。不一定是反感,但当他们在执法的过程中与老百姓发生冲突时,我几乎是下意识地站在老百姓一边的。是的,这是一种本能。作为自由写作者,我的第一价值取向是民意。而说到民意,又原本是很随意性、情绪性的,甚至是很本能的一种东西,感性往往大于理性,三人成众,民意不一定就是对的,但现代社会尤其是执政者应该对此有比较大的宽容度,哪怕讲错话也好,骂也好,你纵不能接受,但一定能够谅解。风灾、冰灾、雪灾来了,很多人都会找个出气筒,这个角色有时候也只能由公务员来扮演,尤其是由最直接面对的交警来扮演。在多元社会里,很少有人能够做到众望所归,一个人做任何一件事情,一定有人赞扬,也一定有人会骂,天下间大抵如此。有人说,除非所有人都不交税,国家还给你发钱,那肯定是众望所归,大家都举手,但那根本不可能,那也不是民意,是大白天做梦。具体到交警,在我走近他们后我才发现,这是一个最艰难的也最不好扮演的角色,他第一个要面对的是司机,而那些司机对交警的敌意几乎也是本能的。他们把交警当作是黑猫警长,拿自己当耗子。——这个比喻不太恰当,但又很形象。交警和司机,在很多人眼里就是黑猫和耗子的关系,那种敌意似乎与生物链有关。

一个被堵在耒阳的司机后来告诉我,他看见一个交警过来了,他的第一个反应就是要罚款。他刚刚还打开门探头看着路况呢,交警一来,啪地就把车门关紧了。这其实只是人类本能而徒劳的反应,你关上门了,人家还不是照样可以罚你的款。没有交警敲不开的门,只要他想敲。果然,他关紧的门,被敲开了,你不敢不开。门一开,他突然感到周身热得像烧起了一盆炭火。这不是感觉,交警真的给他抱来了一盆炭火。他想说一声谢谢,可他的嘴唇在发抖。——这是在京珠高速耒阳段发生的真实一幕。一幕,又一幕。这里的交警和路政部门,给被堵的车辆和司乘人员都准备了炭火。其实不只是这里,还有岳阳、株洲、湘潭、衡阳、永州……

很多事,你一开始甚至都弄不明白它是真的还是幻梦。但冰天雪地里那种火热的感觉是真实的。我后来想,在这些抱着炭火走过来的人中,是否有一个叫徐运辉的人呢?他不是正式交警,而是耒阳交警大队的一个协警员,1月22日,他在耒阳双洲大桥勘查救灾事故现场时,被一辆因冰冻刹车不及的大客车一下撞到了桥下,不幸身亡。

1月23日,年过半百的合肥市交警支队高速二大队民警张新民驾驶警车沿合徐高速公路雪中巡逻时,与因故障未按规定停靠的一辆货车相撞,不幸因公殉职。

1月28日,江西温沙高速公路临川段多处10万伏高压线快被冰雪压断,造成道路受阻,对过往司机和旅客生命安全造成严重威胁,温沙高速公路管理处路政员郭燚在火速赶往现场抢险途中,发生车祸不幸牺牲,一个年轻的才刚二十出头的棒小伙子。而在此之前,他已经在高速公路抗灾抢险工作中连续工作了十五个日日夜夜。

2月2日,陕西省延安市公安交警支队高速公路大队民警孔晓岩在包茂高速公路处理完交通事故准备撤离时,被一辆超速行驶、冲进事故处理现场的小轿车撞成重伤,经抢救无效,不幸殉职,年仅三十三岁……

这些人,都可能是在那场暴风雪中给你抱来了炭火的人,又都是倒在了抗冰抢险救灾第一线的人,死因是交通事故。也许,就在他们抱着炭火向你走来时,他们就已成了交通事故中最危险的受害者。你可能很快就会忘记他们,你甚至一直到现在也不知道他们曾经以生命的方式存在,这并不重要,重要的是,一盆炭火,一杯热水,一碗面条,几粒很小的药丸,就已经让你悄无声息地,连你自己都毫无感觉地,对他们,有了另一种印象,另一种感觉。

而对于像我这样的一个写作者来说,你随便从这些人中挑一个,照直写下来,就比我们曾经写过的自鸣得意的许多所谓现实主义文学作品要真实得多,它们太容易落入一个短暂的、浅表的、单一的结论里面,它们的精神是多么的狭小。我的采访和追踪,正在让我不知不觉地走出所谓的现实,开始进入存在。昆德拉说,存在不是既成的东西,它是人类可能性的领域,是人可能成为的一切,是人可能做的一切。你通过发现这种或那种人类的可能性,才能描绘出存在的图形(大意)。

——是这样的,我追踪的其实就是这种人类的可能性。

一个人的存在

走进一个人家里,他已经不存在。但你第一眼就在墙上看见他眼里闪烁出的光芒。你看见的是墙上的一幅遗像,一个很普通的警察,穿一身警服。然后,你可能会感到有些奇怪,一个人干到年过半百,还是一个很普通的警察,大头兵;一个人到死的时候,还穿着一身警服,你立刻就知道这个人是干了一辈子警察。

而在你疑惑的背后,可能就隐藏着一个人的存在方式。

这个人叫廖国兴,老廖,廖叔,很多人都这样叫他。

老廖干警察之前是一名乡镇干部,从20世纪90年代初,他从最偏远的乡下派出所干起,一干就是十七个年头,你要问他干了些什么,没人说得上来,所谓平凡,甚至平庸,就是这样的,你看见他每天忙忙碌碌的,你都不知道他干了些什么。也许,这就是他存在的方式。他存在着,活着,忙碌着,笑呵呵的,永远都笑呵呵的。谁都说他是个好人,你看着他你心里高兴,跟他一样乐呵呵的,你心里有啥话就想跟他唠。其实也没什么事,就是拉拉家常。没事就好,老廖最担心的就是有事。派出所里的同事叫他廖叔,田里的黑脚杆子也叫他廖叔,有的一家老少,爹叫他廖叔,儿子也叫他廖叔,连刚会张嘴说话的孙子也叫他廖叔。廖叔,这也是一种存在,他属于所有的人。

他干了多少年的那个下堡派出所,统共才五个人,所长不是他,教导员不是他,他是个啥,算是个镇所之宝,因为他干的年头最长。他干了些啥呢,你必须努力想,你干了这么多警察,总该破了几个案抓了几个贼吧,但你还真的想不出他破了什么案子,倒是有很多婆婆妈妈的鸡毛蒜皮的事情都是他来办的,当了多年乡镇干部,在这方面他还真有些道道,大事化小,小事化了,你反而就没啥案子可破了。有这么个乡警,每天干着些芝麻绿豆大的小事情,一方就平安吉祥了。有人还真管他叫吉祥鸟。什么话呢?老廖听了挺不高兴,咱老廖可不是老鸟,发音可得准确。嘿嘿,自己倒先乐了。

这么个乐呵呵的老廖,却忽然就死了,刚过五十岁生日呢。老廖死时已干交警了,这原本是局里照顾他,看他在乡下派出所干了这么些年,岁数也大了,把他调到了交警大队机动巡逻中队。局里当时还考虑给他个什么职务,他却笑了,哎哟,我都多大岁数了啊,这个机会还是给年轻人吧!

老廖干了交警,一下变成了个铁人。

听中队里一位脸上还长着粉刺的年轻交警说,只要上路执勤,不管时间多长,他都像标杆一样站得笔直挺拔。这一天站下来,年轻人都感到腰好疼好疼,可老廖嘿嘿笑,交警嘛,总得有个交警的样子。至于谁敢违章,那也是该怎样处罚就怎样处罚。怪了,每个司机被处罚了,也都跟老廖一样乐呵呵的,好像不是要缴罚款,而是老廖给他发了一笔奖金。你还别说,这就是老廖的人格魅力,老廖不但说话幽默风趣,还能跟你掏心窝子,把话往你的心坎上说。而在同事眼里,这中队里年纪最大的廖叔几乎替队里所有的同事都顶过班,不管什么时候,你请他替你顶一下,你甚至根本用不着开口,老廖就明白了,就乐呵呵地给你去顶上了。

走进巡逻中队办公室,第一眼就看见墙上挂着的执勤表上,廖国兴,这三个字还醒目地写在哪里,还没来得及抹掉,也没来得及套上黑框。你感觉他还没死,还是这个中队的一个干警。那上面清楚地显示,这个月他共出勤二十八天。而对于劳动强度很大的交警部门来说,这已是非常高的出勤率了。从1月23日,全国春运刚一启动,他们就上了国道205线和梅河高速公路,执行保障春运任务。天寒地冻,年过半百的廖国兴没有请过半天假,还常常下班后又顶替家中有急事的同事上班。这样一天天地站下来,老廖好像真的成了个铁人了。他这么大岁数,眼睛还挺尖,2月11日,他在梅河高速兴宁西出口执勤,一辆核载六人的轻型厢式货运汽车里面竟然人货混载达到十六人,而且一路过来也没人看见,车上的人一见交警就缩下去。但老廖一下就看见了,他其实根本就不看车上装了多少人,只看轮胎,他就知道

第八章 雪白的丰碑 | 171

这是一辆严重超载严重违章的车。这次他没笑,他把车拦住,对车上乘客实施转运,对这辆严重违章的车辆依法查扣,对司机作出严厉的扣分和罚款的处罚。这是他最严厉的一次,连同司机一起十七条人命啊,这是开不得玩笑的!

还有这样一个细节,我后来听一位司机说起的——老廖骂人了。那天,堵车了,堵得这位司机有些心烦。他下意识地把手伸到口袋里摸出一支烟。

啪!他刚摸出一支烟就被打掉了。

混蛋!你不想活了!一只手几乎扇在他脸上。

他一看,老天,紧挨着他的地方就停着一台油罐车。

这都是非常生动的细节,胜过了所有的虚构。一个老警察就是这样一刻也不敢放松地守护着甚至是注视着每一个生命。这样的高度紧张和神经紧绷,我们依然看见他站在寒风中,像标杆一样站得笔直挺拔。风雪考验着人类的极限。

又一个阴沉沉的日子,2月17日,老廖这天一直坚守到凌晨才下班,到下午1点,队里一位同事有急事,他又顶上来了,这样连续执勤十一个小时之后,当日深夜11点多,他站在凛冽的寒风中,人在最冷的时候,感觉身上竟在一阵一阵地出汗。当时和他一同执勤的中队长见他脸色有些不对头,劝他赶快上医院看看。他没去,一边打开执勤点的便民药箱找了点风油精涂着太阳穴,边说,没事,还有半个小时便要下班了,下班回家后睡一觉就好了……然而,这半个小时他最终没能坚持下来,他的脸色越来越苍白,然后,他的脸又蓦地涨得通红,这是非常危险的征兆。最后还是队长和几个同事强行把他送往医院,但晚了,太晚了——脑溢血,这是一提起让人骤然一惊的急症……

他死了,很多人都抹着眼泪,很多乡亲按照客家人的风俗撑起了紫底白字的条幅,他们以凭吊一个伟人的方式来呼唤这样一个很普通的没有任何官职的老警察,廖叔,我们想念你,廖叔,一路走好……

很多事,都是在他死后想起来的。这也是我重复得最多的一句话。有时候,我觉得自己是以复写的方式在写不同的人,而他们在精神上又有着那么多相似的东西。想起来了,你好像才突然发现,这个人也是做过很多大事的。那是1999年元宵节,老廖当时还在干乡警,两个村的村民因燃放烟花引发冲突,数百人手持装满汽油的酒瓶、木棒对峙着,一场大规模的械斗,一触即发。这时老廖和值勤民警赶来了,他一下站到了处于激烈对峙状态的两村村民中间,他大声喊:"我是廖叔,你们睁大眼看看,我是派出所的廖叔!"

奇了,老廖这一喊,气氛一下松弛了,当然,那种对峙的状态不会马上就解除,但老廖一来,这样的对峙就变成了一种姿态,不是老廖有什么神奇的本事,而是他们信得过老廖,他们都觉得老廖是他们的朋友,老廖会向着自己这边说话。而老廖的处理,也让你觉得他向着你这方。双方都这样觉得。你不能不认为这个人说话办事真是一种艺术,一场一触即发的大规模流血事件就这样被老廖艺术地化解了,双方都满意,双方都觉得这个老廖真他妈够哥们,喝酒,喝酒。而老廖也的确都向着他们,向着所有的人民,老百姓。所以他讨人喜欢。

喝酒,喝酒——老廖其实不喝酒。

这人格的魅力,或者说老百姓的信任从哪里来?看你给他们干了什么,看你心里有没有他们。1998年夏天,第七号强台风帕布疯狂袭击了兴宁全境,老廖在巡查时发现山坡塌方冲毁了一户民房,他马上涉水过去,冒着随时有可能再次塌方的危险冲进倒塌了一半的房子,将一个埋在泥石流下的汉子背了出来,送到医院抢救。没顾得上吃午饭,又听说光夏村公路被洪水淹没了,十多名小学生被困在那里,情况紧急,他还没来得及换下一身湿透的衣服,就赶过去,蹚过齐胸深的洪水,把十多个小学生从河那边背过来。

下堡村有个黄老汉,七十七岁了,是老土改根子。但从那时改到现在,改来改去的,老汉的穷苦却一直没能改变。老廖只要下村,就会上门来看看老汉,天冷了,廖叔送来棉衣;生病了,他背老汉上医院,给老汉垫医药费,过年过节,带些东西来,偷偷塞点钱,钱呢是老廖自己省下来的,不多,但从未间断。老廖自己的日子也不大好过。但中国的老百姓其实很容易满足,只要你真心对他好,他心里就装着你。是去年还是前年,老汉不大记得了,老廖还专门借来一辆汽车把老汉接到兴宁城里去逛了一圈。老廖一走,老汉老泪纵横,他一下跪了下来,瞪着一双空洞无神的老眼哭着喊:"廖叔,我还等着你回来接我逛兴城啊!"——他也管老廖叫廖叔。

一个人走了,有多少人的眼里突然空洞了!

还有多少个黄老汉刘老汉,都是把老廖当作亲戚的。在下堡,特困户、孤寡老人、残疾人、特困学生都是老廖的亲戚,下堡离县城远,村民们到城里办事,来回一趟就要花费差不多一天的工夫,费时费钱。所以,廖叔那辆破烂的蹦上蹦下的摩托车就成了村民们的流动办证点。驾驶证年审、办理身份证、户口本,只要送到廖叔手里就可以了,他会给你进城办好,再给你送回来。听一个村民说,有次,他接到亲戚的电话,有急事连夜赶往深圳,要办边防证。廖叔一听,二话没说,骑上摩托车,一踩油门,一溜烟,就往城里赶,还没等他吃晚饭呢,老廖又一溜烟回来了,一本刚办好了的边防证递到了他手里。这里几乎每家每户都劳烦廖叔办过事,廖叔贴钱贴物,不厌其烦,村民们都知道,廖叔骑的那辆摩托车就是派出所流动的便民服务点。老廖走了,老廖几年前挂着的警务牌还在。老廖不喝酒,戒了烟,唯一的爱好就是喝点老百姓炒的山茶。一个老汉还在喃喃自语:"廖叔呀,你怎么就走了啊,我们还盼着你到下堡来喝我们炒的山茶啊。"

走进老廖家,一个清贫简朴之家。大概是因为过年,门框上新刷了油漆,但还是掩饰不住一股寒碜的味道。房子不大,在这样简朴的家里,你找不到一件像样的家具,几件老家具已经陈旧发黄。老廖一直在边远的乡村工作,他们家也一直住在农村。更早时,女儿和儿子还很小,老廖每月都要把全部工资交给家里。在局里,他自己也是困难户,但他每个月还要挤出钱来接济下堡村的村民。好在再苦,也有了盼头,儿子也上大学了。在父亲的影响下,他从小立下了长大像父亲一样当警察的志向,他如愿以偿地考上了警官学院。可就在日子刚开始有盼头时,没想到,老廖却撒手走了。他衣柜里的衣服除了警服,几乎找不到一件像样的便装。死了,他的遗像,也还穿着警服。他是一个永远穿着警服的人。

在这充满离别气息的房间里,一个老警察的遗像前,静静地放着一束百合花,他爱人已经记不清是谁放在这里的,但她一直放到枯萎,仍然舍不得丢掉。有个什么东西探了一下小脑袋,居然是一只活泼的小老鼠。

　　有点奇怪的是,在这简朴的家里竟然找不出一张全家福。他爱人颤抖着悄声说,一家人说好了今年赏灯时要照一张的,大年十二赏灯是客家人最传统最热闹的节日,家家户户都张灯结彩,可是老廖却在这天永远离开了,这个愿望,一个庸常人间最庸常的愿望永远也无法实现了。女人一直抽泣着,脸上仿佛一夜之间长出了无数皱纹。她还不知道该怎么向老廖的老母亲交代。老人家一直跟着他们过,因为春运太忙,被送往珠海兄弟家过年,现在老人家还没回家,还不知道儿子已经先她一步就走了,她还在眼巴巴地盼着她的二儿子接她回家呢……

　　生命的全部悲哀存在于事实中,没有结论也没有终点。所以我从不提及老廖死后,或别的让我们感动的那些人物死后的哀荣,因为那从来就不是与生命有关的东西。没有一个人是为了那些东西而存在的。人的存在,永远是生命之内的存在。我用了一个其实我并不想用的词,雪白的丰碑。这不是一个比喻,它伫立在生命之内。否则你就无法理解,一个人如何超过忍耐的极限,而创造出生命的极限。

　　这不是一个人的故事,而是一个人的存在方式。

第九章　冰灾寒极

从林中之城到冰灾寒极

有一个地方是我很想绕过又无法绕过的——郴州。而人们对这一湘南重镇的印象，似乎总有某种不祥的灾难性的心理阴影，有一句老话，路到郴州止，马到郴州死，人到郴州打摆子。——我记不太全了，好像就这个意思。而这场罕见的暴风雪，似乎又印证了这种说法，路在郴州就断了，郴州不通，湖南不通，大半个中国堵塞在这里了。马是没有了，但无数的车辆被堵塞在这里，熄了火，也差不多就算死了。人到郴州打摆子，这是无数人的真实感觉，作为此次冰灾的寒极，这里是绝对温度最高的地方，那些晶莹透明的冰雪在这里转瞬间变成了真正的白色恶魔，充满了冷血的残忍。

其实郴州很美。郴，这个很少用到的汉字只在地名中使用，它独属郴州，最早见于秦篆，由林、邑二字合成，一座汪洋着无边绿色的林中之城。这是一座浑身洋溢着清新气息的美丽山城，尤其在这样一个物欲横流的时代，她还能以清新、秀丽和宁静而存在于人世间，存在于多少人的梦中，实在值得我们珍惜。

在冰灾过去数月之后，我走进了郴州。我特意爬上了苏仙岭，这里自古被誉为"天下第十八福地"，岭上有白鹿洞、升仙石、望母松等人间仙迹，而我最爱的是这里的茂林与修竹，看了这里，才知道郴州为什么是林中之城。阳光很好，眼里却凉飕飕的，一片空茫，感觉少了些什么，那是许多曾经存在而现在却已消逝的风景。眼前的景象已今非昔比，到处是被暴风雪摧折的树木,快到山巅时,一大片树木,被齐刷刷地劈掉了,就像被天地间一把巨大的无形的斧子一瞬间劈掉的。连同这些大树一起被摧折的,还有一个个铁塔。那比手指还粗的电线,要多大的力气才能拽断?那高大的输电塔,要多大的力气才能拦腰劈断?那坚韧的钢架,又要多大的力气才能被拧得像麻花一样?只有大自然,只有上天,才有这样巨大的力量。很多人都在叹息,这样一片山林,没几十年,怕是难以恢复到我以前见过的那种苍翠葱茏的模样了。

  山上山下依旧游人如织。我很随意地和这些郴州的普通老百姓交谈着。听他们说,这些倒下的树木,还有那些没倒下的但也伤痕累累、缺胳膊少腿的树木,一夜之间几乎全都变成了冰树、雪树。冰雪数十天不化,夜里,也能听见一棵棵大树被压断的声音,沉重的不堪重负的喘息声。到处都是冰雪,树上,屋檐上,倒伏的电线杆上,随处可见厚厚的冰凌,倒挂着,整个郴州城如同一座完全被冰雪占据了的水晶宫。水晶宫多么形象啊,要描述出人类置身其中的那种复杂心情,有难度。尽管在灾难过后,公园里已经多次清理,但还是可以看出那场暴风雪释放出的巨大能量。现在,苏仙岭公园在灾难最惨重的一片山岭上把一片现场保留下来了,作为2008年冰雪灾害的印象园。你不能不说这是一个非常好的创意,对于灾难,我们有时候真的太健忘了。我们非常需要保存一些原生态的灾难现场,来作为一个灾难深重的民族牢不可破的集体记忆。

  要说,对于这座城市,我是很熟悉的,甚至可以说还挺有缘分。苏仙岭、东江湖、万华岩,都是陪伴过我的人生风景。或许是因为她的美与宁静,有很多文人雅聚的笔会都特意选在这里,我曾多次来这里参加笔会和采风。中国女排训练基地也选在这里。大多数时候,我就幸运地住在她们住过的房子里。一座带回廊的看上去非常简朴的房子,却有你想要的那种舒适和心情,而烘托着它的就是幽深的树木,身居闹市恍若置身于密林,流水潺潺在茂林中回响,夜里的月光亮得可以看见你自己清晰的影子。你在这里,感觉这里的一切都有一种融入自己生命的感觉。坦白说,只要这里有什么笔会或采风活动,我都不会错过机会。这是我唯一不想缺席的城市。

也许你还没来过这里,但你可能对她并不陌生。应该说,每个由北而来的人都不会对它感到陌生,这里是湘南门户,也是粤港澳的后花园。你从北方来,从中西部地区来,想要去沿海发达地区,珠三角地区,广州,深圳,香港,澳门,东南亚,这对于你来说,都是一条最快捷的通道,京珠高速,京广铁路,还有107国道,都在这里穿境而过,过了郴州,一抬眼,就看见广东了。

而就在郴州人还普遍地陷在这种非自然的冰灾寒极中时,2008年1月13日,入冬后的第一场大雪在郴州降临。其实,它很久之前就开始在郴州的上空酝酿了。很多自然和气候现象都是令人迷惑的。为什么中国南方这场旷日持久的暴风雪的重灾区在湖南,而不是在别的省份?又为什么湖南这场暴风雪中的重灾区不是纬度相对较高的湘北的岳阳,而是湘南的郴州?

这是只有气象专家才能回答的问题。但还没有哪个气象专家能做出十分肯定的回答。而这也许就是科学的态度,人类对变幻莫测的大自然永远不可能做出百分之百的解答,哪怕是局部的问题,它也只能给你提供参考和启迪。我沿途采访过不少气象专家,从湖南省气象台到乡镇气象员,他们都显得非常谨慎,很小心地使用着自己的话语权,而且,在做出某一个回答的同时,就会提出还有另一些可能性的存在。这给我一个很深的印象:最具绝对性、排他性的思维是政治,它是那么急于说出真理;而最具有相对性的是科学,它从来不提供真理,只在多种可能性中指出某种较大的可能性,而哪怕这种较大的可能性也并不意味着就是答案,答案有时候恰好是你根本没想到的一种非常小的可能性,而无论是自然现象还是气候现象,它原本就是多种可能性的同时作用,你也永远不可能给出唯一的、绝对的答案。想想吧,两千多年前屈原的一部《天问》,有多少问题是人类现在有确切答案的?

还是先说一种较大的可能性。我请教过一位权威的气象专家,他分析说,具体到冰灾寒极的形成,你先要搞清楚一个独特的自然现象——南岭静止峰。这是气象专家多年来观察到的一个独特的气象现象,它的成因是北下的冷空气和南上的暖湿气流冬季经常在南岭北麓的郴州一带交汇,一旦双方强度势均力敌,就会形成灾难性的冰冻雨雪天气。每当南岭静止峰在郴州一带出现时,由于湘南郴州和宜章处于南岭北麓的峡谷中,东西两旁是海拔一千多米的高山,冷空气容易沉积,很难消除,会使冰灾威力加剧。今年的特大冰雪灾害,大约就是这个原因造成的。而今年的南岭静止峰现象持续时间长达二十五天,气象部门观测到的冰冻最大强度达到六十毫米,均超过了当地的气象纪录。也就是说,这是一场超极限的气象灾难,而湘南郴州一带也就成了这场暴风雪中的冰灾寒极。

  冰灾寒极!我是第一次听到这个名词,所以我想特别强调一下。

  但和别的地方一样,郴州人还没为这场大雪做好准备。他们甚至没想过,这场大雪之后还会有第二场、第三场……他们和我当时的心情一样,这场大雪拜上苍所赐,给人间带来了如此干净、纯净而美妙的一个世界。多少郴州人的脸上和眼神里开始焕发出重生般的光彩,而冰清玉洁的苏仙岭无疑成了人们踏雪寻梅的佳境,冰雪中的梅花,红宝石一样闪光。各种时髦的滑雪衫在历经数个暖冬之后终于有了穿出来的机会,很多小孩子还是第一次看见雪,用他们的小手第一次触摸到透明的冰凌。没有人感觉到寒冷,没有人想到在他们回去之后度过的这个余兴未尽的夜晚,有一场更大的暴风雪将要席卷郴州城。很多人都是在第二天早上突然发现,断电了,水管爆裂了,楼上人家的水已经淹没了楼下人家的房子,是的,这还只是刚刚开始……

  而我的采访,根本就不必谁来安排,你随便敲开郴州的一扇门,就是一个故事。很幸运,这是一个美女,她正在宽敞的客厅里转呼啦圈。这是女人们喜欢的一种游戏。为节省一些笔墨,这里把过渡省掉,从她家中遭遇洪水开始。这是她的说法,水从楼上漫下来时,她还在做梦呢,梦见天上还飘着鹅毛大雪,不知怎么就发了大水。她跟父母住一起,他们住的这个小区是刚建好的一个示范小区,他们才搬进来不久。是六楼。而现在的开发商,要么就是建高层、小高层,要么就是开发这样的七层楼,按规定,刚好可以不用装电梯。而洪水,一下居然漫到了六楼,她在洪水中挣扎,冷得浑身发抖,眼看就要被洪水淹没了,她一下子就惊醒了。不是惊醒的,是父母亲把她喊醒的,他们在水中追赶自己的拖鞋。水,老天,哪来这么多的水啊?很快,他们就冲到了楼上,楼上的门早就开了,一房子的水,从大门里顺着楼道往下流淌。他们也不知道这水是从哪来的,好像是天被穿了个窟窿,从天上直接淌下来的。这家里的男主人已经爬上了楼顶,楼顶堆满了雪。他很快就发现水是从哪里冒出来的了——楼上的太阳能热水器爆裂了,他怎么堵也堵不住。后来,他是真的扑上去了,堵上了出水口。这个人我后来也见着了,挺逗。说起这事,他尴尬地笑着说,反正,就是不堵,他浑身也被四散飞溅的水湿透了……

当水管爆裂的告急电话一个一个从城市的不同角落打到城区供水公司时,极大的反差是,这里正面临着断水的危机,这意味着整个郴州市都面临着停水的危机。水管因严寒而爆裂还可以抢修,而一旦停水,尤其是这样大规模的停水,而且是连续十多天的停水,将会是怎样的一种情况?是的,这不是假设,郴州人很快就会体验到这样的生活。而且不仅仅是停水,他们将度过他们一生中最寒冷、最黑暗、最干渴的一个严冬,停水,停电,交通瘫痪,电视、网络等现代信息渠道中断,饭店、银行、加油站、公交系统大面积瘫痪,郴州成了一座被冰雪围困的孤城。雪还是那样纯净,冰还是那样晶莹,每个人的笑容逐渐凝固,凝固为严峻。我随机采访了郴州南街的一户人家,这家里一看就很能干的女主人说,刚停电停水时,她还没当回事。她想,停电停水也不是啥稀罕事,每年春节临近时,都要检修检修的,也不会停多久。按平时的样子,白天停了电天黑就送电了,水呢上午停了下半天就会送水了。老天啊,她冲我喊叫起来,做梦也没想到一停就是半个多月啊,比十几年都漫长啊!她上街买菜,发现白菜、萝卜、葱、猪肉都在涨价。涨得最厉害的是小卖部的蜡烛,眼看着蜡烛就从一块钱四根涨到了四块钱一根。她忽然意识到自己还没买呢,赶紧去买,没了,连四块钱一根的蜡烛也没了。

以前没感觉郴州的冬天有这么冷,这位主妇跟我讲,有电时你不觉得有多冷,反正睡觉时有电热毯,突然没电了,没水了,没气了,想灌个热水袋都没法灌,钻进被子里,就像钻进了冰箱里,冻得怎么也睡不着,就一床一床地往身上加被子、毯子、棉衣,能找到的都从柜子底下翻出来了。她共计盖了一床鸭绒被、一床丝绵被、一条超厚超重的毛毯以及一条烤火毯,还是冷得不行,动吧,挨到其他地方的被子就像贴着冰;不动吧,人都能冷僵了!还有个几岁的小女儿紧紧地依偎在她的怀里,睁大眼睛说,妈呀,好冷呀!一夜就这样痛苦地熬下来了。是的,这只是开始,还有第二夜、第三夜……而生活又岂止是睡觉?吃啊,喝啊,拉啊,撒啊,洗啊,漱啊,这些以前从来不用操心的事,现在成了最难的事,以前楼上停水,还能到楼下找邻居借点水,现在是谁都没水,没电,不是孤立无援,而是集体无援,整个郴州又一次掉进了冰窟里,那时候很多人还不知道他们的城市已经可以用这样一个词来形容:冰灾寒极……

脆弱,太脆弱了!一位公务员这样感叹。下雪前,他刚搬了新房子,他把父母从农村接来过年,本想让老人享几天清福,谁料想一场灾害使老人和他一起陷入了困境。煤气灶、电炉都不能用了,他去买了个煤炉。蜂窝煤却难找,市场价涨了五六倍,还是买不到。不久,他的手机又欠费,去银行交钱却交不上,银行的电脑都瘫痪了。他说,我们的城市建设太脆弱了,一遇到风险,各种漏洞都暴露出来了。相比之下,农村反倒从容一些。现代化,现代文明,不值得我们好好反思一下吗?

条件比较好的,在公共设施瘫痪后,全家都搬进了宾馆,他们有自备的发电机、供水设施,能供应热水,还能看电视。这一住下,很多的亲友和邻居都来蹭热水洗澡。有时候一天来洗澡的有四五十人,浴室里的流水声全天都没停过。还有人拎着烧得通红的蜂窝煤炉来宾馆住,因为宾馆的电也带不起空调。另一位中年妇女则提着六个巨大的暖瓶,耍杂技般走在楼道里,说是用宾馆的电烧了开水,正要送回家里去。这些宾馆也受不了了,连宾馆的保安,精神都快崩溃了。

换一种眼光看

冰灾寒极意味着什么?有人说是黑夜中的黑夜,冰雪中的冰雪。

这对每个人的意志都是一种严峻的考验。

很多人在冰雪中都记住了这样一个汉子——老葛,葛洪元,一个五十出头的壮实汉子。对他多少有些了解的人都知道,这个人从最底层、从测量工人一步一步干起来,这种人给人最深刻的印象是格外踏实,一般都很粗犷,也很有独特的胆识和气魄,敢作敢当,许多事情可以当场拍板定案。但这样的人有时也不大受一些条条框框的束缚,在很多生活细节上、话语方式上不拘小节。我没见到老葛本人,我去郴州采访时恰好赶上他去外面招商。听一个郴州人说到一个细节,老葛有一次开一个很重要很正式的会,他突然发现忘了打领带,便急忙从哪里抓来一条,匆匆忙忙系在脖子上。这领带有时是司机的,有时是记者的。然而,等到会散了,他绝对不会忘记把这条领带还给你。这又是他的细致之处。——我之所以记下这个无关紧要的细节,是因为这个细节让我立刻感觉到这应该是一个很有性格的人,而且非常接近文学上的形象。

他来到郴州,可谓受命于危难之际。一座美丽的山环水绕的城市,又何尝不是一个烂摊子?他应该知道他的存在意味着什么。这个时候,郴州四百多万人的眼睛,无疑都盯着他。你甚至很害怕看到这样的眼神,在经历了许多事情之后,他们好像是一群受过特殊伤害的人。

认识老葛的方式,是从电视里调出来一些录像资料。这其实是我不喜欢的一种方式,印象深刻的是他从容自若的神态,他走在宛如锋刃的悬崖边上,狂风卷着大雪对着他扑过来,打在他脸上、身上,他冒着这样大的危险,脸上的表情居然和平时没什么两样。很多事情看过之后很快都忘了,但过了几个月还没忘的一个细节,一种表情,如果还没忘掉,可能就是一辈子都忘不了的东西了。

执政能力,从执政党到政府,越是在危急的关头,越能考验你的胸怀、眼光和气度,你的宏观驾驭能力。告急,到处都在告急,在危机四伏的情况下,你的第一板拍在哪里?保路!这是他们拍下的第一板,他们抗击冰雪第一阶段战役的重心是保路,要用最快的速度打通郴州的交通要道,让被困在郴州境内的数以十万计的外地旅客早日回家。这是一步险棋,一个多少让郴州人有些匪夷所思的决策,他们好像把困在城里的市民给忘了,他们到底是谁的市委书记、市长?是的,这的确是一个有些无奈的、被动的抉择。

但如果拉开距离看,这正是考验并同时检验你胸怀、眼光和气度的要害,而事实将证明葛洪元们的这一板恰好拍在了要害上。他们没有紧盯着城市地图上的那个核心圆圈,而一下就盯住了全国南北交通大动脉京珠高速公路、京广线和107国道。你不能不说这是一种非凡的眼光,也许它在短时间内会让郴州人失望,但在事后,你无论从大局看,还是从战略眼光来看,这都是一个让人打心眼里佩服的高招。如果一开始就不是从大局出发,那么多人困在冰天雪地里,他们的处境无疑要比困在城里的郴州市民更危急。再冷,再难,你还有间屋子,有四壁遮挡严寒,还可以往身上加被子,而这些被困在路上的人,到哪里去找被子?连找一包方便面都难啊,多少人都已经到了冻死、饿死、病死的边缘。又如果不是从战略高度出发,路不打通,你困在城里走不出去,外面的物资运不进来,都只能坐以待毙。

紧急决策,雷厉风行。救援,十多万人的大救援!

郴州打开了自己所有的仓库,为被困司乘人员送去救命的食品、饮水和御寒的衣物。一百三十多个救助站,在京珠高速公路和107国道郴州段搭建起来了,从生活救助和医疗救护,八万多套防寒衣被,七十多万袋食品,二十多万瓶矿泉水,还有无法统计的药品,开始在沿途投放。一切可以动员的力量都迅速动员起来,开始高速运转,他们紧急疏散和分流的车辆近十四万台,救助被困人员近三十万人次,这还不包括因京广铁路中断、列车停运和晚点而滞留在郴州站的数万名旅客。一个在京珠公路上被堵了十多个小时的脑外伤重症病人在转至郴州市治疗途中救护车被堵,车上药品和氧气都快用完了,情况十分危急。为了一个外地人,郴州出动了上万人,为的是给生命开辟一条绿色通道。一列深圳开向怀化的列车被困在广东坪石十五个小时,车上没饭吃,没水喝,两千多名乘客陷入恐慌之中。这是在广东境内的事,按理郴州可以不管,但一接到求援电话,市委办和市民政局在郴州物资紧缺的情况下,在全市紧急采购,仅用一个多小时,他们就把采购到的方便面、大米、肉类、蔬菜、桶装食用油送到了列车上。

你不能不说这是大手笔,没有大局,岂有小局?冰灾寒极的郴州,人民的心肠依旧火热,滚烫,他们感动了来自天南海北的无数被困人员,也感动着中国。一个真实故事在郴州的街头巷尾流传:某大公司的一位董事长乘坐火车从深圳前往长沙开会，连日暴雪，将该趟列车困在郴州境内路段三十八个小时，是郴州人救了这列火车上的乘客，给他们送来了吃的、喝的。这位董事长辗转抵达长沙后，才知道郴州人在救援他们时，城区停电停水十余天，他震撼了，火速采购了两百多万元的救灾物资送到郴州。投之以桃，报之以李，你不能不说这种情感的互动与交融有了一些更深的意蕴，或许因其经历了冰雪的发酵才如此醇厚。

在大救援的同时，为了打通一条条受阻、中断的道路，郴州发出了破冰、除雪、清障的第一动员令，三万多名公安民警、武警、消防官兵、民兵预备役部队和干部群众在第一时间开到了各个指令地点。而就在此时，一个更大的危机发生了！1月30日凌晨2点左右，一直在连续作战的市长戴道晋刚离开抗灾抢险指挥部，打算小睡一会儿。他刚刚眯了一会儿，一个告急电话突然打来了，市长，不好了，华湘化工厂……大爆炸……

老戴一下子惊醒了，什么？……大爆炸？啊，这次听清楚了，爆炸还没有发生，但随时都可能发生。华湘化工厂，这家距城区20多公里的工厂，直属原核工业部，冷库里存放着三十多吨化学引发剂，这种化学助剂只能安全保存在零下15摄氏度，如果在零下8摄氏度以上，就会自然爆炸，而它的爆炸量不亚于一场地震，足以让方圆5公里内的所有设施遭到摧毁性打击，而在这个范围内，还居住着上万居民。

老戴赶来了。要降温，必须发电，而此时郴州全城断电，危险品仓库内的温度正逐渐向临界点攀升。老戴问距爆炸还有多长时间。回答是，六个小时！戴道晋立即通知相关部门准备疏散危险地带的群众，而他自己却置身于最危险的地带。你不能不说这个人已把生命置之度外，你也不能不联想到另一地的市长、市委书记，当他们因贪赃枉法而被处以极刑时，他们在生命的最后关头是否突然醒悟，生命是多少钱也买不来的，他们为什么要用那么多脏钱来买断自己的性命？而当你看见老戴在这生死关头的从容镇定，指挥若定，你或许才更明白一个执政者的全部意义，那种强烈的使命感和责任感，有的时候，只在特别关键的时刻，才会凸显出来。是的，他在动用一切可用手段，找到发电机，发电机不难找，难的是找到一台100千瓦以上的大功率发电机。半个小时过去了,一个小时过去了……那种危险的场面,也许你只在电影里看见过,你看见特务暗藏的定时炸弹很快就要爆炸了,而我们的军警还在到处搜索它的藏身之地。然而这不是电影,这是眼皮底下发生的事。两个小时……终于,一台100千瓦的发电机运到了。早晨7点,发电机发出了轰鸣声,开始发电,制冷,降温,此时,距爆炸临界点已不到一个小时。所有的人都呼了一口气,才发现不约而同地出了一身冷汗。这不是电影,但的确可以拍成一部比虚构更真实的电影。

最危险的时刻过去了。随后,京珠高速郴州段也终于打通了,双向全线贯通,南北交通大动脉畅通了,郴州的生命线畅通了!这让我又一次开始明白他们当初决策的战略意义。路通了,这无疑标志着抗击冰雪灾害出现了重大转机,如果他们当初选择的是保城,而不是保路,郴州肯定还是一座孤城,没有路,什么都运不进来,电也不可能送过来,哪怕小型的柴油发电机也无法运进来。决策很重要,抉择很重要,一个处于关键位置的人物,他的决策和抉择往往决定了无数人命运的走向,也决定着历史的走向。每个人都在写历史,而你所做的每一个决策或抉择,都必须对历史负责。

我甚至觉得,对历史负责,其本质就是对人民高度负责。

他们拍下的第二板,即第二阶段重心,是通电。2月4日下午,离春节还有不到两天的时间,葛洪元、戴道晋等市领导召开紧急会议,要求必须在春节前让整个郴州走出黑暗。时间极其紧迫,这看起来是几乎不能完成的任务。但执政者拍板的事,就该是板上钉钉的事。而事实上,在保路的同时,全市电力系统五千多名干部职工与兄弟省市派来的支援队伍早就开始行动了,一场三万多人的大会战,谱写了中国电力史上最大规模的抗冰抢电大会战。输电线和交通线一样,在人类与冰雪的拉锯战中,抢修的速度远远赶不上暴风雪摧折的速度,一个铁塔刚刚重新矗立起来,又一个铁塔电线杆倒塌了,刚刚通上电,忽然就断了,最短的一次仅通了半个小时就断了。而也正是通过这种反复的拉锯战,你才感觉到这场灾难的惨重和持续,一场大雪,又一场大雪,连市委书记葛洪元都在心里发问,郴州人,还能坚持多久?

或许,这个人也在心里问自己,还能坚持多久?

若是没有那样一场漫长而黑暗的经历,就不能理解为什么会有那么多人为了照亮你而付出生命。记住这个夜晚,2008年2月6日,除夕之夜,孤城郴州,冰灾寒极的郴州,一盏接一盏亮起来的灯火,一扇扇亮起来的窗户,一溜溜亮起来的街灯,一座长久地陷在黑暗中的美丽山城,重新点亮了,那一刻有多少人吹灭了蜡烛,冲出了家门,像万千飞蛾扑向城市最亮的地方,放鞭炮、烟花。你和他也许素不相识,因为这光亮,你们拥抱在一起,欢呼在一起,也有人非常失态地号啕大哭,来电了,来电了啊!

郴州人开始换一种眼光来看他们的公务员了。我对以公务员为书写对象的写作一直抱有警觉,但我又无法绕开他们,如果绕开他们在这个时段内的作为就太不真实了,我能够做到的,或所祈愿的,是希望他们能把自己的形象一直保持在我祈愿的光亮下,或许在这样的光亮下,咱们的老百姓才可能把他们一直想要看清楚的人看清楚。——还不错呢,挺能干的!说穿了,这些老百姓对穿官衣、吃皇粮的人,从来没有过分的要求。只要不像李大伦那样把心眼长歪了;只要你说的话,作得数。而说到底,你只是一个决策者,事情还是人民干出来的。人民,很抽象,但在经历了这样一场暴风雪之后,你肯定不会再感到他们是抽象的。看看他们那孩子一样灿烂的泪花闪烁的笑脸吧,你感觉,郴州人不是从一场暴风雪中走出来的,而是从两场灾难中走出来的。

回望那些依稀的身影

回望那些依稀的身影,甚至是一种凭吊的方式。他们都是很普通的——人,然而,他们无疑又是灾难所造就的特殊个例——英雄。我如是理解,所谓英雄,就是一个平凡的人做了不平凡的事,一个很普通的人最终以不普通的方式完成了自己。如果我们忘不了那三个不幸坠落的生命,我们同样也应该记住他们的不幸。

很多事,都源于他们同事的描述——但我有如亲眼所见般地震惊了。

在这里,我将又一次写到与命运有关的话题。很多经历过这样一场灾难的人,更相信命运了。而命运,只有命运之神知道其最终结局,并冷眼旁观。人类也许无法超越自己的命运,但人类可以超越自己。

　　肖建华,一个献身于灾难的很普通的电工,从第一场暴风雪以来,他就一直在一线巡线、除冰、查险。这又算什么呢?这不都是一个电工应该做的吗?他走过的那一条条狭窄而陡峭的山道,我在阳光下重新走过,头顶上有纵横交错的电网,但我根本不敢朝天上望,我死死盯着脚底下这条危险的路,瞪得一双眼都鼓出来了。是的,我现了原形了,我是这样怕死,是这样珍惜我的这条老命,当一个给我带路的电工师傅把手伸过来时,我一下就抓住了他的手腕,别说一只手,哪怕是一根树枝,我也会盲目地死死抓住——这些事情我实在不想写,我的一生都没有这样狼狈过,我写下这些文字的同时,也以残忍的真实记录了这些文字对我的无情嘲弄。

　　这样就可以理解了,一个人在狂风与冰天雪地中巡线、除冰、查险,从头到尾就是行进在生死的边缘。白茫茫中出现一个黑点,或半天云里燃起一星火光,那可能就是他。他都不知道自己坚持了多少天了,他创造了八十多个小时在一线连续作战的生命奇迹。他不是不怕死,不是不想下来歇一歇,但没有人来顶替他,所有的人都像他一样,在狂风与冰天雪地中巡线、除冰、查险,你只能咬着牙,憋着气,将饥饿压抑着,用尚未完全冻僵的身体抵挡那不可抵挡的严寒。你饿,他也饿;你冷,他也冷。人人都在挨饿,受冻。这让我觉得,一个很普通的人最终能成为不普通的人,是被逼出来的,很多英雄,他们并不想做英雄,他们都是被逼出来的英雄。

　　现在,我已经走到了一个人的生命尽头,一个叫肖建华的人就在我站着的这个地方,最终完成了自己。那天,他刚冒着冰雪巡查了三个故障点,他多么想歇一歇,但就在他刚刚这样想一想时,一个电话打来了,邝家村村口的高压电线被冰雪冻坏,你歇不下来,你只能马不停蹄地赶到出事点,穿上脚扣踏板,冒着凛冽寒风,攀上去,坚持,咬着牙,坚持。他终于攀上了十多米高的输电杆灯架处,他刚刚把两个断裂的线头接上,轰的一声响后,电线杆折断了,肖建华随电线杆摔到雪地上。在送往医院途中,大夫一路喊叫着,老肖,坚持,很快就到了,坚持一下……但肖建华还是停止了呼吸。

这是一种坚持的方式,坚持到最后。

和他一样坚持到最后的还有曹响林,郴州电业局线路管理所检修二班副班长,他已经四十多岁了,但还是个副班长,这对于我们那些忙着跑官的公务员,是否多少有一些触动?从第一场大雪开始,他就一直辗转于崇山峻岭之间,到1月29日下午,他已连续完成四个故障点的抢修任务。我在心里数了数,他已经坚持了七天,而要描写他在这七天的经历,我觉得有点不道德,我只能说,像我这样的一个普通人,把一生的痛苦加在一起,也许都抵不上他这七天。他已经走不动了,不是双腿发软,而是浑身发硬,手臂和腿脚都冻硬了,硬邦邦的,僵直地走路时,就像没有关节似的。一个人到了这样子,已经到了他的生命极限。然而,他正要下山时,突然又接到一个险情电话——赶赴郴州主网110千伏塘高线10号铁塔排险。快,他没有多想,也许都不会多想了,他一边僵硬地奔跑一边催促自己,快!他赶到了那儿,他敲开了铁塔上的冰凌,爬上了二十多米高的铁塔……很幸运,他没像他的同事肖建华那样遭遇电线杆折断的危险,他也没有从铁塔上摔下来,风很大,他的身体在天空中被风吹得一会儿摇晃到这边,一会儿摇晃到那边,他也没有摔下来。他得把该干完的活儿干完,把该排除的故障彻底排除掉,他不想带着任何遗憾和一丝牵挂离开——这不是我的猜想,这是事实。当他干完这一切之后,他一直僵硬着的身子忽然一下全部放松了,他的手一下松开了,但他没有坠落,而是倒在了铁塔上,倒挂在了铁塔上。他的直接死因是突发心肌梗死,而要描述他间接的死因有难度,严寒、饥饿、劳累过度……这都是诱因,而临终的感觉对他也许不是痛苦,而是一种极舒服的解脱与放松。

曹述军,郴州桂阳县樟市镇水利水电管理站工人,又一个坚持到最后的人。

走进水电管理站,你看到这房子觉得疑惑,你没想到电力部门也这样艰苦,一座又老又旧的红砖瓦房,门上,窗户上,原来刷过的绿漆,若不仔细看,你都看不出是什么颜色了。铁窗上锈迹斑斑,玻璃呢,几乎看不到一块完整的玻璃。这些都是被大风吹破的。这里的老乡告诉我,山坳里有一种奇怪的一线风,吹过来就像一把锯子,唰一下,比腰还粗的大树,立马断成两截。

大自然,这变幻莫测的大自然,总有那么多不可思议的事。我是第一次听说这种一线风。

听见什么声音。在这房子十几米开外,是发电机房,那是老旧的机组在运转中发出低沉的声响。它已经运转二十多年了,和老曹进电站的时间一样长。1977年,老曹还是小曹时被抽派到修渠道建水电站的工地上。两年后,樟市镇建成了第一座水电站,上万老百姓从此结束了靠煤油灯和松明子照明的漫长而昏暗的历史。有人把曹述军称作樟市的第一根电线杆。随后,他就一直在这简陋的房子里干着水电站站长,一干就是二十多年。如果没有这场暴风雪,他还会继续干下去。和我提到的那些人、那些依稀的身影一样,他也是连续十几天在一线抢修受损线路时,从十多米高的电线杆上摔下来的。听老乡说,当时他的右手已经摔断,左手还微微颤动着,指向面前的电线杆。在场的人泣不成声,每个人都知道他的意思,就是无论如何也要把倒了的电线杆竖起来,把断了的电线再接上。

大年三十,电通了!但明亮的灯光,照亮的不是人们的笑脸,而是悲伤。这电是老曹用性命换来的啊!乡亲们说。在他们的心里,曹述军就是山头田野里的那一根根电线杆。

还有多少人,坚持到了最后……

一个难忘的夜晚。1月31日晚上,郴州电业局三名线路故障巡查工被困在位于资兴市东江镇泉水村附近的山上。这是后来才知道的。在那个漆黑的夜晚,他们不可能知道自己被困在哪里。他们在千山万壑中寻找一个生命的出口。他们转悠了很久,但很快发现,他们又转回来了。没有光,黑暗中的人类只能永远在原地转圈。他们在一个未知的山坳里,他们在冰雪和冻雨中紧紧地抱成一团。太困了,真想睡一觉啊。但三个人互相鼓励着,不能睡,坚持,不能睡。一个人刚合上眼,另一个人就赶紧把他推醒。在这样的冰雪中睡过去,意味着什么,不说你也知道。后来,他们唱起了歌。他们齐声唱着"咱们工人有力量"。那从无边的黑暗中传来的歌声,粗犷,有些走调,但它提示了生命在一未知区域的存在。事实上,那些救援人员也正是循着风雪中时断时续隐隐约约的歌声找来的。此时,他们已持续歌唱了五个多小时了,有血从他们沙哑的喉咙里流出来……

我不禁又一次想到了郴州市委市政府的拍板和承诺,没有这样的人民,这样的坚持,你再好的决策也是徒然。你敢于拍下这样的板,做出这样一个承诺,预设了一个前提,那就是对人民的信任。

大年三十,郴州人盼望的可能不仅仅是电,而是,一个庄严承诺的庄严兑现。然而,天黑了,每一扇窗户依旧黑着,每一条街道依旧黑着。很多人依旧点着蜡烛,在摸索中吃他们的年夜饭。饭吃得都很慢,毕竟是大过年的,没滋味,也想努力吃出一点滋味。吃完年夜饭,还不见来电,想到每年的除夕,每年的《春晚》,有那么多值得挑剔的地方,今年,想挑剔都挑不成了,睡吧。很多人早早就上床睡觉了。女人怕冷,尽管没电,明明知道没电,但还是每天把电热毯插上,盼着什么时候会突然来电。这样盼着等着有多少天了,他们都忘了数了。最痛苦的日子,最难挨的记忆,谁又愿意往心里去记?

烫!一个女人冲我喊,这惊喜的喊叫声隔了数月,仿佛刚刚传来。

她还以为自己是在做梦。她伸手使劲一攥褥子,攥了满手的热气。老天,来电了啊!她一下子坐起来,她大叫,开灯,开灯啊!

灯其实是开着的,亮着的,都高兴糊涂了啊!

雪线上,两位军人的造型

如果说郴州是2008年中国南方暴风雪的一个缩影——只要了解了暴风雪中的郴州,就足以了解暴风雪中的中国,那么这场暴风雪中的郴州军人,无疑也是无数军人的缩影。看看他俩,魏永景和杨亚海,郴州军分区的一位政委,一位司令,这两位兄弟般的搭档,在暴风雪中以自己的方式完成了军人在雪线上的造型。

魏永景,这个名字你可能已经不陌生了,郴州军分区政委,在这场暴风雪中他被誉为"京珠铁人"。铁人是怎样炼成的?没人能讲出一个有头有尾的故事,都是片段,仿佛被暴风雪撕碎后散落在四处的一些碎片……

从第一场大雪开始,你就没看见老魏下来过。在最危急的那些日子里,他创造了在一线连续指挥战斗十昼夜的奇迹,一个人疏导滞留车辆三千余台。大事中的一件小事:一次,老魏正在一个坡道上铲冰,你看见他脚底一滑,一下就仰面滑倒了,这不算什么,很多人都这样滑倒了,路,太滑了。滑倒了,就爬起来,继续挥动手中的雪铲。是谁第一个看见了,老魏后脑勺上鲜血直流,这才知道他刚才那一摔,后脑勺重重磕到了一块冰尖上。后脑勺受伤,这可不是开玩笑的,一旁的战士把他扶下去,可老魏临时包扎了一下伤口,又上阵了。还是那样,很平常的样子。还有一次,他正在低头铲冰,一辆打滑的车轮一下压住了他的铁锹,巨大的反弹力猛地扫过来,重重打在他的胳膊上。你不能不说这个老魏还真是个铁人,那胳膊居然没有被打断,但过了数月,一触到那伤处,还钻心般地疼。伤筋动骨一百天。没断骨头,筋被拉伤了。而每次受伤,任你怎么劝,这倔强的老魏就是不肯下来,你再劝,他可跟你急了,我是大校,现在是这里最大的官,我必须留在路上!——我觉得真正不平常的就是这句话,他那种对身份认同的强烈感,他迅速地指出了自己的位置!

为了营救一个发烧的小女孩,老魏在半个小时内在被堵塞的京珠高速上奔跑了三十多公里。沉重的脚步声,抬起,又落下,但绝不会留下一个浅浅的脚印,路上的冰雪早已冻硬了,比石头还硬,老魏的脸也比石头还硬,但老魏的心肠是柔软的,他感觉自己是一个父亲,怀抱着生命垂危的孩子。他一边跑还一边用手去试探小女孩的额头,孩子,挺住,马上就要到了,就要到了……而此时,他自己也一直在发着烧,寒风对着他吹来,他一边跑,一边咳嗽,而在他身后,雪像烟雾一样在他的脚下腾起……

后来才发现,这不是一般的咳嗽,在突然一阵剧烈的咳嗽之后,他连吐了几口带着血丝的浓痰,随即全身发抖,脸色苍白。吐血,这可不是开玩笑的!都这样了,他还带着战士们奋战在第一线。最后,还是他身旁的两位干事眼看着政委不行了,不顾他的强烈反对,甚至是反抗,硬是把他连拖带拉地架上指挥车,送到了市人民医院。诊断结果很快就出来了,老魏是因为连日来的过度劳累和重感冒,致使支气管毛细血管破裂而吐血。老魏松了一口气,他早已做了最坏的准备,还好,死不了,小车不倒只管推。大夫早就听说老魏是个性急的人,但还是没想到他这样性急。他打了几瓶吊针,又赶紧从医院跑出来,任你怎么拽,怎么苦口婆心地劝,也拽不回这个人,他又回到了他的位置上,他是京珠高速郴州段破冰保路总指挥长,这是他的岗位。

为了搞清楚路面的真实情况,短短几天时间,老魏在这段还不到一百公里的线路上,来来回回跑了三千多公里。忘不了那一天,2月4日,从凌晨5点半到早上8点,老魏独自一人站在郴州良田路边一个高高的雪堆上,一动不动地站着,看着。眼前,一辆辆被堵了几天几夜、车身溅满污雪和泥浆的各色车辆,正在京珠高速的南北双向线上缓缓开动。路通了!真的通了!老魏有点不敢相信。其实,那些被冰雪围困得太久了的人,每个人,都有些不敢相信。后来,老魏说了句挺逗的话,他说看着这南北车道都通了,就好像回到孩子出生时的那一刻,心情特别好,再苦再累也值啊。——这让我想到一个词,诞生!而为了这样的一次诞生,那风雪中的十多个昼夜,对于一个五十三岁的汉子,一个血压血糖血脂都偏高的"三高"人员来说,他到底是怎么熬过来挺过来的?后来有人在心里粗略地估算了一下,在京珠高速抗冰保路的大会战中,一个叫魏永景的五十三岁的汉子,他九天里工作超过一百七十个小时,率领官兵连续破冰一百八十公里。

张春贤说,打通京珠高速,老魏立了头功!

一个省委书记,还很少这样夸奖一个人。其实不是夸奖,他说出了某种真实。

啊,京珠高速,这条要命的路,终于双向贯通了,老魏总算可以歇歇了吧。但第二阶段的大会战开始了,春节前,必须让黑暗的郴州被灯火照亮!老魏从2月4号走下京珠高速,一直到大年三十,又持续奋战在电力抢险第一线。二十多个年轻力壮的预备役战士被两吨多重的电线杆压得直不起腰来,五十三岁的老魏一把扛起圆木顶上去了。他和官兵们喊着号子,在坡度六十多度的泥泞山路上一步一爬。这一幕恰好被前来检查抢险进度的郴州市委书记葛洪元看见,老葛说,哪里有困难,哪里就有老魏的身影,哪里就有军分区指战员的身影。

就这样靠着一副副铁打的肩膀，十多天里，老魏和官兵们把五百多吨电力设备扛上了一座座山岭，在他们有力的支撑下，电力工人抢修好二十座电塔。除夕夜，郴州全城通电，而这时老魏还无缘看见重新变得灯火通明的郴州是什么样子，他还在那些没通上电的偏远山寨里奔忙，但再忙，他也没忘了一件事：他给那些看不上《春晚》的村民送去一台台小小的收音机，他们还停留在黑暗中，但一家人一家人地围坐在火炉边，在除夕夜听到了来自北京的欢声笑语，他们也情不自禁地发出了欢声笑语。老魏给他们送来了收音机，村民们拉着他，唉，老魏啊，你别忙着走啊！他们也叫他老魏，想把他拉住，吃块年糕，喝口米酒，暖暖身子。可老魏还得继续忙啊，那个除夕之夜，老魏是在抢修电网的一个深山里的一个施工现场度过的，在雪地里，他和战士们一起，吃了一顿肉末和白菜冻在一起的年夜饭。

你看见了老魏，你感觉这个人不管熬了多少夜，又无论他跑了多少路，永远是那么一副精力充沛生机勃勃的样子。你感觉这的确是个硬汉，铁人。其实，没有谁真正练就了一副钢筋铁骨，老魏也是个很普通的人，老魏很脆弱。当那些深山里的村寨都被电灯照亮后，你无意间看见了他的泪水——他没哭，紧咬着牙帮子。

雪线上的另一位大校，杨亚海，老魏的战友，郴州军分区司令员。

当你看见杨亚海时，当你打量这个一身戎装颇有几分英气的大校军官时，你可能不知道他全身上下都是伤，那打入骨头缝里的六块弹片，将永远留在他体内。剧作家段华以特有的机智与幽默把这些弹片称为杨亚海身上的省略号，这无意中暗合了诺贝尔文学奖得主凯尔泰斯关于文学的一个说法：很多人都只能写出开始和结局，而两者之间的部分完全是一片空白（大意）。而这样的一个空白，仿佛就是杨亚海这样的军人来书写的。

在认识杨亚海之前，我早就听说岳阳军分区有一位会写诗的杨司令（他本人总要认真地纠正是副司令），他的坦诚让我感觉到了一位军人心地的纯洁与胸襟的宽畅。这无疑是一个十分清醒而又率真的人。在生活中，老杨不但是那种你很容易接近的人，而且是主动和你接近的人。而他的诗，他的想象和豪迈的抒情只属于战士，属于军人，属于军人丰富内心世界里的一种

第九章　冰灾寒极

信仰。

若是追溯一下这种想象和信仰的源头,就不能不提到二十多年前发生在中国南疆的那一场惨烈战事,当年的杨排长随所属连队孤军深入地形复杂的高巴岭以南地区,后路不幸被敌特工队截断,那种生命极限的体验,是我们这些远离战争的人无法体会的。但我深信,军人也是人,哪怕铁铸的男儿,对于饥饿,对于不可知的雷阵和密集的机枪扫射、大炮轰击,不可能没有对死亡的本能恐惧和对生命的深深眷恋,他们在战胜敌人之前先要战胜自己,超越自己。而正是这样的超越,让诗有了生长的精神空间,哪怕在今天这样一个和平年代,作为军旅诗人的杨亚海也比我们多出了许多东西。

这两年,老杨工作异动,先是调往张家界当司令,一年后又调到郴州军分区当司令。你感觉,上苍仿佛有意让这位身上残留有六块弹片的军人再接受一次绝对不亚于战争的考验。郴州,冰灾寒极,一些山地的气温达到绝对零下七度,山谷里一层覆盖着一层的冰凌,把每一条路都堵死了,人踩在这样的地面上就如溜冰,而要抢修山巅上的铁塔,运载大型电力抢修设备的车辆根本无法通行。

老杨看着,远处的山峰雪亮得咄咄逼人。

爬!——就算是爬也要爬上去……

背上干粮,扛着抢险工具,用稻草和麻绳拴住鞋子,在杨司令的带领下,一支突击队开始进山,要把电力抢修设备运上一个个山巅。郴州多山,苏仙岭那算什么?在湘南的崇山峻岭中,最凶险的是莽山。一个"莽"字,恰好体现出它茂密的原始植被、连绵的山峰和浩大的气势。如果是平时,这里是大片诡异的原始森林、幽深的峡谷,让你仿佛闯进了另一个奇妙的世界。作为湖南省最大的生物基因库,莽山以富丽完好的森林博物馆而被中外专家誉为中国原始生态第一山,山奇、水秀、林幽、石怪,天台山、闯王谷、猛坑石、猴王寨……这一个个名字的背后,深藏着人类不可逾越的危险,何况是在这样的暴风雪中,还要背负那么重的东西。

一双脚不知轻重地踩在冰雪中。哧溜——有人惊叫起来。

老杨重重地摔了一跤。但没事,他一骨碌又坐了起来。除了身上有六块弹片,他还挺经摔。别说老杨,这支突击队几乎每个官兵都摔倒过,每往上爬一步,都要先把冰雪敲掉,山上的树因覆冰全部严重倾斜了,随时都有倒塌的危险,连路在哪儿都不知道,他们只能一边找路一边爬山。由于现场没有手机信号,老杨这个司令只好拄着棍子奔波于各个抢修现场指挥。吊车、绞磨等机械根本就运不进来,只能靠两只手拼命往上拽。天黑了,能把路照亮一点的,只有手电、应急灯;肚子饿了,有饼干;口渴了,有冰。山上越来越冷,老杨摔倒了,他不知道摔倒多少次了,摔倒一次,爬起来一次;汗水出来了,热汗,一会儿就变成冷汗,一会儿又被寒风吹干了,冰壳和冻雨随风包裹着每一名官兵,衣服结了一层薄冰。他们都成了一个个雪人、冰人,手早已冻僵了,连拂去身上的积雪都没有力气了。

除了暴风雪,还有冻雨,冰雪中夹着石块一般的冰块儿,打在官兵们身上噼啪作响。为了把山巅上一根倾斜的电线杆重新扶正,老杨和几名战士手握钢丝绳使劲向着绞磨方向拉。在他们把电线杆一点一点拉直时,他们自己的双腿也深深地埋进冰雪里一尺多。他们一边拉着钢绳,一边喊着口号,一、二、三,使劲! 一、二、三,使劲——啊——啊——这些与大地死死拴在一起的军人,这些被大地弄成了雪人、冰人的军人,他们高亢有力的号子声就像是生死大决战中的冲锋号角,在空旷的雪地和幽深的山谷里发出咆哮般的回响,比狂风更猛烈的回响……

雪线上,你随时都可以看见军人这样的造型。

而军人的那一种感情,譬如说一个大校和他的士兵们的感情,一个不穿军装的人很难理解。有时候在一场战斗结束后,那些战士太累了,就躺在雪地里睡着了。他们在酣睡。听着他们均匀的呼吸声,你都不忍心唤醒他们。杨亚海后来回忆起这样的情景,却令我意外,说这话时,他一脸平静,凝视着我。而他手下的一个战士,也回忆起了他们的司令。那天晚上,他们正手握钢丝绳使劲向着绞磨方向拉着,突然听见一声闷响,是谁摔倒了。有人用手电一照,看到司令满脸苍白,他一手按着离胸口最近的那块伤口,汗水从他紧皱的额头上冒出来,滴在冰上、雪上。看到这个情景,一个小兵蛋子悲伤难禁,一下子哭出声来,他过去想把司令拉起来,杨亚海已经站起来了,两只手又拽住了钢丝绳。那小兵蛋子几乎是哭喊着,哀求着,首长,你就歇歇吧!但杨亚海却把他推开了,几乎是无情地推开了。你是军人,哭啥?把眼泪擦了,回到你的位置上去!

我到郴州采访时,军分区又有什么紧急任务,老杨和政委每天到下面跑。见到他时,能感觉到他的疲劳,但腰板依然挺得笔直,他仿佛是用整个生命在支撑自己的信仰和一个军人的意志,而且从他的眼神,那布满血丝的双眼里,你依然能感到一种军人的力量。

这是他给我的一种不变的印象,一个真正的军人形象。

因为是熟人,老杨跟我讲话不客气,他说,这一场冰雪中的生死战,一点也不亚于南方那场刺刀见红的血战,没有比大自然更强大的对手了。他也是年过半百的人了,而每一次摔倒,那身上残留的弹片就像重新击中了他一样。老杨后来跟我讲,他就是靠那场战争的回忆,支撑着自己,想到那么多战友倒在了前线,再痛苦,你也只能咬着牙,一步一步地爬上去。摔伤了,用绷带把腿缠起来,一瘸一拐地向前挪动。连续战斗了十多个日夜,爬了十多座山。而他们爬到哪里,铁塔就在哪里重新耸立起来。

大年三十,老杨的爱人从张家界赶来,女儿从香港赶来。一家人原本早就说好了回广州的家过年的,现在,她们却只能赶到郴州来团聚了。而这个临时的变动,加上路途的堵塞,让他从香港赶来的女儿连寒衣都来不及准备,母女俩从两个不同的方向来到郴州时,还没通电,走进老杨在郴州的宿舍,就像走进了冰箱里。最后,母女俩只好把老杨的军大衣给裹在身上了,一家人都成了"军人"了。而这时,老杨还在冰雪中奋战呢,后来,他爱人总算同他联系上了。他一听见那呼吸不畅的抽噎声、咳嗽声,立刻就知道爱人生病了,他有些伤感,可他沉默着。家,原本在广州,爱人原本也在广州,可为了支持自己的工作,爱人从大都市跟随他到了张家界的大山沟里,没待上多久,他奉命调到郴州,却把爱人孤身一人扔在了那山沟里。女儿则是凭自己的本事,考上了重点大学,又当上了香港的律师。这一家三口,天各一方,每年只有在春节时才能团聚,可现在,那种浓厚的亲情在内心里驱使,他归心似箭,却不能赶回家里去,只要这山上还有一个倒塌了的铁塔没竖起来,他就只能坚守在这里。

他听见爱人呜咽着问他什么时候回去。

他说,快了,电来了,我就回去!

这就是老杨啊,一个充满了诗人气质的军人,哪怕在最伤感的时候。他是一个在战场上异常严厉的军人,但也的确是一个很重感情的、性情中的军人。在他最孤单的时候,他没感觉到孤单,很多老百姓来看望他们了,给他们炖了土鸡汤,熬了营养粥,但老杨用双手捧住的是一杯湘南的姜糖茶。

> 冰层很厚　没有群众对子弟兵的情谊厚
> 风卷暴雪绵长　没有群众的拥军情意绵长
> 一杯姜糖茶　让温暖中和满身热汗
> 手脚当即发烫　迷彩当即烤干
> 心已暖和　筋络舒活　思绪蓬勃
> 从北国的千里冰封　南极的极地寒冷
> 顷刻回归孟春的湘南
> 　　　　——摘自杨亚海的战地诗作《湘南抗灾一杯茶》

这是老杨的风格,很典型的军旅诗。在中国,一个身上残留有六块弹片的军人或许不算稀奇,而一个身上残留有六块弹片的诗人,则完全可以称为奇迹了。这使我有足够的理由相信,一个军人的最后造型,除了战场上的牺牲,再就是成为一个真正的诗人。

第十章　中国人

中国的脊梁

关于中国人,对于这一想象中的共同体,或一个族群,你对它的认同,并非那种狭隘的所谓血浓于水的血统的延续性,说到底,那只是一种自然属性,一种人类学式的认同感;我觉得也不完全是一种单纯的文化上的同文同种的认同感。它仅仅是单纯的文化属性。中国人,应该有一种全球视野下的中国人的共同价值认同感。其共性的核心价值是必须建立在人的最基本的价值之上,人的价值必须成为核心价值。

很多人都把这样一场灾难当作大考,它严峻地考验着的除了执政者,还有人民,它考验的是一个民族。而对于我们这个民族的劣根性,以及它的古老文化背景,从鲁迅、林语堂,到柏杨、李敖,都已有了太多的悲观的甚至让我们绝望的剖析。林语堂太智慧,柏杨太尖刻,李敖太拆烂污,而其中剖析得最冷峻且深刻的无疑只有鲁迅先生。他说过,在中国,尤其是在都市里,倘使路上有暴病倒地或翻车摔伤的人,路人围观的或甚至高兴的尽有,肯伸手来扶助一下的人却是极少的(《经验》,1933 年);他说过,群众,尤其是中国的——永远是戏剧的看客。牺牲上场,如果显得慷慨,他们就看了悲壮剧;如果显得觳觫(即恐惧颤抖),他们就看了滑稽剧(《这个与那个》,1926 年)。

是的,我们对先生有太多的误解和误读,在这个时代,不知道有多少充满了偏见的人,不怀好意的人,满脑子都是乱七八糟的念头,却在以各种残忍的方式和病态心理去窥探先生的人格，去撕裂先生的心扉。或许，只有依然热爱着我们这个民族、尊重我们伟大的人民的人，才能真正理解先生，他的一切剖析和揭示，都是源于他对这个民族和人民深怀着的那种辽阔而博大的爱与仁慈，你读到的不是恨与诅咒，你无处不在地感觉到了先生内心的隐痛，他恨的是扭曲人性的制度，他诅咒的是一个极其黑暗、极其龌龊的时代，是欺压和侮辱底层人民的权势者，他的呐喊与反抗，都是直指那压抑人性窒息人心的铁屋子，那些吮吸人民血液的蚂蟥。

别忘了，在更早的时候，1918年，他就在《随感录四十一》中寄予了对青年、对中国未来的希望——愿中国青年都摆脱冷气，只是向上走，不必听自暴自弃者的说话。能做事的做事，能发声的发声。有一分热，发一分光，就像萤火一般；也可以在黑暗里发一点光，不必等候火炬……

尤其，我们不要忘了，在我们这个鲜有信仰的国度，他以宗教徒一般的虔诚，对我们这个民族和人民进行了坚决的赞美——自古以来，就有埋头苦干的人，有拼命硬干的人，有为民请命的人，有舍身求法的人……虽是等于为帝王将相作家谱的所谓"正史"也往往掩不住他们的光耀，这就是中国的脊梁！

让我们从一辆由河北唐山开来的中巴车开始，去认识他们，一些我们一直很陌生、甚至一直在有意无意疏远的中国人。此时，天还没亮，天地间一片灰暗看不到亮色，你还不能看清楚这辆一路摇晃颠簸过来的车。它已经颠簸了数千公里，现在，它在郴州通往桂阳县的崎岖山路上，小心翼翼地努力行驶着。在它左右都是如锯齿般的山岭，这是湘南的群山，不高，但尖锐。在这辆一路颠簸的中巴车上载着十三个农民。——他们不是像我们的某些文人酸不拉几地自称的那种农民，他们这样故作谦卑其实却是以这种方式在抬高自己而矮化我们的农民兄弟；他们更不是某些人讽刺某些大学教授是农民，他们说这种话时对农民的敌意已远胜于对教授的讽刺。他们是那种真正头顶着高粱花子的农民，农民，一个在皇天后土中沉淀了数千年的浑厚名字。一个农民，先必须有坚强的灵魂，不然，他不会把农民当上一辈子。只有他们才会使我们看到一个浑厚的形象，告诉我们什么才是真正的农民。

现在,你已经差不多可以看清楚了,那车身满是泥巴,但遮不住那上面贴着的一幅标语:一方有难,八方支援!这其实不是标语,而是农民的一点想法,很真实也很朴实的想法。他们很小心。他们上这儿来,一开始就不是为了干出什么惊天动地的事业。他们只是想要把心里的一点想法,在适当的时机实现它。他们来的时候,雪没下了,路也通了,但一路上,路两旁的雪堆还像岩石一样狼藉地横陈着,也许还需要不短的时间,早春的太阳才能把它们融化。他们从辽阔的华北平原来到了湘南的山地,在太阳照不到的山麓的另一边,还有大片残留的冷寂的积雪。他们的心里很难受,眼看着那被暴风雪摧毁的大树、铁塔、农舍,这遍体鳞伤其实又与他们无关的土地,他们无疑想到了当年的唐山,唐山大地震后的废墟。那种感觉永远不会消逝,他们好像就是跟着这种感觉走来的。

他们是大年三十出发的。为什么要特地选择这样一个日子。大过年的,谁愿意离开家啊,离开老婆还有热炕头啊,农民的想法其实就像农民一样简单,他们之所以选择在大年三十出发,是想到在这个时候灾区的劳动力肯定不好找,那些在一线抢险的工人都已经苦战多日了,肯定都希望能在大过年时有人能及时顶上来。这就是朴素的农民兄弟很朴素的想法。想得比较复杂的可能是我这种人。那辆中巴车是他们租来的,说好了,每天六百五十块钱租金。除了租金,该使钱的地方还多着呢,大伙儿连年都不过了,自发自愿地跟着你老宋干,这钱,宋志永就一个人大包大揽了,老宋从家里拿了三万多元钱,不就三万元嘛,这倒不是说老宋有多少钱,而是他在钱财上从来就显得十分豁达,他们不是不爱钱,不是不想攒钱,然而他们最想的,是要用钱来干想干的事,干最有意思的事!

他们上路了。说起来他们这一路除了颠簸还颇费周折。当这十三位农民抵达湖南省会长沙时,他们找到湖南省救灾指挥部门。一位管事的和他们见了一面,看见是十三个农民,说,你们的心意我们领了,请你们早点回家吧。这话一下泼了他们一盆冰水,回家?出门的时候,十三个人都表了态,能坚持到哪天就坚持到哪天,哪里需要就到哪里去。你既然是来支援灾区的,就一定要把事情做好,事情做好了,你才能踏踏实实回家。而现在,他们这么千里迢迢赶来,难道啥也没干就勾着头夹着尾巴回家?

十三个农民兄弟一下都傻愣在那里了。还是旁人指点,说湖南的重灾区在郴州呢,你们往广东方向开,开到湖南和广东交界的地方,就到了。——走,去那里看看!可怜这十三个从没来过湖南的农民兄弟,在长沙一刻也没耽搁便连夜赶路,终于开到了冰灾最严重的郴州城里。找谁呢?找了好些家,还是没有人对口联系这个外地来的农民志愿队。农民也有农民的精明,甚至是狡黠。宋志永吸取长沙的教训,跑到一个抢险救灾啥子会上,躲在最后面一排偷听。会上正在讨论如何抢救郴州支离破碎的电网,国家电网湖南省电力公司承担的一个项目,正为人手紧张而犯愁。一散会,宋志永就找上来了,急匆匆地毛遂自荐了,我们是从唐山来的,我们都是农民,干不了技术活,但还有把力气,有把干巴劲。我们可以帮着抬抬工具,运些材料,我们不要钱,我们就是想干点啥。我们就是来干活的!他们操着唐山口音说,你就看着办吧,咱能干点啥呢?咱可不能白来啊!

这一支农民志愿队的出现,让郴州电业局局长老易非常惊喜,这是个很有智慧的人,他一眼看到的显然不是十三个北方农民的力气,而是巨大的精神支持。很快,这十三个农民兄弟就被编入一支总人数为四十人的抢险队。又很快,老宋就领到了他们的任务。其实不是任务,是义务。他们的任务或义务是帮着电力工人抢修63号铁塔。这铁塔位于桂阳县的阳古坳山头,山高路陡。十三个农民兄弟一下车就开始往山上搬运电塔架线专用的绝缘磁片,每组重达上百斤。一条蜿蜒的红泥山径,每走一步都要使劲拔脚,又溜又滑,他们是在华北平原上走惯了的,还走不惯山路,何况是这样的烂泥路,肩上还压着那样重的东西,一路下来,几乎每个人都接连摔了好几个大跟头。但摔疼了的是自己,那扛着的东西却像命根子一样搂在怀里。

老王,岁数不小了,快做爷爷了。他是和儿子一块儿来的,父子俩一前一后,亦步亦趋,就这样翻山越岭,踉跄而行,儿子年轻,有把力气,但耐性却不如他爹,老王跟在后面,还不时用力托儿子一把。这正应了中国那句老话,打仗还得亲兄弟,上阵还得父子兵。不过,比起年过花甲的另一个老王,王加祥老汉,这个小老王还壮实着呢。但王加祥老汉人老心不老,他一下车就把棉袄脱在车上了。雪是没下,但天还冷着呢。尤其是山顶上,风非常大,像冬天一样阴沉悲愤地呐喊着,很多从树枝上刮起来的雪还在山风中飘来荡去,让人产生某种错觉,以为又在下雪呢。这么冷的天,老汉还怕干起活儿来太热。老汉大年三十那天上路,老伴怕他冷,硬让他穿得厚厚的,到地方干起活儿来就有些碍手碍脚的。还别说,脱了老棉袄,还真干得让老头浑身冒汗,有人戏称他是刚出锅的老面馒头,热乎着呢。

这样说,是想着那热乎乎的老面馒头了。山太高,路太远,上一趟山,下一趟山,都不容易,大伙儿哪还能吃上热馒头,不到下午2点,吃不上中午饭。说是饭,也就是蹲在地上,抓一把还没化的冰雪咽冷馒头,错着牙帮子干啃。这还不算苦的,说苦,也是能吃下去的苦。最苦的,也不是往山上运磁片,那是个力气活儿,只管把力气使出来就成,让这些个农民兄弟够受的是往山上运电缆,这不光要力气,还要配合得好,一根电缆有上千米长,每根都比手指头粗,这不是一个人干得了的活儿,而要十多个人甚至几十个人把力气往一处使,动作要一致,步调要一致,稍有不慎人就会被绊倒,翻着跟头摔到山下来。开始,几乎随时都有人摔,但慢慢地,就没人摔了,这些农民兄弟,从跌跟头中,学会了协调、协作,这可是经历了数千年单干的中国农民从未学会过的,而他们通过一场灾难居然学会了。

从抢修63号铁塔开始,这些来自唐山的农民兄弟通过与来自全国各地支援灾区的电力工人的协作,帮灾区重建了十多座电塔。每次他们从一个抢修工地撤离时,就又有一个地方通上电了。他们站在山巅上,看见山下的村寨里电灯亮了,他们挥舞着手臂大叫起来,而脸上的泥泞就在自己兴奋的叫喊声中一个劲地往下掉。他们每天拼着命这样干上二十多个小时,值,值啊!这个时候你一点也看不出他们有多疲惫,每个人都很亢奋。很多人都知道了这十三个唐山人,十三个农民兄弟!就在离63号铁塔抢修点不远的黄石村,后来,我听一个姓刘的村民说,他女儿每天做寒假作业都要点着蜡烛,一家人天天盼着早点通电,看着他们干得那么辛苦,老刘给他们送点橘子,他们还不好意思吃,嘿嘿,都是农民嘛,兄弟嘛,有啥不好意思呢!

你还别说,别看他们是农民,农民也有农民的章程,为了不给灾区添麻烦,在来之前,这支队伍的发起人和领头人老宋就给大家定了几条纪律,有一条就是不能随便收老百姓的礼物。但给他们送来礼物的还不只是老百姓,郴州市委、市政府也来慰问他们了,还给兄弟们送来了慰问金,每人一千块,统共一万三千块。这钱接不接?十三个汉子手足无措,一个个脸涨得通红。他们千里迢迢赶来,自己掏钱,自己租车,图个啥呢,要图这钱,他们又何苦要撒下那么多钱呢?你猜,他们肯定不会接吧,可老宋接了。这让很多人吃惊不小,不是早就有谣言说他们压根儿就不是志愿者,是来揽活干的,还有更难听的,是想到这里来回收钢材的,那倒下的铁塔不是挺多吗?是的,他们接下了那一万三千元慰问金,但你很快就会吃惊地看到,他们左手接上钱,右手立马就捐给了郴州市福利院。

你看这些个农民兄弟,头脑实在不简单啊,内心世界多丰富啊!

不过麻烦还挺多。人就怕出名,一出名麻烦就来了。他们这些人都是土里刨食的农民,出啥子名喽,出了名还不照样继续土里刨食。他们压根儿就不想出什么名,原本就只想悄悄地来,悄悄地干,然后,悄悄地回家,过他们那种老婆孩子热炕头的平常日子。也的确是悄悄地来的,没想到郴州人很快都知道了,远近都知道了,甚至闹得全国的人都知道了,他们真出了大名了。他们突然变成了新闻人物,他们觉得别别扭扭的。我们就是来干活的!这是他们唯一的回答,谁问,他们都这么说。这是他们最真实的想法。当然,他们也有自豪的地方,整个郴州,不管他们走到哪儿,老百姓们都不停地对他们说多谢啊多谢啊,不是说多谢他们,是说多谢唐山人民,这让他们个个显得十分自豪,他们除了自己,还从来没有代表过谁,现在他们代表的是唐山人民啊,几百万唐山人民啊!以前可只有别人代表他们,现在他们也代表唐山人民了,他们不能不自豪,这还是他们有生以来第一次找到作为主人的感觉。

我很想去见见这些农民兄弟,却怎么也联系不上。后来听说,他们在汶川地震发生后的当晚,宋志永又和那些曾与他一起自费来郴州救灾的农民兄弟组成了唐山农民志愿者突击队,他们穿梭在危险的废墟中,在北川灾后最关键的三天里救出了二十五个幸存者,还挖掘出了六十多个遇难者的遗体。

　　这个老宋,其实还不老,才三十六岁。唐山大地震时,他才三岁,他娘告诉他,地震发生后,是上海的医疗队在他高烧不退时挽救了他的生命,还治好了母亲身上的毒疮,直到老父亲前年临终前还嘱咐他,咱要还人家的情,别的地方有困难咱能帮得上忙的一定得帮。他这次入川救灾又欠了不少钱,跟着他干的那些兄弟也都不容易,家里的情况都不太好,为救灾,他们落下了一笔笔债,王保国家里已欠下了一万八,王保忠欠一万多,宋志先欠两万多,杨国平欠了两万多,老宋在雪灾中花了近四万元,这次的花费还没法算清,他现在没有什么经济来源,家里还在租房子住,就靠老婆的工资养活孩子,兄弟们的家属有意见我们只能不作声,可在这,一说为孩子们捐款,他一下又凑了一万多……为甚呢?这都是为甚呢?可你一看这灾情,这些可怜的孩子,你的心就直颤哪!

　　当宋志永和他的农民志愿者们七拼八凑了一万多块钱交给一所小学的校长时,他们和孩子们一起唱起了国歌,这位黝黑粗壮的唐山汉子终于忍不住放声哭了一阵。问他为什么哭了,他说,我是一个普通农民,一个能够做点事的农民,现在全国的农民都在看着我,人生的价值不在于有多少钱,多少钱能换一条命啊……

　　后来,有人把这十三个农民称为唐山十三义士。

　　何谓义士?这一源于中国古典精神的词语,旧时指维护正义或侠义的人。中国人重义,仗义。而燕赵之地的唐山自古就多慷慨悲歌之士。现在呢?其实没变,一个民族永远都需要这样热血肝胆的义士,无论到了怎样的时代,这都是一种血脉里绵延不绝永不断裂的精神。多少古老的民族早已消逝在历史的尘烟中,中华民族依然是强大的不可忽视的存在,或许,就因为我们这个民族有这样一种血性与精神。而用现在的话说,他们就是志愿者,志愿者,通俗的说法就是义工,我觉得这个说法更准确,一个人先要有正义和道义上的情感,方觉自己应该尽一份义务,然后,自发、自费、自行组织到救灾的最前线,去做一份原本不属于自己职责范围的且不求任何回报的义工。

我一直想要探悉那些志愿者的隐秘心理,他们的行动是否有一种冒险和冲动的成分？我甚至有些以小人之心度君子之腹。他们与那些坚守岗位的人不同,你选择了那样一个岗位,你就必须坚守。但这些志愿者,他们都是老百姓,他们是区别于军人和政府工作人员的人,没人养着他们,他们养着别人。而一场灾难,接踵而至的又一场灾难,汇聚了来自四面八方的志愿者,无论在南方暴风雪中,还是在汶川大地震中,到处都活跃着这些古典的义士和现代的志愿者。他们以一个个感人的细节,生动地展现了中国人源远流长的仁者爱人的精神,或许也正是这种源远流长的潜藏在亿万民众血液之中的仁爱之心,铸就了一个民族坚韧的脊梁。

　　在他们中间,有一位年轻的母亲。她家里四岁的儿子,已经很多天没有看见妈妈了,每次打电话他总是问,妈呀,你什么时候回来？她骗儿子说,一分钟,再等一分钟妈妈就回家了……然后,总是,不等儿子回答,她就狠心地关了手机,转过身悄悄地擦掉眼角的泪水。她只是这些志愿者中很平常的一个,我听说了这个细节,但不知道她的名字,她是谁,她来自哪里,也许并不重要,她是一个母亲,中国母亲,而她对儿子的回答让人听了,有一种特别的感觉掠过心头。为什么每次她都说是一分钟,她是否在咬着牙一分钟一分钟地坚持。一个女人,也许可以扛住超过自己体力的繁重劳累,有时候却难以抵挡自己孩子的呼唤,这源于她们强大的母性本能。你不知道你还能坚持多久,但你看见她一直坚持着,仿佛每天都在坚持最后一分钟,牙咬碎了也不呻唤,在这样的坚持中,她忽然发现少了什么——儿子再也没给她打电话了,或许是对她这个母亲绝望了,或许是早已把她忘了。

　　这也许是一个心最硬的母亲,然而她付出的却是大爱。

　　在他们中间,还有一个缺席了婚礼的新郎。在某个地方,一场人间寻常的婚礼正在进行,不寻常的是,这是一场只有新娘、没有新郎的婚礼。作为写作者,我其实并不喜欢这样过于典型的例子,然而,那个新娘一个人在热闹的婚礼上孤单地招呼着客人的情景,让我有些担心。一个女人,在她生命中的头等大事中,却要承受那么多质疑的眼光,新郎呢？怎么没看见新郎官啊？面对那么多追着她的目光,她还必须保持着笑容,不厌其烦地向众人解释,志愿者,啊,什么是志愿者？有那么重要,连结婚的时间都抽不出身？……而她的新郎,那个志愿者,此时还在大山里的电力抢修工地上,他的胸口上没别着新郎的标志,只有手臂上系着黄丝带,这是中国青年志愿者的标志,那是一个我们其实还并不太熟悉的标志。

这是一个每个人都想回到正常生活状态的时代,而志愿者的存在,多少有些不寻常。它与你个人的生活有关吗？他们这样拼死拼活地干一天值多少钱？回报,靠力气与血汗去挣得自己应有的回报,对于每一个人,其实都是最正当的要求。但每次我在心里这样问的时候,我心里都很堵。我被一些很真实的东西,把心里、脑子里都塞得满满的。难以言明的一种凌乱,也许我该清理一下自己了。

在这寒冷的冬日,除了一些东西能让你的身体暖和起来,还有多少让心里暖和起来的东西啊。你可能已经忘记了许多人的名字,面孔,但你一定忘不了许多让你终生难忘的画面,一位晕倒的旅客在人山人海的广州火车站广场,以接力的方式被从千万双手臂中高高托起,生命,在人类的头顶传递,这不是象征,它以完全的真实性发生,但它无疑已成为人类、灾难与生命的一种象征。后来,有人把这一幕称为爱心接力,然而我总觉得这样一句话还难以包含它给我们带来的许多复杂的又难以言说的感受。——它令我奇怪地想到后来奥运圣火的传递。而很多人当时这样做的时候,好像根本就没想过。我的一位在东莞打工的朋友,就参与了那样的传递,他说,当一个生命传到了你手里,你的第一个反应就是托起她,别让她坠落。这样一个动作是在瞬间完成的,而不是在思考之后确定下来的。而人性,一个民族最本真的人性,是否就是在这样一个瞬间,才得以完全按照生命的意图焕发出来？

我们的一些所谓精英,一直在以所谓民族的劣根性和特殊国情,在拒斥人类的普世价值。如果他们通过一场暴风雪看到了真正的真实,他们应该不会绝望。不管我们这个民族还有多少劣根性,我们的人民还有多少弱点,我愿借伟大的鲁迅先生之口对我们这个伟大的民族和同样伟大的人民进行坚决的赞美,他们是中国的脊梁！

良心证词

很多年前,我就试图写一本关于中国现实伦理和道德方面的警示性报告文学,并为此做了大量的采访。我总结出了当前社会各阶层对道德良心的三个回答:农民说,良心,喂狗了;工人说,良心,生锈了;商人说,良心,值多少钱一斤?这是我必将继续下去的话题。而在这里,在一场暴风雪中许多事物都得到一次爆发之后,我的思维反而由当初的迷惑和复杂变得更加简单了——在一切迷惑的困扰中,最清醒的方式就是回归简单,很多东西,一下就明白了。

在一个社会急剧转型的时代,一个民族的脑子是很容易转晕的。许多年来,我们连一些最基本的价值都无法做出最基本的判断了。我们的一些知识精英也一直在不断呼吁进行道德重建。古人云,得温饱而知礼仪。对于已经满足了温饱的中国人,如何重建适合中国现代化的道德伦理,却成了一件剪不断理还乱的事情。最明显的是近年来中国对所谓传统文化的炒作——譬如央视《百家讲坛》的经久不衰,你肯定不会把这些现象仅仅看作是简单的文化现象,应该说,这是中国民众的生活品质达到了一个新的阶段之后,开始表现出一种回头看的姿态,看看自己这一路是怎么走来的,是什么东西一直在支撑着自己,这样的蓦然回首,意味着我们对属于我们这个民族的传统文化的重新打量。但我们应该一开始就保持高度警觉。这是因为我们那种源头意义上的、鲜活的传统文化,即这种文化上游的最有活力的那一部分早已被后来的那些所谓精英,如董仲舒、朱熹之流抽象得早已毫无血肉,更没有与人性有关的心灵起伏,鲜活的人性与心灵长久地被理念云遮雾罩,理念最终消灭了感觉,概念已经被偷换,道德成了统治者牧民的工具,诚如黄宗羲在《原君》中所揭示的本质:使天下人不得自私,不得自利,以我之大私为天下之公。

这就需要我们回到上游和源头,回到人的基本价值上,把文明的动力归根于人,把生命的价值归还给人,即儒家学说中的一个核心的价值尺度,民为贵,社稷次之,君为轻。这是儒家对存在秩序的最重要排序,人被置于存在的首要位置、核心位置。不管你对孟子这样的排序有多少种解释,我都觉得,这一古典人文主义的核心意图是不可动摇的。中国人走了近六十年弯路,最终回到了"以人为本"的正途上,开始重视人的生存、尊严和价值观,同时也更强调人类群体之间的和谐与共生、互动与融洽、宽容与理解。换句话说,我们经受了无数的苦难然后才重新确认并接受了这个事实,我们应该从小学生的教科书里,把这一人类永恒的价值观传递到他们一生深藏的记忆里。

另一方面,非人的力量永远是强大的,尤其在今天,以人为本的价值观正在被当代商业大潮日益消解,它在彻底改变我们以往的贫穷的同时,已经开始危险地以钱来衡量一切包括人的价值,而一个以钱为本的时代,人与人之间的冷漠变得不可避免,国家与社会、政府和人民、有权的人和没有权的人、穷人与富人之间,在一些权利分配方面造成的紧张关系正在加剧社会的动荡和危机。这需要我们这个民族敞开更宽阔的胸襟,如果说中国经济的兴盛与综合国力的强健取决于它向世界开放的程度,那么中国的道德重建无疑也取决于它的开放程度,这意味着我们在回过头去重新打量我们的传统文化时,更应该以大国的胸怀与气度去接纳属于所有人类的普适性价值。这种价值,说到底,也就是人的基本价值,以现代人文精神重申人的价值,把人的价值置于社稷和我们生活于其中的现实的基础性治理结构之上,社会秩序之上——这是最大的道德、道义和良心,是一切道德重建的基础或生发点,也是中国古典人文主义和普适性的现代人文主义唯一的可能嫁接点,我们能否赋予古典人文精神以现代价值,并由此而达到更高的道德实现,关键就在这里。

有人说,西方人因为信仰而深刻,中国人因为权谋而诡诈。而事实上,我们今天社会现实中的诸多问题,无一不与我们对这种与信仰有关的价值的长久忽视甚至是本能的拒斥有关,它表现为文化上的犬儒主义,物质上的拜金主义,社会上普遍的浮躁,无信仰的、拆烂污的恶炒,恶搞,恶作剧,这无一不表现出我们在精神追求丧失后所带来的焦虑,基本的价值观不解决,人类就难以摆脱荒诞的、偶然而又盲目的存在状态。哪怕你引进最先进的管理知识,也始终停留在知识层面,它可以强制性地转变为某种徒有其表的形式,却无法转化为精神资源。而摆脱这一困境的方式,还是对人的价值进行确认,我说过,这是古典与现代、东方与西方的唯一嫁接点,其唯一性,即无可替代性。

一个没有人性的民族,一个从内心到外部世界都冷淡漠然的时代,该多么令人绝望。而人性中有一种早就积蓄在那里的力量,它会在某一天突然释放出来,可能是大善,也可能是大恶。

有这样一个人,贵阳的一个商人,富人,颜昌峰。他拥有两辆豪华奔驰轿车、一辆现代商务车及一辆越野车,这在西部省份的贵州,足以表明他生活的阔绰和背后的财富。他已经四十出头了,四十不惑,该是已经活得很明白很豁达的一个年纪了。这意味着他每干一件事都排除了心血来潮式的冲动。在这场暴风雪中,他干了一件事——他把自己的这些豪华车,用于二十四小时免费接送暴风雪中的那些被困灾民,还用家里的一辆面包车给停水的灾民义务送水。他在车玻璃上贴上了醒目的标语:需要帮助请招手!这支义务为市民服务的车队,每天免费接送数百人,每天都用掉一千多元汽油费。

听说这件事后,我的第一个感觉是,这个人是不是在做广告?

后来确证,这个人的确不是在做广告,他的公司,他的商品,他的经营业务,都没有在这次免费为灾民服务的过程中出现。他的这些豪华轿车是纯粹的义车,他本人是个纯粹的义工,他在尽一种社会责任的义务。如果他真是在做广告,那就是为所有的富人做了一次效果很好的广告,很多处在底层的人民都会愕然地发现,富人并没有他们想象的那样坏。

在这场来得那么突兀的四下里一片雪白又一片黑暗的暴风雪中,一辆从广东开往湖北荆州的大客车,在京珠高速大浦段撞上了前面一辆车。车上四十多名乘客大都是妇女,还有一个不足两岁的幼儿。路边上一个叫刘吉桂的农民见状后,迅速剪开护栏网,把这一车人全都接回了家。随后,他又和村民一起把受伤的司机送到十多公里外的医院。为安顿客人,刘吉桂不仅把自家的床位、被子全部让出,还挨家挨户地去找人帮忙,直到把所有的人全部安置好。而他自己,却睡在用稻草铺就的临时铺上。天太冷,为给客人取暖,刘吉桂把准备盖房子的木材烧了;为给客人买菜煮饭,他每天早晨5点钟就起床跑市场;为给客人烧水洗脸洗脚,他每天都要慢慢踩着因冰冻而光滑的小路到两公里外挑水。四天后,客车要启程北上了,刘吉桂一大早就开始忙着做饭,还找来稻草编成绳子给即将启程的客人绑在鞋上防滑。临走时,乘客在寒风中挥动着双手。是谁在号召他这样做?不是政府,是他自己的良心。

而在洞庭湖畔的岳阳君山,听说灾区没有新鲜蔬菜吃,一些菜农在冰雪中抠出两百多吨蔬菜,两百多吨啊,要装满二十多辆大挂车,有多少双手在这样比膝盖还深的冰雪里一棵一棵地抠着,然后很小心地剥掉外面一层冻死了的叶子,用保鲜膜包住鲜嫩翠绿的菜棵,装上车,运到城里去。他们没有卖高价,价钱比平时还低。我后来到君山去采访,才知道这一季的蔬菜冻死了很多,大面积减产,这些菜农自己都没有菜吃,如果真想赚钱,他们完全可以卖高价,在冰雪中捂过的菜也特别清甜,也值得他们卖高价,但没有一个人卖高价,甚至没人想过——又是谁,让他们做出了这样的决定?依然不是政府,依然是他们自己的良心。我见到了一个黑红脸膛的汉子,我问他当时是怎么想的,他咧开嘴,露出很憨诚的农民式的微笑,又是很满足的一种微笑,但他的回答还是让我吃了一惊,他说,他——没想。

我相信他,他可能真的什么也没想。有时候良心就是一种本能。

在富人们纷纷捐款的同时,不要忘了那些捐出一块零花钱的小学生,不要忘了那些捐出了一天生活费的下岗失业工人,那些处在最低生活保障线以下的穷人,还有那些工薪族,捐款的数额真的不在于多少,关键是,他尽心尽力了,也尽情了。而他们这样捐出的一块、两块,聚沙成塔,集腋成裘,全国上下纷纷向灾区捐款捐物,社会各界迄今募集善款近十三亿元,十三亿人的爱心,点点滴滴地累积起来,才能汇聚成一个国家和一个民族的大爱。天下兴亡,匹夫有责。这里我不想纠缠顾炎武的"亡国还是亡天下"的问题,我倍感欣慰的是,一个民族的道德长城没有在一场暴风雪中犹如雪崩一样坍塌，反而还更加引人注目地、崇高地矗立着，我说过，这是我依然热爱我们这个伟大的民族并且充满了归属感和认同感的一个理由。

让我们记住这样一笔善款，捐款人是第十一世班禅。

在藏传佛教中，班禅意为大博学者，被认为是无量光佛的化身。作为藏传佛教宗教领袖，班禅在信教群众的心目中是崇高至上的精神象征。在扎什伦布寺，他为公众摩顶祈福，有时候达到一万多人，队伍排了两公里长。而平日里，他深情地通过念经祈祷，祈求净化人生，化解众生的悲苦，让世间苍生幸福平等，引领人类摆脱自己心灵的枷锁，超越狭隘的个人情感，彼此相携走向天地间的无穷之境。这场南方暴风雪，第十一世班禅额尔德尼·确吉杰布以个人名义，向遭遇严重冰冻灾害的贵州灾区捐款三万元，他身边的僧俗人员也募捐了七千多元，以此来表达他慈悲济世的情怀。而这样的情怀，永远都不只属于宗教，而且属于全人类。

黑暗深处的微光

你没法把那些声音弄明白。你看不清那是谁的影子。

经历了这样一场灾难，你对未来是否还有信心？或许，应该看看这些身影，尽管不一定是回答。

灾难塑造人格。巴尔扎克说，一颗无畏的心往往能帮助一个人避免灾难。在灾难面前，一颗敢于并善于自救的仁爱之心，能帮助所有人更好地抵御灾难。每一次灾难降临时，不管政府会采取什么行动，在灾难发生的第一时间，离自己最近的人，永远是自己。自救，永远是生命中最重要的。除了自己，离你最近的就是当时就在身边的人，哪怕是此前从没见过的陌生人，甚至是仇人，这个时候你也会感到他的存在是一种力量，而对他而言，你的存在也是一种力量。这是一种离你最近的可以互相扶持、互相搭救的力量。

或许令人不堪回首的灾难也有一个好处，冰雪覆盖了大地，也覆盖了人间的浮华与浮躁。不妨看看那些小人物，在这个世界最冰冷的空间里，他们的精神没有崩溃，他们的内心也没降到零摄氏度以下。他们很沉静，甚至表现出了一个民族少有的浪漫精神。这样一场暴风雪,最终没有摧垮他们,反而,又一次重塑了我们这个民族的风骨。

真的,你真想要大哭一场啊!这是我随机采访的一个姑娘,她不是一般的打工妹,是研究生毕业后在珠海某银行工作的白领丽人。她一直很安逸地为自己的心情和一份心爱的工作而活着,而且感觉特别好地活在一种诗意的还能够看见星星的年龄,她微笑的样子还是那样惹人怜爱。她说,平时,她并不想家,但每年她都会回岳阳老家来过年,而在她的父母看来,你平时回来了就回来了,你要过年不回来,那就好像一年你都没回来陪陪父母,陪陪亲人。而她的父母亲,是岳阳某高校的教授,高知,然而,你吃惊地看到,这样一对教授夫妇对过年的看法与一个农民并没啥区别。这姑娘告诉我,她每次回家,就在家里待几十个小时,而就为了这几十个小时,这次她在路上被堵了七八天。

她说,就像坐牢的人,你根本不敢想你在号子里待了多长时间,那么长时间,你不得不去面对每一分钟,这太难受了,真的,你真想要大哭一场啊!可你一哭,很多人都哭了,不哭的也跟着你一起难受,当你和很多的陌生人挤在同一辆车上时,他们已经够难受了,你还要让他们再跟着你一起难受,你突然发现自己很残酷,而那些原本与你无关的人都特别无辜。你自然而然地就不再哭了,但这样憋着,又怕精神错乱,真的,尤其到了夜里,在围拢来的黑暗中,那个难受劲儿,你还真难控制住自己。后来,大伙儿就开始讲故事,讲自己的故事,包括你从没对任何人吐露过的与爱情有关的秘密,你都有了倾吐的渴望,很多人可能把他们一辈子都藏在心里的话当着一车的陌生人讲出来了,而在这样的倾吐中,你突然发现活着是一件很好的事啊,有那么多幸与不幸的过程,或许,你现在的经历,也是某个日子,又被你重新回忆起来的一个过程啊……

我想你可能注意到了,这个白领小姐无意间涉及了这场暴风雪中一个被我们忽视的重大课题:谁来抚慰这些被困的心灵?是他们自己,彼此,也许他们的故事只是废话,但这足以令他们忘掉漫长的时间和如凌迟一般的精神痛苦,这是一种把长久笼罩的黑暗驱逐开去的方式,一种精神的自救与互助的方式,它的意义丝毫不亚于任何一种雪中送炭的救赎。

　　这样你就理解了,为什么一对年轻的未婚夫妻会在被堵在冰雪中的大巴上举行婚礼。不是没有人猜测,说他们这样干纯属无厘头,或是为了炒作。也许你不该如此轻率地下结论,先看看事实——在京珠高速公路上,一对年轻人,他们要赶回安徽老家举办婚礼,结婚的日子早已定好了,帖子也早已发出去了,而他们注定已经赶不上自己的婚礼了,到这天,也就是他们结婚的日子,他们在暴风雪中已经堵了五天了。而此时,远在安徽的老家,他们的家人还是按照风俗和订好的日子给他们举办了婚礼,只是两个主角都缺席了。这时新娘忍不住低声抽泣起来,对于她,那不是一般的缺席,那是一生都无法弥补的缺憾。新郎也是一脸苦相,只能不停地安慰新婚的妻子。这时,一车人才明白今天是小两口结婚的日子。突然间,一车人都沉默了,那是一种极度压抑的沉默。突然有人提出来,要在这里,这冰天雪地里的大巴上,为小两口举行一场婚礼。好啊,太好了!很快就有人响应。新郎新娘也兴奋起来,是啊,怎么就没想到呢?这世上很多人都可以为自己举办一次盛大的婚礼,但有多少人可以为自己举办这样一场特别的婚礼呢?这百年一遇的大雪既是灾难,又何尝不是夫妻风雨同舟的一种象征,冰清玉洁的一种情怀?一种深深的失落,在瞬间便转换为极度的兴奋,一场非常简陋的婚礼开始了,没有婚纱,没有鲜花,只有一个孩子的红领巾当了新娘的红盖头,一车的乘客为他们唱起了《婚礼进行曲》,新郎在众人热闹的簇拥下深情地掀起了新娘的红盖头,在车窗外一阵紧似一阵的寒风呼啸声中,车上响起的是一片忘我的欢呼声,洋溢着从未有过的新奇和喜悦,而那些有幸参与了这场婚礼的旅客,他们的记忆将不再是灾难性的,而是幸运的、充满喜庆色彩的,他们会把这样一个难忘而又浪漫的故事讲述一生。

　　一些西方人认为中国是一个近乎呆板的鲜有浪漫的国度,这是一种偏见。浪漫不仅属于法兰西,也同样属于中国,中国人。这样的浪漫,会以各种不同的方式表现出来。

　　有一个叫刘忠平的深圳打工者,他的浪漫表现为一种长途跋涉的坚韧。谁能想到,会有这样一个中国人,裹着一床毛毯,手拎着一个热水瓶,从深圳,一直走到他被困在京珠高速公路上的亲人身边,他在雪地里徒步走了三十多个小时,从天亮走到天黑,从天黑走到天亮,是什么让他孤身一人穿过那漫无尽头的黑暗?我猜测着。我的心有些跳。那个黑暗画面中呈现出来的隐约身影,或许只被他自己心灵里的微光所照亮。

亲情!有谁见过这样浓烈而浪漫的亲情?

是的,还有比他走得更远的。一个叫杜登勇的打工仔,当他得知未婚妻被困在郴州,他立刻就从深圳出发,徒步走向郴州。两天两夜,他低着头,一直不停地走,有冰雪的气息冲到他脸上。他不知道自己已经走了两天两夜,最后的感觉就像睡着了。他在严重的冻伤之后昏倒了,哪怕昏倒,他也是倒在郴州,昏倒也是一种抵达的方式。郴州人民救了他,他醒过来后,马上要去找自己的未婚妻,但他与未婚妻已失去联系。可他没有停下自己的脚步。他说,我一定要找到她,就是爬我也要爬到她跟前!

又有谁见过这样执着、坚韧而又浪漫的爱情?

无论亲情、爱情,这些人之常情,又何尝不是人间最美的情感?它们都成了灾难中的人们的心灵之光,哪怕再微弱,也烛照着他们漫长的孤旅。

或许,最浪漫的还是一个骑着自行车从重庆一路蹬到浙江的商人,他以满脸冻疮和十四天的骑行表现出一个中国人的浪漫情怀。这位自称不喜欢数钱,就喜欢做驴的驴友,家在浙江诸暨城关,人在重庆谋生,他的行为也许与春运无关,但他的毅力和坚强,却为我们在这场暴风雪中提供了精神支持。而他的感觉是多么浪漫,他认为他的一生都是骑着一辆自行车在暴风雪中走过来的。

何谓浪漫?也许它具有多种多样的含义,你可以进行多种多样的解释,但作为一种富有诗意、充满幻想的精神,则是被人类公认的。因此,你不能用常识去看待这些人的行为是否合理,是不是精神出了什么问题,浪漫的本质就是以感情的激流冲垮理性的冰层,以感情统御一切。这么说吧,它不是精神异常,而是精神超常,它渴望以超越现实的方式去打通精神之路、心灵之路,它所表现出来的精神之激烈,哪怕在最普通的人身上,也会焕发出超凡的魅力。

当两米多高、比姚明还高六厘米的中华第一巨人康建华站在广州火车站广场,举着比路灯还高的牌子,用他深沉如山洞里发出的声音呼吁慈善家给被困广州站滞留人员捐款捐物时,你无疑看到了一个真实的浪漫主义的象征。尽管有不少人批评康建华此举有作秀之嫌,但他如耸立般往那儿一站,一个象征就完成了,你看见他,你突然不再像先前那样绝望,而且奇怪地平添了一股信心。最简单地说,至少,他的高度,在引起注目的同时,也分散了你的注意力,让你高度紧张的神经可以放松一下。是的,他虽然没有钱去买棉衣和热汤送给老乡们,但可以利用最大的身高优势来吸引人们的眼球,至少比一般人的呼吁更能引起注意。而对于他的行为,你真的没必要以平常的目光去看,换一种目光,你会为我们的同类中拥有这样的一个巨人而自豪,或许你还会看到,这灾难中的许多平常人,又何尝不是巨人?能在这样一场巨大的灾难中挺过来,每个人都是巨人。

当然,这个象征只属于浪漫。我其实是一个偏重理性的人,但在经历了这场暴风雪之后,我发现,人类需要理性,也同样需要浪漫,尤其当你在黑暗中摸索时。

有多少人在无边的黑暗中摸索过。在黑暗最深处的郴州,有这样一个的哥,他说,在停电时间达半个月之久的郴州城里,最让人难以忍受的不是寒冷,而是黑暗和黑暗中的孤独。夜晚走在街上,路旁的一座座高楼,一扇扇窗子,黑魆魆的,黑洞洞的,这都是你原本十分熟悉的东西,但你感到莫名的恐惧、莫名的惆怅,仿佛悄无声息地,你已经走到了通往幽暗冥府的路上。但有一天,他的这种感觉突然改变了。那天深夜,他摸索着钻进楼道里,一切都像往常一样隐藏在黑暗中,他扶着墙,用脚试探着,很小心,好像一不小心就会触动某种暗设机关。是几楼了?他默数着。忽然,他脚下奇异地亮了起来。老天,来电了?他惊喜地一抬头,在一片黑暗中,隐约看见有一家门口站着个十五六岁的姑娘,拿着一只手电筒,正照着他脚下的楼梯。这姑娘,他以前肯定见过,但不熟,现在住在同一栋楼房里,哪怕屋挨屋住着的邻居也已经很少有邻居的意义,没几个互相熟悉的。他没好意思问话,那姑娘也没吭声,然而在沉默中,她的眼睛是亮的,那道微弱的手电光亮一直照着他,跟着他的脚步一路上升,他竟抑制不住内心的激动,身体微微战栗起来。他走得很慢。他甚至感觉自己沉闷的脚步声变得悦耳动听了。

五楼,终于到家了,他掏出钥匙开门,进门,那一缕微弱的光亮才消失。

然而,就因为这样的一缕微光,他忽然觉得这个夜晚并不算太黑。换一种比较浪漫的说法,黑暗深处的这一缕微光可能会照亮他一生。

C部 涅槃与重生

第十一章　阿喀琉斯之踵

预测,上帝的绝密消息

本章的逻辑起点:人类依然生活在未知之中。

生命是一种荒谬的存在。人类是一种无知的存在。

从人类在这个清静、幽雅的蓝色星球上出现之后,灾难性的悲剧阴影就一直笼罩着人类整体的命运。

作为人类,也许我们永远都只能尽我们非常有限的能力,来理解这个世界。最近在西方,盛传着一个并非属于愚人节的传说。上帝派一个天才来向人类透露它的绝密消息,这个叫霍金的人,以远离尘嚣超凡脱俗的方式终日坐在轮椅上,面色苍白,神衰气弱,仿佛天国投射在人间的一个影子。他身上唯一能动的只有嘴唇、眼睛和一个手指头,但他最近透露了上帝的绝密消息,他说,最后的日子,人类的末日,就在下一个世纪,人类将被自己的欲望所毁灭……

下一个世纪,很快了,还不到一百年了。而我们对这样一场罕见的暴风雪,说是五十年一遇,八十年一遇,百年一遇。这意味着什么?这意味着,对于现在还活着的绝大多数中国人来说,它也许是我们一生经历的唯一一件大事。在我们第二次看清这样的灾难之前,我们人类,很可能在这个世界上已经不存在了。

不要把这看作是一个假设,我们已经把太多残酷的真实看作了假设。

而对于任何一种自然现象,气候现象,你都不能单纯地就事论事。这是我在此次采访过程中最深刻的感受之一。我们生活的地球诞生于四十六亿年前,这个拥有蔚蓝的海洋、绿色的大地以及大气的星球,也是目前人类所知的浩瀚宇宙中唯一有生命存在的星球。但人类并不珍惜她,人类不愿和她踩着一个节拍,尤其是在现代科学产生之后,人类更来了精神头,充满了征服世界的狂妄。这样的狂妄恰好是对科学的最不尊重。在采访中,我依然看到一些人定胜天的口号,粗重地刷在老百姓的墙壁上,或用黑体字堂而皇之地印在报刊上。我感到这个口号的虚妄。人类短暂的历史和大自然是无法比拟的。人类在时空中的渺小和大自然是无法比拟的。如果你真的相信科学,你就只能理性地接受这样一个宿命的事实——人类永远不可能战胜大自然。真的,我们不需要这样的豪情万丈,更不需要这样的征服欲。我甚至觉得它是人类所有欲望中最可怕的。

人类这种过于虚妄而又十分强烈的欲望,正在破坏他们赖以生存的唯一的基础,由此带来的最严峻的一个环境问题就是地球变暖。而对于全球变暖的原因,人类一开始甚至不愿承认这是自己的行为所致,而归咎于太阳,曾经有一种观点固执地认为全球变暖的原因是太阳活动。然而英国卢瑟福·阿普尔顿实验室科学家麦克·洛克伍德与瑞士全球辐射研究中心的克劳斯·弗洛里斯共同进行了这项研究,他们分析了1985年以来二十多年间太阳活动及其释放出的能量、宇宙辐射强度等可能影响地球温度的因素,并与同一期间地球平均气温变化做了比较,结果发现,这二十多年来太阳释放的能量是处在衰减状态的,而地球温度却一直在上升——这就是说,这段时间所有可能影响地球气候的太阳活动,都无法解释近期的暖化趋势,过去二十多年中地球气温不断上升的现象与太阳活动无关,相反,太阳还在不断地为地球浇水,灭火,降温。那么,到底是什么原因造成地球变暖?毫无疑问,是人类!人类活动才是导致全球变暖的真正元凶。

这次拉尼娜现象,尽管是以极端冰冷的方式表达出来的,而许多专家都清醒地意识到,这是地球变暖的另一种方式。而地球变暖,虽然有异常复杂的原因,但有一点是可以肯定的,那就是日益严重的大气污染,日益严重的对臭氧层的破坏。在离我们最近的这个世纪,人类文明加速的世纪,同时也是灾难加速的世纪,人类从世界的各个角落纷纷走出那有着古朴情调的街巷,田野中的阡陌,走向了光滑如镜的大马路。现代化制造的一切,每一个零件,都直射出闪亮的光芒。而天灾与人祸永远是紧密相连的。一战,二战,以及发生在一些极端意识形态下的大规模血腥屠杀,原子弹、氢弹爆炸,全球性工业化、现代化带来的大规模污染,人类正以各种暴殄天物的欲望过度消费和预支太阳系中这个最美丽的星球。欲望,可怕的欲望,在进入21世纪后已经成为人类所谓文明进程的第一推动力。随着人类活动范围的扩大,二氧化碳、沼气、锌化氮等温室效应气体逐渐膨胀,一位老科学家这样形容,地球正被人类以从未有过的方式架在炉子上烤。

地球表面温度的上升会带来什么?据专家估测,气温变化正在引发连锁反应,如果全球平均气温照这样的速度继续升高,也许根本不用五十年或一百年,很快了,十年二十年,地球上五分之二的物种将面临灭绝的危险,全世界将会有三十多亿人面临水资源短缺的问题,其中包括中国中西部;伴随气候变暖出现海平面升高、洪涝灾害或者干旱,在未来七十年里,全球会有数亿人陷入大饥荒,而沿海地区以及许多美丽的海岛将会被洪水淹没,地球的顶点北极点的冰川将完全融化。事实上,北极地区多年前形成的厚重冰层近二十年来都已融化或漂移,剩下的都是一些非常薄的冰川,这些冰川在夏季非常脆弱,它们的融化速度前所未有。

现代化,这是现在我们思考得最多的一个问题。而在以前,它根本就不是一个问题。近三十年来,它在给中华民族的历史进程一次次提速,从能源、电网、高速公路、电气化铁路,到人类的生活质量,生活中的每一个细节,都因为它,而细致到了近乎完善的地步。现代化直接催生了现代社会,人们对气象、交通、能源、通信的依赖程度越来越大,不同系统、不同地区环环相扣,相互作用。然而,我们好像从未考虑到,它到处都是暗设的机关,牵一发而动全身。一个环节出了问题,就会产生多米诺骨牌效应。一场暴风雪,压垮了输电线,电一断,铁路运输线断了,电煤的运输断了,反过来,南方众多火电厂也发不了电、供不了电了。而一旦没电了,一切仿佛都没了,自来水没法送上来,油盐柴米没法运进来,空调、暖气、冰箱……一屋子家用电器成了废铁,你这才感觉到你生活的每一个细节对现代化的依赖程度,你也突然体验到了你所依赖的东西是多么脆弱。

而我们也早已习惯于把灾难推到与科学有关的事情上。

我们对科学的信仰已达到了迷信的程度。我们深信,科学可以解决我们所有的问题。这是一个初步进入现代社会的国民心理。科学一旦失去了理性,人类中就会生产出大量令人难以置信的白痴。米诺斯拉夫·克尔莱扎,这位我敬仰的南斯拉夫诗人,他将我们的20世纪,一个科学与现代化拼命加速的世纪,比作一个驾驶飞机的猿猴。他的意思是说,我们依然生活在未知之中,依然处在世界的原初状态或人类存在的原初。

很多的质疑,都来自灾后。在灾难成为事实之后,在中国,都会有非常普遍的事后诸葛亮现象。而在灾难成为灾难之前,在灾难尚处在过程中时,却很少有这样的追问,因为这时候还没人知道最终的结果。我们有很多的事后诸葛亮,这并非坏事,但你应该理性地反思,在灾难发生之前,发生的过程中,你在干什么?你是否又能完全掌握灾难从预测到发生的全过程?如果你诚实,不想欺骗自己,我相信你肯定跟我一样,除了茫然的感觉,不可能知道得太多。这是我们自身的局限,我们,每一个具体的人,无限时空中短暂而渺小的个体生命,是无法洞察自身的命运的,更不用说人类,宇宙。是的,我在反复强调人类的这种局限性。我觉得这很重要。在正视这样一场灾难的同时,我们首先就要正视自身。

天气,这鬼天气,怎么就没有早点预报呢?

很多人都指责我们的气象部门。这是一种误解和偏见。早在1月8日,湖南省气象台就发出了1月中下旬湖南会出现大面积雨雪冰冻天气的预报,1月17日又发出了冰雪天气会加剧的预报。应该说,这是非常及时的预报。然而,有道是天有不测风云,以人类目前所能掌握的科技水平,谁也无法掌握这之间的变数。譬如在交通方面,你不可能在冰雪尚未降临之时就关闭京珠高速这样的南北大动脉,而关闭本身也无异于把灾难降临的时间提前。交通是不能截断的,路是必须通的。而你也不能不承认这次气象灾难的特殊性,从大范围说,它是五十年一遇,具体到湘南郴州一带的"冰灾寒极",则是百年一遇,而无论把时间提前到五十年还是一百年,我们今天面临的许多问题都是那个时代的人还没遇到过的,譬如说交通、电力、航空、电讯,社会的各个方面的现代化程度还远不及今天,我们的任何一个判断、一个决策,都是对灾难本身的正视。譬如说,湖南省气象台发布级别最高的道路结冰红色预警,是1月15日,而此时,一些地方的冰冻已经达到了史无前例的最高值。但很多人对这种极端性恶劣天气,从强度到持续时间都还没有足够的估计。一辆辆车,依旧源源不断地从各个始发站发出,而更多的,已经在路上……

有谁知道南方寒冷天气还会持续多久?天气预报最长能预报多少天的气象?

除了重灾区湖南之外,湖北武汉遭遇1954年以来最长的冰冻期,有"千湖之国"之称的湖北,水果湖、北湖、月湖、天鹅湖等湖泊都出现了大范围湖面结冰,这在南方是十分罕见的;暴雪刷新了青藏高原的纪录,西藏出现了大范围强降雪天气,川藏线被冰雪完全覆盖,还接连爆发震耳欲聋的雪崩;江苏省遭遇了十年来最强的一次降雪,十二小时积雪深度达到了十二厘米,南京各交警大队陆续封闭了境内大部分高速公路、绕城公路以及市区的大部分高架桥、立交桥;广西桂林遭遇了四十年以来最为严重的冰冻雪灾,全州连续遭受三十年不遇的冰冻灾害天气;安徽省大部分地区出现暴雪,境内高速公路已全线封闭,部分国道、省道出现了严重堵塞情况;1月27日上午,江西省气象局启动重大气象灾害预警应急预案二级应急响应,庐山也出现入冬以来最明显的降温、冰冻、大雪过程,路面严重结冰,多条供电线路损坏;贵州遭遇五十年来最为严重的雪凝灾害,黔东南凯里市大面积停电,导致作为贵州开往华南、华东、华北唯一通道的湘黔线中断,贵州和湖南的雪灾导致昆铁部分列车暂停售票。而在此前,贵州气象台已连续发布大雪和道路结冰的红色预警;浙江北部杭嘉湖地区出现中到大雪并出现积雪结冰,浙江省气象台1月26日、27日连续两次发布大雪和道路结冰黄色预警信号,杭州火车站十多个班次列车晚点,三万多旅客滞留;福建省气象台1月26日首次发出道路结冰黄色预警信号后,福建省南平市西部、北部地区与三明市西部地区有冻雨和道路结冰……

也许不必继续往下列举了,不胜枚举。而这场中国南方的暴风雪,无疑凝聚了一个时代的诸多信息与症候,而这一切都必须得到正视——它也正是本书所要体现的核心价值。正视它,就是正视早已存在于那里的一种现实。首先,你得正视天气预报,它可以相对准确或比较接近准确地预报天气。但它也不是算命先生。它无法对人类的活动与心理做出预测。一切可以预测的都是必然性的东西,但必然性中又有太多的偶然性。这是灾难的不可预测性。以2008年春天的这场罕见的冰雪灾害为例,不能说我们没有预警,没有应急,很多人都预料到了这样的恶劣天气会影响民航、公路的运输能力,而铁路运输压力更是骤然紧张。为什么铁道部决定2008年中国铁路春运比原计划提前六天启动？就是在预测的基础上做出的一个决策。然而,人算不如天算,第一场暴风雪似乎已经过去,到1月18日,第二场更大范围的雨雪冰冻天气几乎席卷了整个中国南方,大半个中国,其中,安徽南部、湖南大部、贵州全省和广西东北部出现严重的凝冻天气和比冰雪更惨烈的冻雨天气。到1月25日,全国春运开始后两天,第三次大范围雨雪冰冻天气开始,江南大部遭受大到暴雪,冻雨天气在贵州和湖南继续维持,江西也大范围出现冻雨天气。

冻雨,一种黏稠而糊涂的奇怪液体,奇怪是因为罕见。事实上,此次灾害天气,在各受灾省份是数十年乃至百年一遇。其中造成灾害最严重的便是冻雨——你不知道这是一个名词还是一个雨水冻结的过程,按我的粗浅理解,它应该是指雨滴与地面或地物、飞机等相碰而即刻结冰的雨。冻雨比单纯的雪灾要更具危害性。冻雨落在表面温度低于冰点的电线上后,会马上在电线外围结成晶莹透明的冰层;此后雨滴继续落在结了冰的电线表面上,就会逐渐凝结成一条条冰柱。电线结冰后,遇冷收缩,加上冰柱重量的影响,就会绷断,有时甚至将成排的电线杆拉倒,使通讯和输电中断。公路交通则因地面结冰而受阻,交通事故也由此增多。而飞机在含有冻雨滴的云中飞行,会使机翼、螺旋桨积冰而造成失事。

我在采访过程中听铁道沿途的那些师傅说,以往遇到冰雪天气,只需每组道岔派两三个人扫雪,就可防止道岔冰冻影响列车运行,但今年不一样,天气变得如此恶劣的主要原因还不是冰雪,而是凝冻、冻雨和冰雪的错综复杂的气候现象纠结在一起,而被摧毁的首先不是铁道、公路,而是电网。你只能全力抢修电网,而电网抢修的重中之重,就是给输电线路手工除冰。但在冻雨持续的天气下,往往刚清理完,随即就能再结一层厚冰,根本来不及处理。尤其在山区,机械设备根本用不上,只能依靠人力。在湖南电网发生冰灾之初,由于冰层厚度有限,郴州、衡阳等地电力部门采用制造人为短路使电线升温的办法去掉覆冰还能奏效。但随着冰冻越来越严重,原始的人工除冰,成为对付这种罕见冰冻最有效的办法。

灾难,不断逼着你往心里去琢磨一些事,也逼着你质问。

吃一堑,长一智。人类永远都在为即将降临的灾难做准备。

准备好了吗?或许就在你以为准备好了时,上帝却又给你一场意料之外的灾难。于是,又是新一轮的吃一堑,长一智。

一个不可忽视的日子,2月4日,中国气象局的权威人士在国务院新闻办举行的发布会上坦承了我国目前所能达到的气象观测的技术水平,中央气象局能够发布的未来天气预报,最多七天,这是极限,也是目前气象科学预报能力的边界,超过了这个边界,就不叫预报,而叫预测。也就是说,我们目前还很难对一周以后的天气做出准确的预报,而这相对较长的天气预报,是以某一时段的气象卫星云图变化为预报依据的。有道是天有不测风云,这样的依据永远只是一个参数,它的变数更大,也就是说,时间越长,变数就越大,预报也越不准确。具体到这次冰雪天气的预报,一方面,中央气象台对1月10日到2月5日的五次雨雪天气过程都提前两天到五天做出了比较准确的预报,对大的雨雪天气过程把握住了;另一方面对这次极端天气过程预报员还从来没有遇到过,以往的经验不够用,只能边预报边总结,在预报精细化方面还需要进一步提高,如对雨雪具体落区,降雨雪的时段、大小的预报,还存在一些误差,长时效预测中对灾害性天气的持续性和强度估计不足,对此次连续发生低温雨雪冰冻天气过程,没有事先料到,对后面可能出现的灾害缺乏足够的估计……

我们与世界先进水平还有相当大的差距,而西方发达国家还不会把自己的数值预报产品全部拿出来供全人类共享——在他们强调人权高于主权的同时,他们的国家利益却依然高于人类利益。你不必为此感到悲哀,哪怕这些资源我们能够共享,也不可能百分之百地料事如神,而其中的无数变数,可能不是人类能够在短时间内彻底解决的。无论做出怎样的决策,你都必须正视人类目前所掌握科学水平的局限性,也就是承认人的局限性。这也是我们对灾难的正视;人类存在,灾难就会存在,人类不存在了,灾难也依旧会存在。哪怕世界上最发达的国家,掌握世界上最尖端的科学技术,也不能保证他们的国家就不发生灾难;哪怕他们的预报惊人地准确,也不能阻止灾难发生。对此,联合国教科文组织用了一个非常谨慎的词语:减灾。这是人类可以努力争取的,把灾难的损失减少到最低的程度。它一开始就不具有绝对性,而是相对性的。

不怕一万,就怕万一;一朝被蛇咬,十年怕井绳。

就因为一朝被蛇咬过,就要时时刻刻提防着被蛇咬,就要把蛇药时时刻刻带在身上。如果为了抗一场只有很小可能出现的风险,为了这样一个概率很低的万一,我们投入的成本却要大于灾难本身,这种不惜代价的心理,可能导致我们将有限的国家资源和财产虚掷。如果为预防灾难付出的代价,已远远超过灾难本身,这种预防本身也是灾难。在1998年的大洪灾过后,我们许多地方的决策者,为了防患于未然,以防万一,每到汛期来临之前,就打开闸门,提前放掉水库里的水,那一片汪洋般的清清亮亮能够照得见人影的水,一股股又清又甜的可以直接饮用的水,就这样哗哗地白白地放掉了,这是犯罪啊!结果洪灾没有出现,却连续数年出现大面积的干旱,很多原本就住在水库边上的老百姓也要翻山越岭到十几里外去挑水吃,刚栽上的禾苗像被火烧过了,老百姓的心里也是一片枯焦。试问,你这样做的科学依据是什么?是否征得了当地人民的同意?

对一个早已习惯于绝对化思考的民族来说,如何以相对性的角度看问题?我们强调对灾难的正视,也就是要理性地对灾难予以科学的评估。例如电线、电力塔架到底能够承受多大厚度的暴雪覆盖、能够抗多少级别的地震、能够抗多少级别的台风?这一切,既要重新综合思考,又要考虑到抗风险的成本。

一场暴风雪过去了,而灾难,却依然是你要在现在的、未来的生活中随时遭遇到的。我在采访的过程中,就接二连三地遭遇了汶川大地震、冰雹、雷暴、南方特大暴风雨,随后是中西部长久的酷热与干旱。这一切的灾难,似乎都是转瞬之间的。人类只能繁衍出人类,灾难却能繁衍出各种各样的灾难。这每一次灾难都给人类带来风险意识和抗风险意识。然而你依然还是猝不及防,防不胜防。当然,这其中不乏真知灼见。譬如,有人提出,未来我们必须调整经济结构、能源结构,资源储备战略也必须有结构性的调整。西谚说,不能把全部鸡蛋都装在一个篮子里,中西部地区的经济不能再这样长久地提不起精神,应该提速了,那些经济高度发达而资源又相对贫乏的地区,必须学习资源储备的方法——这些,近年来,国家其实一直在做,在朝这个方向努力,只是还远远没能达到预定的目标,这也不是想一想说一说就那么容易做到的。在这样一个无比庞大的国度,几乎所有的人都在叹息,积重难返啊。

而灾难也激发了人们的联想能力。很多人都把这场冰灾与未来的战争联系起来看。如果我们的输电网和电气化铁路遭遇了电磁脉冲弹、石墨炸弹的攻击,大半个中国这样陷入长时间的瘫痪,那种后果是不言而喻的。未来,我们必须加强电气化铁路抗灾害抗战争能力的配套建设,能够足以应对一场像2008年暴风雪规模和范围的战争,沿线输电网,供电设施,都必须达到抗暴雪设计标准,重新设计、建设或者修缮。然而,吾力之微,终不如帝力之大。谁也无法以一劳永逸的方式,将人间所有的灾难消弭于无形。就算你现在按照五十年一遇、八十年一遇、百年一遇的抗灾标准设计,谁又能保证不再发生一百五十年一遇、千年一遇的特大暴风雪?抗风险,也是要考虑成本的,有人质疑,但是,你是否考虑过,它要付出多大的代价?

一路走来,在与朋友们的交谈中,我不止一次地想到了一个古希腊神话,阿喀琉斯之踵。这位伟大的海神之子,《荷马史诗》中的英雄,传说他的母亲曾把他浸在冥河里使其能刀枪不入。但因冥河水流湍急,母亲捏着他的脚后跟不敢松手,所以脚踵是最脆弱的地方,一个致命之处。因此埋下祸

第十一章 阿喀琉斯之踵

根。长大后,阿喀琉斯作战英勇无比,但最终也给人发现了弱点,在特洛伊战争中,阿喀琉斯杀死了特洛伊王子赫克托耳,因而惹怒了赫克托耳的保护神阿波罗,于是太阳神用箭射中了阿喀琉斯的脚后跟,要了这位勇士的命。这就是至今流传在欧洲的谚语阿喀琉斯之踵的来历。任何一个强者都会有自己的致命弱点,没有不死的战神,是这个神话告诉人们的一个道理。

每个人都有致命的弱点,要害。现代化也是这样。现代社会也是这样。现代化固然重要,但千万不要以为现代化就可以掌控大自然,人类在大自然面前应该保持谦卑,必须主动地去与大自然沟通,学会怎样同大自然和谐相处,一句话——人类应该心平气和地信任着同时恪守着天意或宇宙中既定的秩序。

如果真是百年一遇,这样一场暴风雪,它给我们的教训就该比一生的时间还多。

公共危机,一个旁观者的诚实记录

这么多年来,我努力做一个旁观者。或许是因为我见多了人性中太多难以启齿的东西,我更喜欢待在自己的精神世界里。我已经很不擅于和这个世界,和我的同类打交道了。因为长期伏案写作,我的眼前早已一片模糊。我也看不清楚外面的许多人和事了。然而,这一场暴风雪击碎了我心中的宁静,我走出书斋,也下意识地擦亮了眼镜。

坦白说,我的这次采访,也时常会碰到一些不信任的目光,他们用这样的眼神来看我,仿佛我还有什么别的意图。而我在此追踪、记录、书写,只有一个意义,那就是为我们的后代,至少是为下一个世纪的人类,提供一些诚实的东西。

——也许有一天,他们会用得着。

天气一天比一天热,阳光开始变得那么干涩,在长沙,开始出现摄氏四十度的高温,这也与我采访的冰雪形成了极大的反差。我沿途采访的每一个人,那些在数月前经历过冰雪的人,此时正处在火热之中,而一些抗过了冰雪的电力工人,又开始抗高温,看见汗水从他们的头盔里流淌出来,你会奇怪地怀念起那些冰雪天气。这表明我的脑子很混乱,是否也表明,人类很难保持一种理智上的清醒。有很多怪事。有的人在灾难过后,开始什么也记不起来了,整个记忆一片空白。更多的一说到那场冰雪,就恍如遭遇过了一场白与黑的奇怪梦魇,又都像极力地从那个极黑暗极疲劳的梦中返回。

不过,还是有很多人在理智上保持了足够的清醒,至少并不像我这样轻易就受到一时的环境和气候的影响。中国问题专家、北京理工大学胡星斗教授说,对于中国南方遭遇的这次暴风雪,中国社会的反思是不够的。这次中国社会遭遇的罕见复杂危机,如果我们没有做深刻的反思,我们的公共治理制度将难以进步。无论是整体的应急制度,雪灾后各个部门的应对方案,信息的公开和事后的问责都是不够的。这次雪灾造成如此深重的影响,首先由于大雪本身的反常,还包括遇到春运,两者叠加,这是现代中国面对的复杂性突发事件,它有太多的问题值得我们反思。

一切的反思都不是为了凭吊,而是为了重建。在灾后的重建过程中,最重要的也许是现代化制度的重建。从这场暴风雪中,无疑可以看出中国现行制度的最大优越性——它能够在最大的完整性中紧急调动和大规模动员各种力量参与到救灾中来,这种公共危机中的应急与应变能量,是别的社会制度都无可比拟的,也是许多外国观察家深感惊恐的。然而,谁心里都清楚,权力依然在社会中尤其在这种公共危机中扮演了过重的角色,对于突发性事件,我们仍然主要是依靠强有力的行政管理机制来支撑,尽管我们拥有群众的广泛参与,这种大规模作战的场景还特别能营造一种氛围,一种人气旺盛的氛围,但说到底,这样的参与很容易使人想起六十年前那种我们似曾相识的由政府主导的那种群众运动式的人海战术。一个真正的民间社会,在现有制度的设计上,它已经成了越来越不可忽视的另一种力量的存在。

灾难是助推器,它可以加速灾后的科技进步,而灾难给人类带来无穷的痛苦,也会促成制度的进步。中国法学会副会长、突发事件应急机制专家莫纪宏说,这次南方暴雪反映出我国地方政府在处理危机上的经验不足,加上部门分割,在具体的实施和协作中又会出现很多问题。此次雪灾中,现行的应急预案制度以及突发事件应对法所确立的应急体制应有的组织、协调和防范作用,并没有完全发挥出来。灾害来了,如果平常工作不做好,什么准备都没有,再强有力的领导出面都很费劲,在整个救灾中,都尖锐地反映了中国的公共治理机制有待系统建设。

一个非常突出的问题,就是交通管理,尤其是高速公路的管理。

在南方的高速公路沿线采访时,我时常听到有人这样抱怨,现代化科技发展程度这么高,而我们的除雪破冰工作却还如此原始,还是锹与镐、锤子,还有木棒,这是我们在这场暴风雪中清理道路、电网上冰雪的最常见工具。我们是否有更现代化的抗灾救灾方式?破冰,除雪,说起来简单,但不仅仅是中国,它同样也是全世界难以攻克的顽疾。据了解,在西方一些发达国家和我国北方,一般都预备了铲雪车、破冰机、吹雪机、撒盐车、平地机、推雪板、滚刷等除冰雪的机械设备,这些工具基本能够满足高速公路除冰雪的要求。然而,在中国南方,这种机械设备在市场上基本找不到,就算有也没有太大的市场。毕竟这里原本几年都难下一次雪,冰雪也极少成为灾难,而你又不能因为出现了这样一场五十年或百年一遇的很偶然的冰灾、雪灾,就从西方进口昂贵的除冰雪设备,进口来了,也只能放在仓库里生锈,等着五十年、一百年后再用,几十年后、一百年后是什么样子谁又知道?如果发生了冰雪灾害就大量地、不计成本地购置抗冰雪设备,发生了洪灾就每年提前放掉山塘、水库里的宝贵蓄水,那在灾难发生之前就先有了人祸。

这也是我不厌其烦地一直在解释并强调的,这是一场很大的灾难,但也的确是一场很特殊很罕见的灾难,听一些专家说,即使我们不惜代价引进了非常先进的除冰雪设备,也不一定适合南方凝冻和冻雨造成的天气。灾难有灾难的特殊性,同样是暴风雪,它所表现出来的灾难也各有各的不同。所谓对灾难本身的正视,就是正视它的特殊性,它与北方的冰雪与国外的那种暴风雪确实有很大的不同。很多人后来都说,那些铁塔和电杆上、高速公路上的冰层,不是一般的冰凌,它们就像焊上去的一样,坚硬光滑,这在北方几乎是不可能的东西,也难怪很多农民把这样的天气叫鬼怪天气。

灾难也许不可避免,人祸是绝对必须避免的,要避免人祸,第一就是要在制度上解决某些决策者的权力高度集中和话语权过大的顽疾,在制度上完善应急反应和应对机制,启动一个应急反应的权力,应该交给专家评估小组,还要让人民有高度参与的权力和知情权,这其实也是我们正视灾难的一种理性,面对一场如此巨大的灾难,你官当得再大也无法承担起这样的责任,让人们高度参与也就是让整个社会一起来承担这样的重任。

有人说,中国的荒诞主义不在文学中,而在现实中,那些我们以神圣的名义和最严肃的方式干出来的事情绝对超过了卡夫卡那样的《变形记》。而现实毕竟不是虚构的小说,我想这也是中央反复强调要加快政治体制改革、要有制度上的创新的原因。总之,一句话,灾难有其特殊性,但制度没有特殊性。

在这场暴风雪中,中国的交通暴露出来的隐患,尤其是管理体制上的条块分割,令人担忧,说起来又都是具有普遍性的体制难题,中国的很多事情都不是没人管,而是管的人太多,分工还特别细,没事时不觉得,一旦有事,政出多门,有人打了个比喻——就像一个病人抬到了手术台上,七八个大夫都拎着手术刀胡乱地摆弄起来了,一条路,一场雪,同一个病人,到底得的是什么病,病得有多重,该在哪儿动手术,交警、路政和高速公路营运公司各有各的意见,堵塞的车辆在哪个地方分流,路段与路段之间也会有分歧。为什么?谁都不想给自己的辖区造成滞留压力。路政部门说,刚撒完融冰盐,交警却把路给封了。交警部门说,他们让公路养护部门撒盐除冰,养护部门不配合。养护部门说,撒盐对高速公路和桥梁都有很大的损害,他们从长远考虑,宁可关闭道路,也不愿意以这样的方式来除冰雪,他们是企业,企业不可能不考虑自己利益的长远性,可持续性。他们在进行神圣的争吵,你听着也感觉都有道理,怪圈不是?它以难以觉察的诡谲不但迷惑当局者,有时候也迷惑像我这样的旁观者。

多少事其实并不太复杂,但就这样推磨似的,推来推去,扯皮拉筋,有时候是现场办公,开的却是神仙会。然后,三方的一线人员都要根据自己所掌握的现场情况,按严格的程序逐级向其上级主管部门呈报,而最终做出的可能是三套决定,有的认为还没必要封闭道路,有的觉得暂时还不必关闭道路,但须严格管制,有的觉得马上就要关闭道路,你不知道到底该听谁的,都各抒己见,口气硬邦邦的,没有回旋的余地,那就请示上级——你只能各听各的上级部门的指令,而每个上级的指令传达下来后又有三套,这种在某种严格的程序之下的无限循环,并非在一场冰雪中形成的,而是早已形成了的一种体制内怪圈。具体到每一条公路,根据投资主体的性质,我国公路大抵可分为两类,一类是政府投资的收费还贷性高速公路;另一类是国内外公司投资的经营性高速公路。而由于高速公路的投资主体不同,对灾害的重视程度不一样。一些有实力、有社会责任感的企业投入较大,物资准备较充分,但那些收费还贷性高速公路,在一条路正式开通之日就背上了一个沉重的还贷包袱,他们就极不情愿关闭道路,账都没还清,你说关就关了,政府又没有给他们这笔开支,这一关带来的损失,最后该谁来买单?

神仙斗法,病人遭殃。最倒霉的还是那些堵在冰天雪地里的司机。他们又能怎么办,一边唉声叹气,一边嘟嘟哝哝地咒骂,好笑的是,他们都不知道具体该骂谁。倒霉的还有政府,这所有的积怨最终都被抽象而笼统地归咎给了政府。有个司机说得挺形象,说现在的交通管理是各吹各的号,各唱各的调。在冰雪中,这也真是很普遍的现象。以车辆放行为例,京珠高速湖北段开始放车,而仍处于管制中的湖南段还一点也不知情,这就像上游的洪流滔滔而下,下面还紧紧关着闸门,湖南段的压力陡然加大,你想打开都不敢打开了。应该说这都不是灾难造成的,也是不难解决的,别说是两个省之间的事,就算是两个国家之间也是很容易沟通的。然而,就因为这样一些小的环节断裂,一条路就堵死了;一条路堵死了,无数条路都瘫痪了。难怪好多人都痛心疾首地说,上面通了,下面不通,就像便秘一样。我就遇到了这样一位模样挺忠厚的中年交警,说起那场冰灾中发生的事,他还恼火地拍着脑袋沮丧地说,累得要死,你刚疏通一点,猛地一下就给堵死了——问题到底出在哪?

这是我一个文人无法回答的,我只是以感性的方式书写我的直觉,这样一场暴风雪,的确有太多的教训我们必须去反省。

很强烈地感觉到,在这骄阳似火的夏日,似乎依然长久地凝聚着一团阴霾。

但在这场暴风雪中,湖南出现了一个奇迹,长益(长沙至益阳)高速是湖南近二十条高速公路中少数没有实行交通管制并且一直保持畅通的公路之一。长益高速是一条由政府和民营企业共同出资的经营性高速公路。他们是真正的未雨绸缪,还在湖南气象台发出第一个蓝色预警之前,公司、交警、路政三方开始商议恶劣天气下如何将关口前移,并制订了恶劣天气应对方案,从制度上预防突发事件的发生。1月11日,也就是湖南第一场大雪降临的前两天,长益高速就确立了以公司为总调度、交警路政部门配合、千方百计保畅通的工作思路。在冰雪灾害持续期间,长益公司、交警、路政三方,每天早晨都要开一个碰头会,问题刚一出现就迅速协调解决,该谁管的由谁管,该谁负责的谁负责,三方人力拧成一股绳,把这条路当成了自家的事,在七十多公里的冰雪线上,有交警值勤,有公司员工和路政人员一路扫雪,铲冰,夜以继日,在冰天雪地中确保了这条公路的畅通无阻,用他们自己自豪的话说,每一辆车都开得兴冲冲的……

应该说,这是一个可推广模式,它有很多地方值得我们汲取经验,但它也有一些非普遍性的优势,如湘北地区的灾情相对较轻,加之又并非京珠高速那样的南北大动脉,车流量和运载压力相对也较轻。——这都是必须理性地看待的。

后　　记

那场旷日持久的暴风雪,已是数月前的依稀往事。而关于这场暴风雪的定义,冰灾？雪灾？冻灾？一直很含混。含混是因为多重灾难错综复杂地叠加,我也无法找到更确切的语词来为它命名。我只能获得这样的大意,暴风雪。

诚实地说,如果不是今年早春的一个电话,也许我不会写这些。真的,我感到意外,当湖南省作协决定把这一特别项目交给我时。当时,我正在写一部长篇,而且早已跟作家出版社的一位编辑和花城杂志社说好了交稿的时间。说实话,当时,我犹豫了。人到中年又有经多年养成的习惯,我已经是一个有明确计划的写作者。而这一特别项目显然不在我的计划之内,这意味着,我必须打乱现有的创作计划,暂时停下我的长篇创作,甚至可能要推迟到一年以后。

但最终,我还是犹豫着上路了。作为一个自由写作者,我的采访完全是自费,尽管有微薄的扶助资金,但同付出是完全不成比例的。而以我的经验,自然也有高人指点,那就是,在这次采访中尽量不走上层路线,而是以真正的深入方式,深入最底层,而这样的深入,事实上让我选择了一条最苦的路,没人迎送接待,没人派车陪同,这也让我排除了一切干扰,用我的耳朵去听,用我的眼睛去看,用自己的脑子去想,去琢磨。

深入,对于我,更多的不是为了寻找事实,而是为了找到一种感觉。如果只是为了捕捉一些事实,关于这样一场暴风雪已有海量的报道堆积在那里,这样的间接素材不是太少了,而是太多了。然而,报告文学毕竟不同于新闻报道,按我有限的理解,尽管它是一种介于报道与文学之间的交叉文体

(海外就直接称之为报道文学),但它更主要的还是一直被纳入文学的范畴,如果要从时效性去跟新闻报道相比,它是永远抢不过的。但它比新闻报道有着更深远的优势,这种优势我以为恰恰是它可以拉开一定的时间距离对事实进行深度审视。事实是非虚构的,不能改变的。而能改变的,是你的感觉和心情,是你对同一个事实的不同理解方式。这或许是报告文学和新闻的最大差别。而它的文学性,从语言、感觉、细节,通过追问与沉思,通过凝视与记忆,从平常中提升出神性,让事实本身焕发出光辉,这些属于文学性审美范畴的一切特性,都是必须特别强调的,至少我在这次写作中,一直十分强调这种文体被我们长期忽略甚至越来越稀薄的文学性价值。如果说新闻报道从传播学的视角上来看更多地要保持一种中立和客观,我以为报告文学特别需要写作者真诚的精神参与和属于个人的独特审美感觉。

我试图寻找到一种回到现场的叙事方式,一种刻骨铭心的体验,还有情景氛围。这是为了把文字从悬浮中有力地拉回叙事现场,拉近文字和它想要表达的对象的距离,或许唯有这样才可以用文字还原鲜活的生命实体,体验直抵生活与生命真实的存在之境,回到属于报告文学的最逼真的,扎实的,耐心的,更能体现写作者个性的价值追求的文本和精神在场的叙事,将体验的深度延伸到神经,触及内心最敏感的部位。诚然,体验本身就是一种审美感受,一切文学艺术作品都离不开体验,但我们在这个文学已经越来越缺乏体验,尤其是当下报告文学写作普遍和我们的现实生活很隔膜的情境下,对体验更加突出地强调和更有力的重申,尤其是把体验作为写作的核心意图和激励写作者的叙事动力,无疑是极有意义和价值的。文学艺术的独特性,其实与外在的形式无关,它更多的由体验所决定。哪怕面对日常经验中的同一种事物,每个人的经验可能是一样的,但每个人的体验肯定都是不一样的。文学艺术的重复,其实就是日常经验的重复。而体验,正是为了穿越日常生活经验的表象,深入各种存在的缝隙之中。

作为一个有二十多年经验的写作者,我知道,被文字推着写是最好的状态。反之,如果你是在强迫那些文字,想要拼命拽出那些文字,那不知有多痛苦,甚至是对自己和文本的折磨。从一开始,我心里就有两种准备,如果有一种力量驱使我写,我会写;如果没有,我只能放弃。这也是我上路时为什么那么犹豫,迟疑。试一试吧。采访的艰难,我说过,这是因为我的选择。我是在汶川大地震的余震中,在南方一轮一轮的暴风雨中,在冰雹与雷电中,在山洪与泥石流中进行着我的采访。我感觉自己不是在采访,而是在重新经历一场灾难。作为这次暴风雪的亲身经历者和见证者之一,很多当时的感觉都被调动起来了。雪,开始,谁都以为这是大自然慷慨赐予人间的风景,它从最初的圣洁,美丽,魅力四射,到最后,你怎么也忘不了那无边的冰雪横陈的景象。你再也看不到世界的面貌和轮廓。城市黑了,村庄毁了,路断了,那雪,是无底的深,深不见底。你感觉被天压着,只有暴雪,直直地盖下来了……面对这样一场罕见而且巨大的灾难,一个写作者的笔是多么弱小,但我找到了一种力量来支撑,那就是,人,中国人。在灾难狂暴的摧折下,是那些最普通的人,是他们坚如磐石地坚持,让我们挺过来了。人,是我这部作品的书写主体。生命高于一切,这也是灾难中整个社会一以贯之的核心价值体系。我试图素描出他们令人动容的善良、从容、坚韧,试图让更多的人甚至让世界看到,古老国度的子民,他们用自己的爱心、行动和生命,在塑造自己不容置疑的尊严。

在经历了这场世纪性灾难给予我们的一切之后,在许多人的记忆中,他们还被笼罩在冰雪中。灾难,自开天辟地以来就一直伴随着人类,你只能沉重地接受。我觉得它也是我们记忆历史的一种方式。一般认为,凡五十年一遇的灾难就可称为世纪性灾难。很多人都说,自从进入2008年,中国就没有过安宁的日子了,而也正是在国家与民族的多灾多难之中,检验了也考验了中国人的素质。从灾难降临时最初那种本能的抵御,到理性的抵御,是一个觉醒与嬗变的过程,也是一个事物发展变化的辩证过程。对社会的反思是必要的,它考验着同时也检验着政府的执政能力、公信力、社会能见度。但更重要的,我想要特别强调的,是每一个公民的行动能力,尤其是那些早已安于坐而论道的知识分子的行动能力。如何恢复人在灾难抗争中的主体性地位,如何做一个合格的公民,每个人都有自己不可逃避的现实责任,都必须去承担自己理应承担的角色。而也正是通过这样一场大雪灾,让无数人重新找回了强烈的参与意识和行动能力,强化了对公共事物的关注程度和热情。……我采访的过程,也是一个寻找冰雪中失踪者的过程——他们不是失踪在冰雪之中,而是在冰消雪融后失踪,他们是真正意义上的无名英雄。他们很普通,从人到事,都很普通,而文学的本质之一就是书写并记录常人常态,呈现一种真实的存在,显露出他们的真实价值,而其更高的境界,则是在日常中提升神性,在平凡中书写大写的人。

通过一场灾难,我们对自身的体认更加深刻。在灾难的背景下,人作为生存个体的极其渺小是可想而知的。反过来,灾难的酷烈与尖锐,又更能凸显生命的顽强与壮美。诚如有人说,一个国家的社会心态和民族性格决定他们拥有怎样的共同记忆。中国的民族性格比之大多数国家,上下几千年,在我们的记忆所能够追溯到的历次天灾中,中国人还从来没有像今天这样,在悲悯、爱与受难和彼此的互相搭救之中,哪怕最普通的人,也能表现出神性的魅力,充满了内在的力量和精神血性。而在灾难中如何建立健全人格与正义理性,我觉得,比浪漫主义的英雄故事更有价值。一场灾难让我们重新找回了感召力,也让我们更接近了人生的真谛,甚至在这样的灾难中完成了自己。

这是一次突围,既是冰雪中的突围,更是精神上的突围。

我常常忘记自己是在采访,感觉不是在采访,而是在重新经历一场灾难。在采访途中,一些对本书非常关注的朋友,如龚政文、梁瑞郴、龚湘海都陆续给我打电话,他们依然很担心我的态度,我已不再犹豫,有一种力量,有一种激情,在驱使我。我情不自禁。我记下的这许多人和事,我的脑子被塞得满满的。或许,很多事都是偶然的,而很多的偶然,都是必然的。因为是真的,才是必然的。我黯淡的文字,被他们的眼睛一次次照亮。经历了一场雪灾,他们的眼睛更加雪亮。

而在经历了这样一场灾难后,我已很少再头脑发热。我越来越感觉到,对灾难的反映,本质上也是人类对世界的独特关注方式之一。你不得不承认,有些灾难是不可预测的,不可抗拒的。对于灾难,你必须正视,而对于波诡云谲的大自然,以人类还非常有限的认识能力,你也必须保持足够的谦卑与敬畏。而一场五十年甚或百年一遇的大雪灾,对于人类,具体到每一个经历了这场灾难的每一个短暂的个体生命,也许是一生中唯一的经历,然而灾难却是人类生活中长期存在的东西。永恒的存在。我不想把灾难仅仅作为书写的对象,而是通过一场灾难,为人类未来的生存提供更多有启示性的东西。对大自然保持必要的敬畏感和神秘感是必要的。尤其重要的是,人类在对抗灾难的同时,应该学会在大自然面前保持必要的谦卑,然后去小心翼翼地呵护它。我觉得灾后重建,更多的是如何构建人类与自然之间的平衡关系,去达成一种和解与和谐。

灾难的意义是复杂的。一场大雪灾,对于人类来说既是挑战也是机遇。重建,并非简单的灾后重建,只有从人类长远的命运去观照,追问与沉思,对灾难方才有更深刻的体验和认知。譬如在冰灾之后的冰雹、雷暴在同一灾区反复出现,就反映了灾难的多种可能性。还有,灾难过去之后依然还在带给人类恐慌。这种恐慌本身也是一件很恐怖的事情。对灾难的预估与预防是必要的,但若失去了理性和科学的判断,它本身也会成为灾难——人造灾难,它可能虚掷宝贵的社会资源,并做出对社会力量的不必要动员。此外,必须特别强调的是,我们无疑还应该反思现实中国急遽变革中的道德的艰难重建,这样的重建更应该包括人类精神的重建,现代性价值观念的确立,正义理性的确立。

诚然,文学虽然不能缺乏对重大事件的反映,但也绝不能赶热闹。我一直在告诫自己,尽可能地冷静处理关于重大题材表达的焦虑。有时候,我真没有力量控制它。另外,说是全景式的报告文学,其实我根本没有能力叙述整个事件的真实全貌,我知道,这远非一场灾难的全部历史和生命的过程。但我会将某个局部事件中所包孕的一切,以真实还原的方式呈现出来,连同当时现场的那些氛围。有些叙述是不自觉的,只能靠着自己固有的本性去感受,我内心的东西时常会不由自主地跑出来。心灵深处的那种感动,总是穿透我的手指,化作文字。

在经历了一场暴风雪后,又经历了一场异常漫长的酷暑。现在,我在南方美好的深秋里打上最后一个句号。啊,结束了,般若,涅槃!我歪在靠背椅上,一支接一支地抽烟。我感到自己就像变了一个人。是的,我以自己的文字,切实地履行了最初的诺言,那就是诚实。对于一场罕见的巨大的灾难,我们需要一种诚实的记录,一本诚实的书。我已经是一个写了多年的写作者,我应该为自己写下的每一个字承担责任。我甚至希望,我写下的每一个汉字都能够成为灾难的铭文,甚至成为一部关于灾难的形象史。

陈启文

2008 年深秋,霜降